Der Alte
vom Schrottplatz

DER ALTE VOM SCHROTTPLATZ

Eine autobiographische Erzählung
von Harry Graeber

Herausgeber:
Harry Graeber

VERLAG PH.C.W. SCHMIDT
Neustadt an der Aisch

Coverbild: © *Wrecked Beetle*, Aquarell Manfred Hönig,
www.manfredhoenig.de

ISBN: 978-3-87707-255-4

Gesamtherstellung:
VDS VERLAGSDRUCKEREI SCHMIDT
91413 Neustadt an der Aisch

***

„Schön, wenn man in dunklen Zeiten

das eigene Licht,

und glimmt es manchmal noch so schwach,

nicht verliert.“

Christian Dannert
Gartenkobold

***

Kapitel 1

Alles roch nach Schmierseife. Und Bohnerwachs. Fremdartig und abweisend.

Mit großen Augen beobachteten wir misstrauisch und verängstigt unsere neue Umgebung. Argwöhnisch wurden wir von den anderen Heimkindern gemustert.

Unvertraute Gesichter starrten uns an.

Mit gebrochenem Herzen mussten wir uns der harten Strenge des Heimalltags unterwerfen. Hier galten wir Vier von nun an nicht mehr als Geschwister, sondern nur noch als einzelne Mitglieder einer großen Gruppe von Heimkindern, wo es keinen familiären Schutz mehr gab.

Als siebtes von acht Kindern stand ich zwar unter der obligatorischen Ehrenpatenschaft durch den Bundespräsidenten Theodor Heuss, was eigentlich die besondere Verpflichtung des Staates für kinderreiche Familien zum Ausdruck bringen soll.

In meinem Fall hat aber der Staat grad mal weggesehen, weil ja eine konkrete Verantwortlichkeit aus der Patenschaft natürlich eh nicht abgeleitet werden kann.

Und dies, obwohl man meinen Ehrenpaten allgemein gerne *‚Papa Heuss‘* nannte.

Dafür lernte uns der Staat nun, wie man sich an den Tisch zu setzen hatte, beide Handflächen waren links und rechts auf die Tischflächen aufzulegen und der Rücken kerzengerade zu halten.

Man lehrte uns auch den Umgang mit den Erwachsenen, die man immer zuerst zu grüßen und selbstverständlich nur mit ‚Sie' anzureden hat.

Verschreckt und gelehrig grüßte ich bald jeden Fremden, der auf dem Gehweg vor dem Zaun des Heimgeländes vorbeilief. Und bald sprach ich sogar meine Mutter, die an Wochenenden zu Besuch kommen durfte, auch nur noch mit ‚Sie' an.

Sehr schnell lernte ich begreifen, dass bedingungslose Anpassung an die ungeschriebenen Heimgesetze die sicherste, vielleicht auch die einzige Überlebensstrategie sein würde. Meine eh schon wenigen Zeiten unbefangener Kindheitstage schienen nun wohl endgültig vorüber zu sein. Entmündigt und ohne Selbstverantwortung für die elementarsten Dinge des alltäglichen Lebens nahm man mir hier von Anfang an jede Chance für eine gesunde Entwicklung der eigenen Persönlichkeit.

Und ich lernte auch bald, meine Gefühle für mich zu behalten. Bloß nicht auffallen! Weder positiv noch negativ.

Darüber hinaus gab es keinen persönlichen Freiraum, keine Nische, wohin ich mich mal hätte zurückziehen können. Ständig war man der Gruppe ausgesetzt.

Alles, was man tat, wurde von außen angeregt und geschah unter ständiger Aufsicht.

So zog ich mich immer mehr in mich selbst zurück und hütete meine Gefühlswelt wie einen Schatz, zu dem außer mir selbst kein anderer Zugang hatte.

Wenn die Größeren zur Schule gegangen waren, verkroch ich mich mit meiner kleineren Schwester Mariele im Aufenthaltsraum unter den vielen Tischen zwischen den vielen Stuhlbeinen und wir heulten oft sehr lange eng umschlungen vor lauter Sehnsucht nach unserer Mama.

Wir sprachen dabei kein Wort miteinander. Aber wir wünschten uns beide das Gleiche.

Mariele war drei und ich viereinhalb.

Die Kinderabteilung bestand aus vier Gruppen, in jeder Gruppe wohnten vierzehn Kinder. Die Abteilungen selbst unterschieden sich rein äußerlich nur durch die Nummer des Stockwerks, nach welcher die jeweilige Gruppe praktischerweise benannt wurde.

Riesige Bilder der Arche Noah aus blassbunten Mosaiksteinchen an die Wand geklebt, sollten wohl Schutz und Geborgenheit vermitteln.

Klappte aber nicht.

Kein bisschen!

Denn statt Glück, Geborgenheit und Freiheit sollten wir von nun an nur noch Kälte, Unterdrückung und Einsamkeit zu spüren bekommen.

Wir vier Kleinsten wohnten von nun an also im vierten Stock in der Gruppe Vier in einem Vierbettzimmer. Spartanisch eingerichtet, für jeden ein Bettgestell, ein schmaler Spind und über dem Bett an der schmucklosen Wand ein kleines Kästchen, das vorne offen war.

Auf Tische und Sitzgelegenheiten hatte man in den Schlafräumen bewusst verzichtet, denn es war uns eh nicht erlaubt, sich tagsüber in den Zimmern aufzuhalten.

Gegenüber dieser Bettenkammern lagen zwei Waschräume mit den Toiletten, ein Putzraum, in dem auch sämtliche Schuhe untergebracht waren und das Zimmer für die diensthabende Erzieherin.

Im Vergleich zu den Räumen, die ausschließlich uns Kindern vorbehalten waren, wirkte der Erzieherraum doch sehr behaglich. Schon der Anblick der dunkelfurnierten Möbelstücke, die schmeichelnde feine Holzmaserung ließ im Vergleich zu der nüchtern-blassen Anstaltsatmosphäre in den Räumen der Heimkinder deutlich die Kluft zwischen dem Wert einer Erzieherin und dem der Zöglinge erkennen.

Allein schon durch diese Kluft wurde die Saat für ein Gefühl ausgesät, das manche Seele dieser verlassenen Kinder ein Leben lang nicht mehr loslassen will.

Nämlich das Gefühl, ein Mensch zweiter Klasse zu sein und deshalb einer Randgruppe anzugehören.

Sicherlich ein erstes winziges Saatkörnchen.

Und winzig vielleicht, aber dennoch unübersehbar. Das erste Saatkörnchen, dem durch diese unglückseligen Kindheitsbedingungen noch sehr viele folgen werden.

Zwischen den Zimmern schob sich ein langer Gang hindurch, an dessen unterem Ende, gleich neben der Eingangstüre, auf der einen Seite die Küche und auf der anderen Seite der Aufenthaltsraum zu finden waren.

Die Küche diente lediglich zur Aufbewahrung und Reinigung des Geschirrs. Das Essen für sämtliche Heimbewohner wurde in der Großküche im Untergeschoß des Westflügels zubereitet.

Der Aufenthaltsraum war der maßgebliche Mittelpunkt jeder Gruppe, denn hier spielte sich das gesamte, tägliche Leben der Kinder ab.

Besser gesagt, es hatte sich hier abzuspielen.

Vor dem Kinderheim im Hof stand ein großer Baum, hinter dessen riesiger Krone sich das halbe Haus mitsamt seinen langen Balkonen verstecken konnte.

Wenn das Wetter schön war, durften wir Kinder im Hof spielen. Es war ein großer Hof, mit einem großen Sandkasten, einer Wippschaukel, einem Klettergerüst, und einem fliegenpilzähnlichen Eisengestell, an das man sich dranhängen und drehen konnte, Büsche, Bäumchen und einem Zaun, welcher den gesamten Hof lückenlos umschloss.

Außer zur Schule, durfte das Heimgelände nicht verlassen werden.

Der Alltag im Kinderheim verlief dementsprechend recht eintönig und nach vorgegebenen Reglementierungen.

Gemeinsames Aufstehen, Betten machen, gemeinschaftlich frühstücken, Geschirr abwaschen, die Stuben kehren. Erst dann durften die Schulkinder den Weg zur Schule antreten, während wir Kleineren entweder, wenn es die Witterung zuließ, im Hof, oder eben im Aufenthaltsraum spielen durften.

Wenn die Schulkinder zurückkamen, fand das gemeinsame Mittagessen statt. Danach folgten die täglichen Pflichtarbeiten, wie Tische abräumen, Geschirr abwaschen, den Aufenthaltsraum kehren, sowie die üblichen Reinigungsarbeiten der gesamten Gruppeneinrichtungen, ergo die Waschräume und den elendig langen Flur.

Dabei waren die Kunststoff-Fußböden von Zeit zu Zeit ein zu wachsen und mit Handblockern auf Hochglanz zu polieren. Das Bohnern gefiel mir sogar recht gut, wenn ich das schwere Eisengewicht mit seinen Borsten an der Unterseite am beweglichen Holzstiel den großen Gang schwungvoll so lange entlang sausen ließ, bis der Linoleumboden derart glänzte, dass man sich darin fast spiegeln konnte.

Schier mitgerissen wurde ich Zwerg jedes Mal vom Schwung des bleiernen Blockers.

Am Nachmittag waren einige Stunden für die Erledigung der schulischen Hausaufgaben festgelegt, während wir kleinen Kinder uns zum Mittagsschlaf niederlegen mussten.

Meistens war ich gar nicht müde, aber die Erzieherin kontrollierte despotisch nach, ob alle schliefen, also stellte ich mich schlafend und blinzelte vorsichtig durch die Wimpern, bis die Gefahr vorüber war.

Danach durfte endlich wieder im Aufenthaltsraum oder im Hof gespielt werden. Und dann war's auch bald schon wieder an der Zeit zum Abendessen. Danach Küchendienst, gemeinsame Spiele, fertig machen zum Schlafen, Abendgebet und um sieben Uhr Lichter aus.

So verlief ein Tag wie der andere. Die einzige Abwechslung in dieser kasernierten Eintönigkeit bestand im sonntäglich vorgeschriebenen Gang zur Kirche. Da der Gottesdienst frühmorgens zu einer Zeit begann, in welcher jeweils der tägliche Erzieherinnenwechsel stattfand, durften wir ohne Aufsicht dorthin gehen.

Die Großen nahmen uns Kleinere an der Hand und wir marschierten über die Fürther Straße hinweg in die Adam-Klein-Straße zur *Sankt-Anton*-Kirche. Vor dem Portal wurden wir vom Pfarrer oder dem Messdiener empfangen und über den mittleren Gang in das katholische Gotteshaus geleitet.

Brav setzten wir uns seitlich in die vorderste Reihe des Mittelschiffs.

Die Kirche wirkte auf mich groß und kalt. Ganz oben über der goldenen Altarwand saß ein Schäfchen mit einer weißen Fahne und darauf aufgemaltem Kreuz.

Beim Erklingen der ersten Orgeltöne huschten wir schnell zum vorderen Seitenausgang wieder hinaus. So konnten wir für eine knappe Stunde ein Stückchen von der großen Freiheit schnuppern.

Und wir fühlten uns in jenen winzigen Momenten wirklich frei.

Unbeaufsichtigt konnten wir mal richtig frei durchatmen. Und wir konnten Straßen und Hauseingänge, Hinterhöfe und Spielplätze auskundschaften, ohne gegängelt zu werden. Wir trafen vergnügt spielende Kinder, die sich ohne verstohlene Seitenblicke auf eine Autoritätsperson frei bewegen konnten. Ausgelassen verspielte Hunde, die ihren Herrchen Stöckchen brachten und Katzen, mit denen wir schmusen konnten.

Doch viel zu kurz waren diese Ausflüge in die Märchenwelt der unbeschwerten Lebensfreude. Das Schlussgeläut der *Sankt-Anton*-Kirche ermahnte uns zur Umkehr in die triste Realität.

Wir fassten uns wieder brav an den Händen und begaben uns auf den Rückweg ins Heim, wo wir meist pünktlich ankamen. Und meist blieben die verbotenen Ausflüge unentdeckt.

Bis eines Sonntags der Messdiener vor dem Seitenausgang der Kirche lauerte, uns Heimzöglinge abpasste und mit ernster Miene in den Gottesdienst zurückschickte.

Zwei oder drei Sonntage blieben wir dann brav in der Andacht sitzen, ehe wir zaghaft unsere Entdeckungsreisen wieder aufnahmen. Jedoch benutzten wir dann nicht nur ausschließlich den Seitenausgang, sondern abwechselnd auch mal das mittlere Portal, bis der aufmerksame Messdiener uns wieder abfing und ins Gotteshaus zurückholte.

Der Entdeckungslust von uns Heimkindern tat dies allerdings keinen Abbruch. Immer und immer wieder brachen wir auf und lernten bald das ganze Stadtviertel kennen.

Mitunter trafen wir auch auf andere Kinder aus dem Heim, welche eigentlich im protestantischen Gottesdienst hätten sitzen müssen. Aber es konnte ja keiner den anderen verraten ohne sich nicht selbst auszuliefern.

Doch der eifrige Messdiener praktizierte Nächstenliebe und meldete glücklicherweise nichts der Heimleitung. Also konnten wir die sonntägliche Stunde der göttlichen Freiheit weiterhin genießen.

***

Der gleichmäßige Rhythmus des Heimalltags wurde lediglich durch den täglich oder zweitägig stattfindenden Dienstwechsel der Erzieherinnen unterbrochen.

In jeder Gruppe teilten sich zumeist zwei Erzieherinnen den Dienst und wurden dabei gelegentlich von einer Praktikantin unterstützt.

Jeder Dienstwechsel forderte von uns Zöglingen einen Wechsel in der Anpassung an die jeweilig vorherrschenden, strengen Methoden der einzelnen Gouvernanten.

Dabei reichte für das Auffallen in der Gruppe schon, wenn jemand seinem kindlichen Tun gedankenversunken mal freien Lauf ließ und in selbstvergessener Unbekümmertheit einen Hauch von Übermut zu Tage treten ließ. Bei mancher der Erzieherinnen durften wir Kinder überhaupt nicht mehr Kind sein. Alles hatte absolut diszipliniert abzulaufen. Man musste lernen, sich zu beherrschen und sich dem ständigen Druck zu unterwerfen.

Sämtliche Erzieherinnen und Praktikantinnen hatten jedoch eines gemeinsam, sie ließen uns keinerlei Zuneigung oder auch nur ein ganz klein Wenig Herzenswärme spüren.

Das Urbedürfnis eines jeden Menschen nach Geborgenheit und liebevoller Zuwendung, einfach einmal in den Arm genommen oder getröstet zu werden, hatten wir Neulinge bald verdrängt und wir lebten fort an ausschließlich in einer Art seelischen Hungerzustandes.

Mama besuchte uns vier Kleinsten jeden Samstag Nachmittag während der offiziellen Besuchszeiten. Dann brachte sie ein paar Süßigkeiten mit, welche wir der heimeigenen Gerechtigkeit halber, unter den anderen Heimbewohnern der Gruppe aufteilen mussten.

Für den Besuch unserer Mutter stellte man uns einen Tisch und fünf Stühle ins kalte, hallende Treppenhaus, wo ständig Leute vorbeikamen. Einen Besuchsraum in privater harmonischer Wohlfühlatmosphäre wollte man uns natürlich nicht gönnen.

Schmerzhaft registrierte unsere Mama die mehr und mehr seuchenähnlich voranschreitenden Wesensveränderungen bei uns Kindern, und auch sie wirkte mehr und mehr in sich gekehrt und traurig. Besonders, als ich sie allen Ernstes mit ‚*Sie*' ansprach, weil ich zwischen einem Erwachsenen und meiner ja auch erwachsenen Mutter nicht mehr zu unterscheiden vermochte.

Jegliche kindliche Unbekümmertheit war aus unseren Gesichtern verflogen. Verstockt und schüchtern saßen wir unserer Mutter wie Fremde gegenüber, wenn sie zu Besuch kam. Brav bedankten wir uns für die mitgebrachten Kleinigkeiten.

War die zeitlich begrenzte Besuchszeit zu Ende, gaben wir unserer Mutti brav die Hand und meine drei Schwestern verabschiedeten sich höflich mit einem Knicks und ich mit einem deutlichen Diener, wie man es uns halt beigebracht hat und wie es sich eben für wohlerzogene Kinder so gehört.

Danach verschwanden wir in der Gruppe und schluckten unsere Tränen hinunter, während wir am Fenster standen, die Nasen an die Scheibe gedrückt, und unserer Mama solange nachwinkten, bis sie mit schweren schleppenden Schritten und gebeugtem Gang um die Häuserecke an der Kreuzung verschwunden war.

So hatte der Staat meiner Mutter die Kinder und uns Kindern die Kindheit genommen.

Mit der Zeit gewöhnte ich mich an die widrigen Umstände des Heimdaseins. Das Leben in der Gruppe sorgte dafür, dass die Bindungen unter uns Geschwistern immer mehr ab flachten. Längst waren wir von Familienmitgliedern zu fremden Gruppenmitgliedern mutiert.

Sogar die Erinnerung an meine weiteren vier Geschwister, die außerhalb dieses Heimes lebten, verblasste im Laufe der Zeit immer mehr. Es fehlte uns einfach das gemeinsame Familienerleben.

Hin und wieder aber kam mein großer Bruder Jürgen mit meiner Mutter zu Besuch.

Jürgen, ein heranwachsender junger Mann, war eine angenehme Ausnahme von der übrigen Erwachsenenwelt, die ich bislang kennen gelernt hatte. Er nahm sich Zeit, balgte mit mir herum und bastelte mir einen echten gekrümmten Seeräuberdolch aus Pappe.

Das war einfach toll!

Ich freute mich jedes Mal, wenn Jürgen zu Besuch mitkam, erkannte ihn allerdings nicht als meinen Bruder und konnte mir dessen freundliche Zuneigung nicht recht erklären. Bis ich eines Tages an seinem Handgelenk ein modisches Armkettchen mit eingraviertem Vor- und Familiennamen entdeckte.

Langsam buchstabierte ich mit dem Wissen meiner ersten Schulkenntnisse den Namen.

„Warum steht denn da mein Nachname drauf", fragte ich den Jürgen.

„Na weil das auch mein Name ist", antwortete er erstaunt.

„Aber meiner auch", erwiderte ich mit großen Augen.

„Na, klar. Sonst wärst du ja nicht mein Bruder", entgegnete Jürgen und boxte mich freundschaftlich in die Seiten, ohne jedoch die Konversation mit mir sonderlich ernst zu nehmen.

In mir jedoch stieg ein unbeschreibliches, bis dahin nie gekanntes oder vielleicht vergessenes Glücksgefühl hoch. Dieser freundliche junge Mann, der uns immer wieder besuchte, mit dem ich so viel Spaß haben konnte und der ganz anders war als die Erwachsenen, die ich bisher hier kennenlernte, war also mein Bruder!

Komisch, dass ich mich so gar nicht mehr an eine gemeinsame Zeit erinnern konnte, an irgendein Geschwisterleben in irgendeinem Zuhause. Hab ihn nie im Schlafanzug am Frühstückstisch in Erinnerung, oder sowas.

Jedenfalls, wenn der nun mein Bruder war, dann ist das ja mehr als ein Freund, und dann wird er mich auch immer wieder besuchen. Ja, er muss mich ja sogar besuchen, denn er ist ja mein Bruder.

Plötzlich war ich ganz stolz, einen Bruder zu haben, der mich immer wieder besuchen musste.

Und ich spürte intuitiv, dass es außerhalb dieser diffusen Kindheitsbedingungen doch noch etwas Anderes, ja, Haltbietendes gab.

***

Auch wenn das Heim seinen ihm anvertrauten Zöglingen aufgrund der psychischen und physischen Mangelernährung niemals ein Zuhause sein konnte, so gab es doch Dinge, die so manchem Kind da draußen verborgen geblieben wären.

Die mehr oder weniger freiwillige musikalische Früherziehung zum Beispiel. Das gemeinsame Flötenspiel wurde derart gefördert, dass selbst die Kleinsten bei öffentlichen Auftritten dabei sein konnten. Ja, auch mussten!

So spielten und sangen wir Heiteres und Ernstes, bei Beerdigungen und in Altersheimen, in Krankenhäusern und sogar im amerikanischen Hospital, wo wir zur Freude der bettlägerigen GI's eigens den Text des Weihnachtsliedes *Stille Nacht* in englischer Sprache einstudiert hatten. Außerdem wurden zu allen möglichen Feierlichkeiten Theaterstücke einstudiert, geprobt und vorgeführt.

Die Krönung dieser Feierlichkeiten war jeweils die Weihnachtsfeier.

In wochenlangen Vorbereitungen wurden Rollen gelernt, Gesang geprobt, Flötenstücke und andere musikalische Werke einstudiert und am *Heiligen Abend* fand dann jeweils die Inszenierung statt, zumeist ein Stück von Carl Orff.

Der große Festsaal war feierlich geschmückt, ein riesiger Weihnachtsbaum zierte den Raum. Zahlreiche Gäste und Honorationen fanden sich ein.

Und wie immer auch unsere Mama.

Hinter dem Bühnenvorhang stieg die Anspannung bei uns Laiendarstellern ins Unermessliche, während vor der Bühne oftmals langatmige Ansprachen gehalten wurden. Der Heimleiter, der Direktor der Heime, sowie offizielle Vertreter des Jugendamtes und anderer behördlicher Einrichtungen begrüßten sich gegenseitig mit salbungsvollen Worten, natürlich unter Beachtung der Rangordnung und bedankten einander wortreich sowohl für die Einladung als auch für das Erscheinen.

Mein Lampenfieber und die Aufregung wurden dabei unerbittlich auf eine harte Zerreißprobe gestellt, mein Magen war so flau, dass mir zum Kotzen war. Aber dies interessierte im Saale ja überhaupt niemanden. Wie Dressurpferde mussten wir still parieren.

Erst als der schalen Worte genug gewechselt waren, gingen die Lichter aus und der Vorhang öffnete sich endlich.

Vom Hirten über einen Ochsen, bis hin zum König aus dem Morgenland und als Krönung zuletzt gar dem Josef habe ich in der Phase meines Heranwachsens während meines endlosen Heimlebens so ziemlich alle Figuren gespielt, die in einem Krippenspiel vorkommen.

Nach der Darbietung erfolgte dann in den einzelnen Gruppen die Bescherung. Wir Heimkinder fanden genau das auf dem Gabentisch vor, was wir uns zuvor anhand eines Wunschzettels für den vom Jugendamt festgesetzten Gegenwert aussuchen durften.

Allerdings war es gar kein so leichtes Unterfangen, Wünsche aufs Papier zu bringen. Denn zur anspruchslosen Bescheidenheit erzogen, wusste ich gar nicht wie es ist, von einem Wunsche nach etwas Materiellem beseelt zu sein.

***

Eine ganz besondere Freude waren immer die regelmäßigen Einladungen von den amerikanischen Garnisonen. Mit militärischen Bussen und Truppentransportern holten die Soldaten ganze Scharen von Kindern ab und brachten uns auf der Ladefläche ihrer Planwagen zur Weihnachtsfeier in die Standortkaserne.

Was ich dort erlebte, war für mich so unwirklich wie ein Traum.

Mit staunenden Augen nahm ich die schillernde Fröhlichkeit einer völlig anderen Welt wahr. Die überaus kinderfreundlichen Amerikaner kümmerten sich mit einer für uns völlig ungewohnten Hingabe um das Wohl ihrer kleinen Gäste. Durch die amerikanische, bunte Art, Weihnachten zu feiern, der Überfluss an Speisen und Spielsachen, sowie die liebevolle Zuneigung der GI's glaubte ich mich wie in einem Wunderland.

Umso ernüchternder war die Rückkehr aus dieser farbenfrohen Märchenwelt in die graue Heimalltäglichkeit.

Die von den Amis überreichten Geschenke wurden eiligst verräumt und lediglich nach Gutdünken der Erzieherinnen zum gelegentlichen Spielen ausgegeben.

Was blieb, waren unvergessliche Eindrücke.

Doch zu unserem großen Bedauern unterband der neue Heimleiter die regelmäßigen Einladungen der amerikanischen Freunde, womit man uns eine der wenigen Freuden unseres tristen Daseins wegnahm.

Die Amerikaner blieben also fortan aus, hatten dem Heim aber doch etwas hinterlassen, was bis heute nicht mehr auszulöschen ist: nämlich einen neuen Namen.

Aus der englischen Bezeichnung für das ehemalige Waisenhaus *‚Orphanhouse'* entwickelte sich kurz und bündig das mundartliche Kürzel *‚Orfan'*.

Orfan war und blieb über all die Jahre hinweg Spitzname und Schimpfname zugleich.

***

Wie alle Kinder dieser Welt, so hatten natürlich auch wir Orfankinder eine besondere Vorliebe für Süßigkeiten. Gelegenheiten, diesen Appetit nach was Süßem zu stillen, gab es im Heim allerdings äußerst selten.

Mit besonderem Genuss wurden daher die Butterplätzchen der Weihnachtsbäckerei genascht. Und wie bei anderen Kindern eben auch, unvernünftiger Weise schon mal vor dem Essen.

Die Plätzchen-Zuteilung erfolgte jedoch so sparsam, dass nach dem Weihnachtsfest oftmals enorme, hart gewordene Restbestände übrig waren.

Dem sadistischen Einfall einer diensthabenden Erzieherin ist es zu verdanken, dass – sicher nicht nur ich – ein Leben lang keine Butterplätzchen mehr sehen oder auch nur riechen konnte.

Es war an irgendeinem gewöhnlichen Tag nach Weihnachten. Wir Kinder der Gruppe Vier räumten gerade unsere Spielsachen weg und bereiteten uns auf das Mittagessen vor. Die Erzieherin kam herein und fragte uns hinterhältig, wer denn noch Plätzchen haben möchte und nichtsahnend meldeten sich fast alle ohne Argwohn. Kurz darauf wurde eine riesige Suppenterrine hereingebracht, die bis zum Rand mit übrig gebliebenen Butterplätzchen gefüllt war und vor uns Kindern mit den Worten auf den Tisch gestellt:

„So, Ihr wolltet Plätzchen, hier habt Ihr welche. Solange Ihr diese Schüssel nicht leer gemacht habt, bekommt Ihr heute nichts zu Essen." Sodann verließ sie den Aufenthaltsraum. Wir hörten noch, wie sich der Schlüssel im Schloss rumdrehte und merkten erst jetzt, wie ernst es ihr war.

Jeder nahm sich ein großes, helles Plätzchen aus der Terrine, dann ein zweites, ein drittes. Das Weihnachtsgebäck war alt und schmeckte trocken. Nach dem fünften Butterplätzchen würgte es mich im Hals.

Ich schielte zur Tür, doch es rührte sich nichts. Sie meinte es ernst.

Also, noch ein Plätzchen und noch eins. Die Schüssel leerte sich nur sehr langsam. Jeder kaute auf seinem Gebäck bedächtig herum, um den anderen beim Griff in die Terrine den Vortritt zu lassen.

Aber es half nichts!

Ich aß noch einen gebackenen Tannenbaum und dann den Stern von Bethlehem. Mein Magen drückte nach oben und die trockenen Krümel kratzten im Hals und förderten den Brechreiz.

Es fiel mir immer schwerer, meinen Mageninhalt zurück zu halten. Ich würgte und kämpfte mit den Tränen. Dann schob ich mir noch einen Halbmond und eine Glocke in den Mund.

Dann endlich war die Schüssel leer.

Die letzten Brocken brachte ich nicht mehr hinunter, sie blieben mir einfach im Halse stecken. Kaum wurde die blöde Türe wieder aufgesperrt, schaffte ich es gerade noch zur Toilette und kotzte mir fast die Galle aus dem Leib.

Auch die Mägen der anderen waren so verdorben, dass sie – wie ich – an jenem Tag kein Essen mehr anrührten.

Und ich rührte ab jenem Tag mein ganzes Leben lang keine Weihnachtsplätzchen mehr an.

***

Der Bereich der Essenszuweisung war für den Sadismus mancher Erzieherpersonen generell eine beliebte Spielwiese.

Wie vor jeder Mahlzeit, so standen wir auch diesmal vor dem Aufenthaltsraum an und warteten auf das Signal zum Einlass.

Die Zeremonie vor dem Essen war immer gleich. Aufräumen, Hände waschen, in Zweierreihen vor dem Aufenthaltsraum anstellen, Hände vorzeigen. Dann erst durfte man zu Tisch. Und erst bei Tisch sah man, was es zu futtern gab.

Natürlich hatten auch wir Orfankinder – was man uns allerdings nie zugestehen wollte – jeweils eigene Geschmacksnerven, die natürlich manche Speisen mehr oder weniger bevorzugen würden. Zu den weniger bevorzugten Speisen gehörte unter anderem die Schleimsuppe. An jenem warmen Frühsommertag wurden wir Kinder – was eigentlich sehr ungewöhnlich war – schon vor dem Aufenthaltsraum gefragt, wer denn einen Teller Suppe haben möchte. Keiner von uns durchschaute den miesen Trick.

"Welche Suppe gibt's denn heute?" fragten wir neugierig.

"Schleimsuppe", war die barsche Antwort. Ein Murren machte sich breit und unsere Gesichter verzogen sich zu Grimassen.

"Also will keiner eine Suppe!" Nein! Niemand meldete sich, denn Schleimsuppe schmeckte widerlich.

Dann wurden wir in den Aufenthaltsraum geführt und mussten beim Austeilen des Essens mit großer Enttäuschung feststellen, dass es gar keine Schleimsuppe, sondern köstliche Frühlingssuppe gab.

Kalte Frühlingssuppe mit kleinen Fruchtstückchen darin war eine sehr seltene und sehr begehrte Vorspeise.

Natürlich hätten wir gerne einen Teller erfrischender Frühlingssuppe gegessen. Aufkommende Proteste wurden von der

Aufseherin sofort unterdrückt: *„Auf meine Frage, wer heute Suppe will, hat sich keiner von euch gemeldet, also gibt es auch keine Suppe! Verstanden?"*

Niemand muckte mehr auf. Und Erlebnisse dieser Art schärften unser Misstrauen Tag für Tag über Gebühr. Was uns aber dennoch nichts half.

Und in der Großküche wurde die übrig gebliebene Suppe natürlich weggeschüttet.

***

Das Orfan bot alles, was den darin wohnenden jungen Menschen für ihre bloße Existenz benötigten. Kleider wurden gespendet oder vom städtischen Beschaffungsamt zugeteilt. War man aus einem Kleidungsstück herausgewachsen, so öffnete die Erzieherin den breiten Wandschrank, in dem die gebrauchten Klamotten unterschiedlicher Herkunft aufbewahrt wurden, und man hatte die Qual der Wahl. Besser gesagt, die Erzieherin suchte einem schon das Passende aus.

War wirklich nichts Geeignetes dabei, durfte man mit der Kinderwärterin und einem Berechtigungsschein zum Sammellager des Beschaffungsamtes in die Peripherie fahren und sich dort ein ‚neues' Kleidungsstück abholen. Das war in mehrfacher Hinsicht ein besonderes Ereignis.

Man durfte ohne die gesamte Horde mal ganz allein mit der Erzieherin an der Hand das Heim verlassen und spürte die neidischen Blicke der anderen Kinder. Man genoss die Fahrt mit der Straßenbahn und niemand der Fahrgäste merkte einem das ‚Heimkind' an. Man war auf einmal – wenn auch nur für ein paar Stunden – kein Mensch zweiter Klasse mehr, sondern ein ganz normales Kind mit seiner vermeintlichen Mutter.

Wenn auch, falls einer mal genau hinsah, das Bild oft von Frostigkeit und Einschüchterung geprägt war.

Die Entgegennahme des Kleidungsstückes in der amtlichen Beschaffungsstelle spielte sich recht nüchtern ab. Mit gleichgültiger Miene besah sich die Amtsperson den Bestellschein, holte aus der Kleiderkammer zwei oder drei Hosen in ungefähr erforderlicher Größe hervor und legte sie auf den Tresen. Dann wandte er sich wieder ab und widmete sich dem nächsten Parteiverkehr.

Vor der hölzernen Barriere inmitten des Besucherraums zog ich Hose und Schuhe aus und probierte nacheinander die neuen Beinkleider. In der Unterhose stand ich in der Amtsstube und kam mir dabei völlig nackt und erniedrigt vor, bis der Beamte noch ein weiteres paar Hosen im Lager holte und auf den Tresen legte.

Endlich passte eine Hose. Fand zumindest die Erzieherin!

Der behördliche Beschaffungsantrag erhielt einen Erledigungsvermerk in Form eines laut draufgeknallten Stempelaufdrucks und trat mit Lieferschein und Unterschrift der Erzieherin seinen weiteren Dienstweg an.

Und ich trat mit meiner Begleitung und der neuen bzw. gut gebrauchten Spendierhose den Rückweg an.

***

Nach einer gewissen Eingewöhnungszeit durften wir Geschwister jeweils an Sonntagen nachmittags endlich unsere Mama besuchen.

Das monatlich für jedes Kind bereitgestellte Taschengeld war für die Deckung der Straßenbahnfahrtkosten bestimmt.

Um mal vier Zehn-Pfennig-Stücke auf die Seite bringen zu können, legten wir den weiten Weg zur Mutter quer durch die Stadt meistens zu Fuß zurück. Vierzig Pfennige zu besitzen war herrlich.

Immer wieder tastete ich nach den Geldstücken in meiner Hosentasche und nahm sie hin und wieder heraus, um sie zu zählen und von allen Seiten zu betrachten. Mit den kupfernen Münzen in der Hand kam ich mir mächtig reich vor.

Was konnte ich mir alles dafür kaufen?

Wie hatte ich die Kameraden in meiner ersten Schulklasse immer beneidet, die sich an der Ecke des Pausenhofs bei der dicken Frau mit dem großen Korb eine oder gar zwei Salzbrezen kaufen konnten.

Und wie hungrig war ich immer nach dem Schwimm-Unterricht. Neidvoll schaute ich den anderen zu, wie sie ihre Salzstange aßen. Doch ich hatte auch Hunger, aber kein Pausenbrot. Und kein Geld.

Im Heim gab es kein Pausenbrot.

Ganz verstohlen habe ich sogar mal ein Brezenstückchen, das einem anderen heruntergefallen war, vom Boden des Schulhofes aufgehoben, heimlich an meiner Hose ein wenig abgewischt und danach im Mund genussvoll zermahlt.

Es war das dicke Ende einer Breze, mit viel Salz drauf.

Mit den vier Zehnpfennigstücken in der Tasche würde ich mir im Pausenhof selbst mal eine Breze kaufen können.

Nach der Schule könnte ich auch mal gegen über die schmale Stiege zum Kaufladen hochsteigen und mir wie die anderen einen Mohrenkopf oder ´ne große Zuckerwaffel kaufen.

Oder wie herrlich müsste nach dem Schwimmunterricht im Volksbad eine Salzstange oder 'ne Brezel schmecken? Ich würde den Schulkameraden nicht mehr mit hungrigem Magen zusehen müssen. Und ich wäre in diesem einen Moment auch mal wie sie gewesen.

***

Manchmal holte uns vier Kleinen auch unser Bruder Jürgen vom Heim ab. Mit seinem Motorrad, was ihm von den Erzieherinnen ausdrücklich verboten wurde, uns so zu befördern. Also parkte er seine zweihunderter Zündapp ein paar Schritte weiter um die Ecke in der Willstraße, holte uns zu Fuß aus dem Heim ab, und fuhr jeden einzeln zu unserer Mama am anderen Ende der Stadt und abends jeden Einzelnen wieder zurück.

Ich genoss die Fahrten auf der Sitzbank hinter meinem Bruder jeweils sehr, den Wind in den Haaren, der mir eine kleine Freiheit versprach, die Tränen, die mir nicht nur der Fahrtwind in die Augen trieb und das weiche Wippen der seitlich am Schwingrahmen federnden Stoßdämpfer.

Dabei freute ich mich über meine gesparten Geldstücke in meiner Tasche, welche meine Gedanken beflügelten.

Was für ein herrlicher Tag!

Allein der Gedanke, mir kaufen zu können, was immer ich wollte, ließ mich auf meiner kleinen Reise als Sozius auf dem tollen Motorrad meines großen Bruders regelrecht dahinschweben.

Ich sparte also die kleinen Münzen und verbarg sie in meinem Federmäppchen, solange, bis sie mir im Heim eines Tages allesamt geklaut wurden.

Damit auch meine schönen Träume.

Und ich konnte es nicht einmal der Erzieherin melden, denn Geld zu besitzen, war nicht erlaubt.

Aus diesem Grund hatte ich auch mal ein Markstück, das ich vom Jürgen geschenkt bekam, in einer Nische des Treppenhauses versteckt und als ich die Münze am nächsten Tag auf meinem Weg in die Schule wieder hervorholen wollte, war sie ebenfalls verschwunden.

***

Unsere Mama lebte zwischenzeitlich in einem kleinen Dachzimmer am Josephs-Platz. Ihren kargen Unterhalt verdiente sie sich in der *Schuco*-Spielwarenfabrik in der Fürther Straße unweit des Kinderheimes. Von diesem kläglichen Einkommen sollte sie von nun an jeden Monat einen nicht unerheblichen Teil als Kostenbeitrag für die unfreiwillige Heimunterbringung ihrer Kinder an das Jugendamt abgeben.

Jedenfalls bekam sie auf einmal eine Rechnung zugeschickt, in einer Höhe, die sie gar nicht bezahlen konnte.

Und noch ehe meine Mutter die Gelegenheit bekam, ihre kümmerlichen Finanzen darzulegen, erwirkte das Jugendamt mit dem schnellen Mittel einer vorläufigen Beugehaft umgehend Mamas Inhaftierung nach strafrechtlichen Gesichtspunkten. Ohne Strafprozess und ohne Anklage.

Aber schon mal vorbeugend kriminalisiert!

Und während Mama in der Frauenabteilung des Nürnberger Zellengefängnisses einsaß, wollten wir Kinder sie wie immer am Sonntag zuhause besuchen. Denn niemand hatte uns über den augenblicklichen Zustand verständigt.

So war unsere Mama zuhause nicht anzutreffen. Wir machten uns Sorgen, denn sie hatte uns noch nie versetzt, oder im Stich gelassen.

Was um Himmels Willen war passiert?

Traurig und enttäuscht machten wir uns dann wieder auf den Nachhauseweg, voller Ängste um unsere Mama.

Von unserem Bruder Jürgen erfuhren wir dann, dass Mama verhaftet wurde und im Gefängnis einsaß, welches übrigens gerade mal hundertfünfzig Meter vom Orfan entfernt lag.

Während der Zeit ihrer Inhaftierung überprüften die Behörden Mamas Vermögenssituation, sämtliche ihrer Wertschätze und hinterfragten bei der Firma Schuco ihre Lohneinkünfte. Außerdem wurde sie im Beisein eines Strafvollzugsbeamten im Knast streng und ausgiebig verhört. Letztendlich mit dem Ergebnis, dass sie tatsächlich gar nichts hatte, womit sie sich am Heimkostenbeitrag für ihre Kinder hätte beteiligen können, geschweige denn, ihr eigenes Leben zu finanzieren. Umgekehrt wäre eigentlich ihr persönlich sogar eine finanzielle Unterstützung für ein menschenwürdiges Existenzminimum nach dem seinerzeitigen Fürsorge- und Armenrecht zugestanden.

Jedenfalls wurde sie nach etwa drei Wochen Gefängnisaufenthalt und natürlich ohne ein Wort der Entschuldigung, geschweige denn einer entsprechenden Wiedergutmachung seitens des Jugendamtes, wieder nachhause entlassen.

Auch, wenn unsere Mama im Knast nur eine kurze Zeit hat absitzen müssen, so wurde für sie jede Stunde, jede einzelne Minute darin zur Qual.

Und in der Zeit danach litt sie unter regelrechten Angstträumen, welche sie, wenn sie abends einschlief, sofort wieder zum Aufwachen brachten.

Obwohl sie ja nichts verbrochen hatte, hat man ihr die Seele gebrochen. Und infolge dieser bösartigen Vorgehensweise seitens des Jugendamtes hatte sie nicht nur ihre Freiheit verloren, sondern auch ihren Glauben an die Gerechtigkeit und an die Justiz.

Vor allem aber an die Menschlichkeit!

Und nach ihrer Entlassung fand sie kaum wieder zurück in ihr altes Leben, welches davor schon hart genug für sie war. Nun war sie wie gelähmt und regelrecht traumatisiert.

Dabei waren für unsere Mama – trotz ihrer ständigen Sorgen und Belastungen infolge harter Schicksalsschläge – neben ihrer unendlichen Güte und Empathie die Grundtugenden von Respekt und Aufrichtigkeit eine innerste Herzensangelegenheit.

Umso mehr hatte sie nun unter dem Freiheitsentzug und der eh schon ständigen Willkür jener Staatsbediensteter beim

Jugendamt gelitten. Und wie schwer fiel es ihr nun, sich in ihrem alltäglichen Albtraum wieder zurückzufinden.

Mit all diesen Narben.

Mama war stets ein besonnener Mensch mit grundehrlicher Haut und sie verkörperte Demut und Anstand. Und dass man ihr die Kinder weggenommen hatte, hat sie nie verkraftet.

Nach ihrem früheren Leben in einer Großfamilie litt sie zunächst unter dem Trauma ihrer dramatischen Vertreibung aus ihrer geliebten Heimatstadt Danzig in Westpreußen.

Und einige Jahre später organisierte sie unter großer Gefahr heimlich eine abenteuerliche Republikflucht aus dem rüden Herrschaftssystem der DDR.

Bei ihrem illegalen Verlassen des kommunistischen Staatsgebietes musste leider ihre Tochter Brigitte auf dramatische Weise hinter dem eiskalten ‚Eisernen Vorhang' zurückbleiben. Und erst mit dem Mauerfall konnte sie ihr Mädchen nach Jahrzehntelanger Isolation wieder in die Arme schließen.

Und nicht genug der tragischen Schicksale, die unsere Mama ständig erleiden musste, hatte man ihr nach ihrer Ankunft in Nürnberg letztendlich all ihre übrigen Kinder auch noch weggenommen und allesamt in verschiedene Heime gesteckt.

Neben ihrem riesigen und nie enden wollenden Herz-Schmerz musste sie seitdem einen unfairen Kampf gegen die

Schikanen und die Willkür des übermächtigen Jugendamtes aushalten.

Zu gerne hätte sie ihre Familie zurückhaben wollen.

Und immer, wenn sie mal mit mir in der Stadt unterwegs war, streckte sie bei allen Wohnhäusern jeweils den Kopf nach oben, um in den Stockwerken nach leerstehenden Wohnungen Ausschau zu halten. Sofern an den Fenstern mal keine Vorhänge waren, klingelte sie sofort an der betreffenden Haustüre und fragte sich durch, ob es hier eventuell eine freie Wohnung gäbe.

Ab und zu mal hatte sie sogar Erfolg und manchmal hat sie mich dann ganz stolz und hoffnungsfroh zum Jugendamt mitgenommen, um die freie Wohnung zu präsentieren. Doch die stets herzlose und sehr launische Beamtin warf uns mit barschem Befehlston und knappen Worten regelrecht aus ihrem Büroraum: *„Raus! Die Kinder bleiben da!"*

Obwohl jene als äußerst barbarisch verrufene Jugendamtsbedienstete in meinem Beisein meiner Mutter bei einigen Besuchen hin und wieder durchaus die Hoffnung gemacht hat, wonach Mama uns Kinder wieder haben könne, wenn sie eine ausreichend große Wohnung vorweisen könnte.

So wurden unsere Mutter und wir Heimkinder zu willkürlichen Opfern staatlich-unmenschlicher Behördenschikanen.

Entrechtet und wehrlos ausgeliefert!

***

Hin und wieder gab es im Orfan einen Tag, der etwas ganz Besonderes war.

Es war weder ein Feiertag, noch stand irgendein Fest bevor. Trotz des normalen Wochentages mussten wir Kinder die Sonntagskleider anziehen und uns spielend im Aufenthaltsraum versammeln. Jeder spürte die Spannung in der Luft, die den besonderen Anlass ankündigte.

Doch niemand von uns ahnte eigentlich, was los war. Und dann war er plötzlich da, der besondere Besuch, für den alles Kopf stand. Eine feine Dame betrat den Aufenthaltsraum und beobachtete uns Kinder eine Zeitlang ohne ein Wort zu sagen. Genauso wortlos ging sie dann mit der Erzieherin auch wieder hinaus.

Jetzt war allen klar, was los war: ein Sonntagskind wurde gesucht. Meist von honorigen, kinderlosen Ehepaaren, die sich im Heim ein Ersatzkind aussuchten, welches sie an Sonntagen abholen und bewirten, aber abends auch wieder zurück bringen konnten.

Nicht immer wurde jedoch ein passendes Kind gefunden, das den Ansprüchen der Sonntagsfamilie gerecht werden könnte. Schließlich sollte der auserwählte Knirps, trotz aller ehrbarer Absichten, welche die Sonntagseltern mitbrachten, noch klein, goldig und umgänglich sein.

Ein heimgeschädigtes Problemkind wollte sich selbstverständlich niemand gern ins Haus holen.

Auf der anderen Seite wünschte sich jedes der Heimkinder insgeheim eine Sonntagsfamilie.

Diesmal traf die Wahl auf mich.

Unverhofft wurde ich ins Zimmer der Erzieherin gerufen und stand schüchtern der eleganten Dame gegenüber, die mir freundschaftlich die Hand entgegenstreckte.

"Mein Name ist Ilse Grieshuber", lächelte sie mich an. *"Ich möchte dich gelegentlich an einem Wochenende gerne abholen, wenn du magst.“*

Ich nickte höflich.

Aber warum war denn die Dame so freundlich zu mir? Sie kannte mich doch gar nicht. Obwohl ich mich insgeheim darüber freute, als Sonntagskind ausgewählt worden zu sein, rief die ungewohnte Freundlichkeit der fremden Dame aber erhebliches Unwohlsein in mir hervor.

Denn die Freundlichkeit, die ich vom Heimpersonal her kannte, war jedenfalls immer mit einer Falle, quasi einem Hinterhalt oder einer unangenehmen Gegenleistung verbunden und löste in mir stets einen schrillen Alarm aus.

Außerdem war ich im Umgang mit fremden Leuten völlig ungeübt, wusste gar nicht, wie ich mich bewegen sollte, oder was ich sagen durfte. Schüchtern stand ich nur da und nickte artig auf die Fragen der netten, aber zu freundlichen Tante. Gleichzeitig war da ja auch noch mein innerster Konflikt gegenüber meiner Mama, die ich ja auch regelmäßig sehen wollte.

Dennoch rannte ich, als die fremde Dame sich verabschiedet hatte, zum Fenster und schaute ihr nach. Sie stieg in einen braunen Volkswagen und fuhr los. Ich blieb am Fenster stehen, bis der Käfer um die Ecke verschwunden war.

Die anderen Kinder waren traurig und neidisch zu gleich. So eine fesche Sonntagsmutter. Noch dazu mit einem Auto.

Trotz meines inneren Alarmsignals und dem Zwiespalt meiner Mama gegenüber, fieberte ich dem ersten Wochenende entgegen, wo Frau Grieshuber mir versprochen hatte, mich am Sonntag schon vor dem Mittagessen abzuholen.

Kaum hatte ich ganz aufgeregt mein Frühstück hinunter geschlungen, stand ich schon erwartungsvoll am Fenster. Ich starrte wie gebannt auf die Straßenkreuzung und das Hauseck, welches in die Willstraße mündete und wo die Schnauze des schokoladenpuddingbraunen Volkswagens jeden Moment sichtbar werden müsste. Lange stand ich so und wartete, bis der VW-Käfer endlich um die Ecke bog und vor dem Kinderheim anhielt.

Ich war sehr aufgewühlt, als ich meiner Sonntagstante zum Wagen folgte. Ohne mich umzusehen, spürte ich die neidvollen Blicke der anderen Kinder in meinem Rücken. Gerne wäre so mancher an meiner Stelle gewesen.

Stolz, aber misstrauisch und unsicher stieg ich hinter den vorgeklappten Beifahrersitz und nahm auf der Rücksitzbank Platz. Durch das halbmondförmige, kleine Heckfenster des Wagens winkte ich meinen in der vorderen Ecke des obersten Balkons stehenden Geschwistern zu.

Frau Grieshuber hatte viel mit mir unternommen. Sie war herzlich und verstand wohl was von Kindern, ging auf meine Wünsche ein und wann immer es ihre Zeit erlaubte, holte sie mich sonntags ab. Dann fuhr sie mit mir ins Freibad oder hinaus aufs Land. Sie verwöhnte mich mit Eis und gab mir Dinge zu essen, die ich vom Heim her gar nicht kannte.

Nach anfänglicher Zurückhaltung entwickelte ich eine echte Zuneigung zu meiner ‚Tante Ilse', wie ich sie bald nennen durfte. Sie war sehr liebenswürdig, konnte aber auch sehr böse werden, weil ich sie andauernd nur mit *‚Sie'* ansprach.

„Wenn du heute noch einmal ‚Sie' zu mir sagst, werde ich dich nicht mehr abholen", drohte sie und schaute mich ernst dabei an. Ich mochte sie eigentlich ganz gern und hatte Angst, sie zu verlieren. Aber ein *‚Du'* brachte ich einfach nicht über die Lippen. So vermied ich nachfolgend jede persönliche Anrede.

Erst als es schließlich doch mal unumgänglich wurde, nahm ich meine ganze Courage zusammen, biss mich fest auf die Unterlippe und wisperte leise das kleine Wörtchen hervor, das ‚meine Tante' von mir hören wollte, obwohl ich mich dabei völlig unwohl fühlte.

Hatte man mir im Heim doch mit unerbittlicher Härte und unter Androhung rigoroser Strafe verboten, Erwachsene zu duzen. Und genau das sollte mir jetzt zum Verhängnis werden. Meine ‚Tante Ilse' drohte mir nun Bestrafung an, wenn ich sie nicht duzte.

Aus diesem vollkommen gegensätzlichen Verhalten Erwachsener konnte ich nicht schlau werden.

Trotz schlechten Gewissens meiner Mutter und meinen Geschwistern gegenüber hatte ich sehr viele unvergessliche Stunden mit Tante Ilse verbracht. Mit freudiger Erwartung stand ich jedes Mal nach dem Sonntagsfrühstück am Fenster und behielt unaufhörlich das Eck des Hauses an der Kreuzung im Auge.

Wie groß war die Enttäuschung, wenn Tante Ilses brauner Käfer den ganzen Tag lang dann doch nicht um die Ecke bog.

Ja, ein Sonntagskind zu sein bedeutete eben nicht nur, wunderschöne, unbeschwerte Wochenendtage verbringen zu dürfen und mit kleinen Geschenken verwöhnt zu werden!

Tante Ilse kam. Oder sie kam nicht. Es war eben völlig unverbindlich. Und wen scherte schon meine Traurigkeit?

Viele Sonntage stand ich also wie angewurzelt am Fenster mit starrem Blick auf die Straßenecke.

Einmal schenkte mir jene Tante Ilse auch eine große Holzkiste, bis zum Rand gefüllt mit Legobausteinen. Das war das Tollste überhaupt.

Die Spiele des Heimes kannte ich allesamt schon in- und auswendig, aber mit den Legobausteinen konnte ich mich in ein Eck verkriechen und selbstversunken kreativ sein. Jahrelang war der Legobaukasten mein Lieblingsspielzeug, der allerdings ebenfalls von der Erzieherin verwaltet und nur auf Verlangen und natürlich nur bei guter Führung an mich ausgegeben wurde.

Ich spielte noch viele Jahre damit, auch noch, als Tante Ilse mich schon längst vergessen hatte.

Nein, als Sonntagskind gab es nicht nur Freude und angenehme Erlebnisse. Sonntagskind zu sein, bedeutete auch bange Stunden vergeblichen Wartens und die damit verbundene herbe Enttäuschung, allein gelassen zu sein. Denn wenn ich auf sie wartete, konnte ich ja auch nicht zu meiner Mutter.

Und, Sonntagskind zu sein, löste in mir aber auch einen ungeheuren Gewissenskonflikt aus, wenn es darum ging, mich am Wochenende zwischen meiner Mutter und dieser Sonntagstante entscheiden zu müssen.

Diese Zwiespältigkeit trat ganz besonders unangenehm an jenem Tag meiner heiligen Erstkommunion zu Tage. Nach der feierlichen Zeremonie in der *Sankt-Anton*-Kirche wurde ich vor dem Hauptportal von meiner Mutter, meinem Bruder Jürgen und meinen drei kleinen Geschwistern Wally, Ingrid und Mariele empfangen. Wir umarmten uns und sie gratulierten mir zu meinem Ehrentag.

Und gerade in dem Moment, als wir allesamt zum Jürgen nach Hause fahren wollten, tauchte plötzlich Tante Ilse auf. Sie schüttelte mir gratulierend die Hand, schenkte mir eine Armbanduhr und gab allen zu verstehen, dass eigentlich sie mich heute habe mitnehmen wollen, womit sie mich in eine ungeheure Gewissensangst stürzte.

Egal wie ich mich entscheiden würde, irgendjemand würde enttäuscht sein. Meinen seelischen Nöten hilf- und ratlos ausgeliefert, nahm ich wortlos die Auseinandersetzung zwischen den sich um mich streitenden Erwachsenen wahr.

Eigentlich wollte ich diesen Tag schon gerne mit meinen Geschwistern und meiner Mama feiern. Hatte doch Jürgen als Bäcker und Konditor extra eine wunderschöne Torte für mich zubereitet.

Aber wie sollte ich es dieser Tante Ilse beibringen, ohne sie zu kränken. Nach einem heftigen Wortwechsel mit meinem großen Bruder stapfte meine Sonntagstante schließlich ärgerlich davon. Ich sah ihr die Enttäuschung an. ‚Die kommt bestimmt nicht wieder', dachte ich, teils enttäuscht, aber teils auch froh, mein Dilemma dann endlich wieder los zu werden.

Ihre Kommunionsuhr hatte ich sofort bei der Erzieherin abgeben müssen, denn selbst eine Armbanduhr zu besitzen, war nicht erlaubt. Ausschließlich an Sonntagen durfte ich sie mir auf Verlangen ab und zu umbinden.

Tante Ilse holte mich trotz des unschönen Zwischenfalls wieder ab. Allerdings nur noch sehr unregelmäßig.

Zeitweise wohnte und arbeitete sie im Ausland. Dann bekam ich seltene Briefe aus England oder Frankreich. Danach holte sie mich mal wieder ab.

In immer grösser werdenden Abständen. Und immer seltener. Bis Tante Ilse irgendwann überhaupt nichts mehr von sich hören ließ. Ihr ‚Harry-Butschel', wie sie mich stets liebevoll genannt hatte, war eben nicht mehr das kleine schnuckelige Sonntagskind, dass sie sich dereinst zum Spielen ausgesucht hatte.

Zurück blieben bittere Enttäuschung und die eigene Geringschätzung. Klar, ich war ja auch nichts weiter als ein Heimkind.

Und dann passierte es schon mal, dass ich hin und wieder ins Bett machte. Mit allen möglichen Tricks gelang es mir eine Zeit lang, das Malheur morgens zu vertuschen. Doch irgendwann wurde ich dabei ertappt und als Bettnässer an den Pranger gestellt.

Denn nicht Verständnis oder Besorgnis war es, was man uns entgegenbrachte, sondern erniedrigende Vorwürfe, die bis zu Bestrafungen führten.

***

In der Schule wurden wir Heimkinder immer nur *„die vom Waisenhaus"* genannt.

Da gab es also zwei Gruppen, die normalen Kinder und *„die vom Waisenhaus"*. Ohne eigenes Dazutun wurde man so bereits abgestempelt. Das Gefühl, einer Randgruppe an zu gehören, trat immer wieder zutage und wurde durch Schulleitung und Lehrer mit einerseits gutgemeinten Aktionen gefördert: Schulmilch, für Heimkinder kostenlos; Eintritt in Planetarium oder Schwimmbad, für Heimkinder frei; Besuch des Tiergartens oder einer Theatervorstellung, für Heimkinder umsonst.

Parallel dazu wurden wir aber durch eine besonders beschämende Ausgrenzung hervorgehoben: denn die Heimkinder mussten im Klassenzimmer abgesondert in der Fenster-Reihe sitzen.

Heimkinder sind also arme Schweine, die einer Sonderbehandlung bedürfen.

Verschämt nahm ich diese Sonderbehandlungen hin. Aber ich wollte keine Sonderbehandlung. Ich wollte nur so normal sein wie die anderen Schulkinder eben auch.

Der Weg zwischen Schule und Heim betrug nur wenige Meter und war in weniger als fünf Minuten zurückzulegen.

Der Nachrichtendienst zwischen den Lehrkräften und dem Erzieherpersonal funktionierte jedoch schneller. Kein Schulstreich, und war er noch so banal, blieb dem Heim verborgen.

Auch wenn man mit noch so geschickt aufgesetzter Unschuldsmiene im Orfan ankam, durch die drohende Haltung der Erzieher wurde man sofort entlarvt.

Wenn ich allmorgendlich zur Schule ging, beneidete ich meine MitschülerInnen, die von ihren Eltern mit dem Auto gebracht oder abgeholt wurden. Mir war, als kämen sie aus einer ganz anderen Welt. Aus einer Welt, die mir fremd war. Manche fuhren mit dem eigenen Fahrrad und ich war noch nie auf einem Rad gesessen.

***

Die Zeit, in der ich zusammen mit meinen Geschwistern ein Vierbettzimmer bewohnen durfte, war bald vorüber. Ich wurde umquartiert und schlief von da an mit fünf anderen Bürschlein in einem Sechsbettzimmer.

Und da wurde ich eines Tages krank. Nichts Schlimmes, aber ansteckend. Mit einem geschwollenen Backen wachte ich auf und fühlte mich hundeelend. Der Hals tat mir weh und ich hatte hohes Fieber.

„Parotitis epidemica“ diagnostizierte der herbei gerufene, ans Heim vertraglich angebundene Arzt, der einen sonst gern als Simulant abstempelte, in unverständlicher Fachsprache, nachdem er mich grobschlächtig abgetastet hatte.

„Mumps" übersetzte er der ratlos dreinblickenden Erzieherin. Dann fügte er noch einen Ausdruck hinzu, den ich trotz meines Elends recht lustig fand: *„Ziegenpeter“.*

Der Herr Dr. Hubert war ein feister Arzt, ohne Humor, immer ernst und den Kindern vom Heim unsympathisch. *„Einseitige Schwellung der Ohrspeicheldrüse“*, stellte er weiterhin fest, während er meinen Hals weiter abtastete. Dann verordnete er mir absolute Bettruhe und Quarantäne, drückte der Erzieherin wortlos die Hand, ohne aber seinen Patienten zu verabschieden und verschwand.

Ich war richtig stolz auf meine Krankheit. Wurde mir doch endlich mal richtig Aufmerksamkeit zu teil. Ich bekam ein Einzelzimmer außerhalb meiner Gruppe in jener Etage, in welcher sich auch die Verwaltungsräume befanden. Ein spezielles Krankenzimmer ganz für mich allein. Das Essen wurde mir von der Hauswirtschaftsleiterin, die offenbar auch in Krankenpflege ausgebildet war, persönlich ans Bett gebracht.

Krank sein war herrlich!

So gut wie hier ging‘s mir überhaupt noch nie. Das Essen war auch nicht der übliche Heim-Mampf, sondern eine speziell für Kranke zubereitete Schonkost, liebevoll portioniert und auf einem Tablett serviert.

Nur für mich allein!

Die Hauswirtschaftsleiterin richtete mir das Bett und achtete darauf, dass mein Zimmer angenehm temperiert und gut durchlüftet war. Mehrmals am Tag erkundigte sie sich nach meinem Wohlbefinden.

Und wenn ich aß, stützte sie meinen Rücken im Bett mit einem großen Kissen, damit ich bequem sitzen konnte.

Morgens zog sie die Jalousie hoch, öffnete das Fenster und schüttelte mir mein Federbett auf. Obwohl sie sonst sehr unnahbar war, genoss ich ihre fürsorgliche Pflege.

Und wie!

Noch nie im Leben hat sich jemand so intensiv um mich angenommen. Jedenfalls konnte ich mich nicht daran erinnern. Kaum hatte sie mein Zimmer verlassen, sprang ich aus dem Bett und lief zum Fenster. Dort stützte ich meine Ellenbogen aufs Fensterbrett und beobachtete zum Zeitvertreib das Treiben auf der Straße: Autos, Radfahrer, Passanten, Schulkinder, die Feuerwehr.

Achtung, eine Erzieherin! Schnell, Kopf runter!

Und wenn ich dann auf dem Flur die Schritte meiner Krankenpflegerin hörte, huschte ich schnell ins Bett und kroch unter die Decke.

Doch nach einigen Tagen ging die Schwellung der Backe leider wieder zurück. Dafür trat zu meinem Glück die Drüsenschwellung nun auf der anderen Seite auf. Folglich war eine weitere, intensive Pflege unerlässlich.

Das war ein Leben!

Es ging mir so richtig gut. Die Schmerzen beachtete ich gar nicht, denn ich fühlte mich wie im Königreich.

Aber nach vierzehn Tagen etwa wurde ich dann bedauerlicherweise doch wieder gesund und musste mein herrliches Königreich wieder verlassen.

Wie schade!

Noch lange sehnte ich mich nach meinem Krankenzimmer zurück, wo ich das erste und einzige Mal jene Fürsorge erfahren hatte, die mir sonst völlig versagt war. Und wie oft wünschte ich mir, mal wieder so richtig schön krank sein zu dürfen.

***

Im Alter von zehn Jahren musste ich Abschied von der Kinderabteilung nehmen und wurde in die Schulbubenabteilung verlegt. Meine Geschwister sah ich von da an nur noch an den Wochenenden.

In der Schulbubenabteilung merkte ich erst, wie vergleichsweise behütet ich in der Kindergruppe aufwachsen konnte. Obwohl ich mich keinen einzigen Tag dort wohlgefühlt hatte.

Doch waren die Phasen meiner Kindheit nun endgültig vorbei. Denn in der Schulbubenabteilung, auch ‚Gruppe Fünf' genannt, herrschten völlig andere Gesetze.

Es galt das Recht des Stärkeren und der Umgangston war rau und militärisch.

Die Vornamen der Kinder interessierten niemanden, man wurde ausschließlich bei seinem Familiennamen gerufen. Und die Maßstäbe für Zucht und Ordnung wurden hier, im Vergleich zur ‚Gruppe Vier', wesentlich strenger angesetzt.

Die Umgewöhnung an die neue Situation fiel mir unendlich schwer. Und oft weinte ich nachts still in mein Kissen, von meinen Geschwistern räumlich getrennt worden zu sein.

Still und heimlich. Denn öffentlich eine Träne zu zeigen, war hier verpönt, man wäre sofort als Weichling abgestempelt, gehänselt und rumgeschubst worden.

So bin ich mehr und mehr zu einem wahren Meister im Verbergen von Gefühlen herangewachsen.

Im Gegensatz zu den Erzieherinnen der Kinderabteilung griffen die Erzieher bei den Schulbuben gerne auf die Prügelstrafe zurück. Im Allgemeinen war mit den Erziehern nicht zu spaßen. Wenn es sein musste, drosch der eine oder andere Erzieher zur Durchsetzung seiner Ziele planlos auf die Buben ein.

Und bei achtundzwanzig halbwüchsigen Burschen, die in dieser Gruppe wohnten, musste es wohl öfter sein. Dabei waren die Methoden der körperlichen Züchtigungen so unterschiedlich wie die Erzieher selbst. Sehr gefürchtet waren die unberechenbaren Attacken des Herrn Wölfel.

Ein kleiner, rundlicher Mann, mit buschigen, schwarzen Augenbrauen über seinen streng funkelnden Augen. Und mit ständig schlechter Laune.

Vielleicht, weil er mit dieser halbwüchsigen und ruppigen Rasselbande hoffnungslos überfordert war. Jedenfalls war er sehr leicht reizbar. Die wenigen Haare, die er noch auf dem Kopfe trug, kämmte er in breiten Bahnen vom tiefliegenden Scheitel auf der linken Seite knapp oberhalb seines Ohres quer über seine Glatze und klebte sie dort mit ordentlich Frisier-Creme fest.

Er kam der Funktion eines Kalfaktors am nächsten. Drohend rasselte er mit seinem schweren Schlüsselbund, den er als Wurfgeschoss immer dann einsetzte, wenn er sich nicht mehr anders zu helfen wusste. Eine sehr wirkungsvolle Maßnahme, die allerdings bei den zumeist im Rückgrat Getroffenen, äußerst schmerzhafte Eindrücke hinterließ.

Die klebrigen Haarsträhnen verließen dann oftmals ihren heroischen Platz und hingen dem Wölfel seitlich baumelnd in langen Zotteln herab, wodurch er noch wilder und furchteinflößender aussah. Und wirr!

Vorgewarnt wurde man beim Herrn Bauereis dadurch, dass er in brenzligen Situationen vorsichtshalber seine Armbanduhr abnahm und in die Jackentasche steckte. Das war für uns Jungs das Signal für allerhöchste Alarmbereitschaft.

Fauchend wie eine Dampfwalze schlug der große, massige Erzieher – der sich sonst vergeblich darum bemühte, eine Vaterfigur abzugeben, bei uns dadurch aber eher lächerlich hilflos wirkte – wahllos auf alle ein, die aus seiner Sicht den Ordnungsfrieden störten.

Weil wir Burschen dabei unsere Arme schützend über den Kopf hielten, um die Wucht der Schläge zu dämpfen, geriet der Züchtigende aber nur noch mehr in Rage.

Durchgesetzt haben sich jedoch die Methoden des Herrn Maiwald, einem ehemaligen Angehörigen der Kriegsmarine.

'Er hatte gerade Landurlaub' – erzählte man sich – *'als sein Schlachtschiff, die Fregatte Scharnhorst wenige Monate vor Kriegsende nördlich vorm Nordkap im sogenannten Unternehmen Ostfront nach schwerem Gefecht durch Torpedotreffer mit Mann und Maus versenkt wurde'.*

Kurzgeschorene Haare und kerniges Auftreten waren sein Markenzeichen. Und er lebte davon, einzuschüchtern. Man hatte bei ihm das Gefühl, dass er immer ein wenig gehetzt wirkte, weil er stets mit flottem Schritt unterwegs war. Jedenfalls munkelte man, dass er als Marinesoldat mehr Streifen auf den Schultern hatte, als ein Turnschuh von Adidas.

Wegen seiner militärisch forschen Art hatten wir alle Respekt vor ihm. Wenn man von dem zusammengeschissen wurde, föhnte es einem glatt die wenigen Haarborsten unserer vorgeschriebenen Meckifrisur nach hinten.

Zumindest aber suchte er sich die Opfer für seine Bestrafungen gezielt und gerecht aus.

Mit kräftigem Arm nahm er sodann den Kopf des Schuldigen in den Schwitzkasten, drückte ihm die Faust seiner rechten Hand in den Nacken und fuhr mit den Knöcheln entgegen der Haarwuchsrichtung bis hoch zum Scheitel.

Der Druck, den er dabei ausübte, richtete sich nach der Schwere des Vergehens, dessen man von ihm als Sofortrichter für schuldig befunden wurde.

War er mit seiner Folter fertig, schrie er im Hinausgehen und noch bevor die Zimmertüre krachend ins Schloss flog, so laut, dass seine Halsschlagader zu platzen drohte, das Wort, das jeder von uns sofort verstand: *„Abstellen!"*

Sollte heißen, das nach Vernehmen seines Kommandos der Missstand oder Mangel, den er glaubte entdeckt zu haben, umgehend zu beseitigen war.

Wegen der Reibung, die auf dem Kopf einen brennenden Schmerz erzeugte, wurde das Ganze dialektisch gern *‚Reiberle'* genannt.

Die Reiberle waren sehr populär und wurden bald auch von den anderen Erziehern der Gruppe Fünf in ihr Bestrafungs-Repertoire übernommen.

Reiberle gab's für schlechte Noten im Zeugnis ebenso, wie für schlecht gemachte Betten oder nicht ordentlich aufgeräumte Schränke. Berechtigte Reiberle gab's und unberechtigte.

Aber alle hinterließen neben dem brennenden Schmerz der Reibung auf dem Hinterkopf einen roten Striemen und nicht selten länger anhaltende Kopfschmerzen.

Die Ursachen der Bestrafungen waren oft mehr als gering und die Härte der Strafe stand meist in keinem Verhältnis zu der ‚begangenen‘ Straftat. Laufend verstieß man gegen irgendwelche absurden Regelungen.

Wurde man tagsüber grundlos in einem der Schlafräume erwischt, gab's Bestrafung.

Witze und Gelächter bei Tisch wurden ebenso unnachsichtig geahndet, wie wenn einer seinen Teller nicht leer essen wollte. Entsprach Haarlänge und Haarform nicht den Vorstellungen des Erziehers, so gab es Zoff. Und natürlich musste die täglich getragene Kleidung den jeweiligen Wetterverhältnissen angepasst sein, insbesondere im Sommer. Wenn nicht, war man sich seiner Strafe sicher.

Wann ‚Sommer‘ war, bestimmten die Erzieher mit Hilfe des Thermometers. Dann war das Tragen von kurzen Hosen vorgeschrieben.

Bestraft wurde selbstverständlich das Zuspätkommen nach dem Sonntagsausgang, ebenso wie schlechtes Benehmen in Heim und Schule, oder der Besitz eines Transistorradios.

Wie aus heiterem Himmel traf einen Jeden aus der Schulbubenabteilung immer wieder mal eine Bestrafung. Nicht einen einzigen Tag war man davor gefeit.

Die meist recht willkürlich erlassenen Vorschriften lauerten aus jedem Winkel hervor und warteten nur darauf, übertreten zu werden.

Als ich den Ex-Krieger Maiwald einmal fragte, ob ich mir aus meinem Zimmer schnell mal was holen dürfe, hatte er mich mit seinem autoritären Erziehungsstil lauthals mit den Worten angemault: *„Zimmer gibt's im Hotel oder im Puff, aber nicht im Orfan. Da gibt's nur Stuben. Merk dir das! Außerdem kannst du ja die ganze Nacht in deinem Zimmer verbringen!"*

Wehmütig dachte ich an die Gruppe Vier zurück, in der alles ganz anders war, auch nie richtig schön, aber irgendwie doch schöner.

Der Tagesablauf in der Schulbubenabteilung spielte sich zwar ähnlich ab, aber da war etwas, das mir von Anfang an Unbehagen im Bauch verschaffte. War es der Kommandoton, das ständige und zum Teil brutale Drangsalieren, oder das nun völlige Unfrei sein, welches hier noch deutlicher spürbar war, als in der Kinderabteilung.

Es begann schon mit der Art und Weise, wie wir morgens geweckt wurden. Jeder der Erzieher hatte zwar seine eigene Methode, aber eines hatten alle gemeinsam: sie verursachten immer sehr viel Lärm, was ich im morgendlichen Halbschlaf jeweils als akustische Körperverletzung empfunden hatte. Recht unsanft wurde man also aus seinen Träumen gerissen und war sehr schnell wieder auf dem eiskalten Boden brutaler Tatsachen.

Herr Wölfel bevorzugte es, mit einem goldfarbenen Blechgong, den er mit einem Klöppel scheppernd traktierte, von Zimmer zu Zimmer zu dröhnen, während Herr Maiwald, der Seemann, es vorzog, laut und schrill durch seine Finger zu pfeifen. Andere Erzieher stießen geräuschvoll die Tür auf und klatschten schallend in die Hände.

Nach dem Aufstehen begann der Ansturm auf die Waschräume und die wenigen Toiletten. Beim unmittelbar danach anschließenden Bettenbau lagen pedantische Maßstäbe zu Grunde. Es erforderte schon einige Mühe, bis mein Oberbett den militärisch festgesetzten Normen entsprach.

Zuerst das Bett aufschütteln, in der Mitte falzen, halbieren, herumwerfen, die unteren Ecken einschlagen, das Ganze wieder wenden und mit den Handflächen brettgerade, millimetergenau und sekundenschnell ausrichten. Bald ist mir der sich täglich wiederholende Bewegungsablauf lebenslang in Fleisch und Blut übergegangen. Laken und Kopfkissen durften natürlich keine Falten aufwerfen, wenn man nicht riskieren wollte, dass der Liegestattinhalt gnadenlos herausgerissen wurde und einem vor die Füße segelte, woraufhin natürlich ein ‚Reiberle' folgte.

Wenn die Betten fertig waren, musste in der Stube noch gekehrt und staubgewischt werden. Danach war man gezwungen, sich in Zweierreihen vor dem Aufenthaltsraum zur allgemeinen Musterung aufzustellen.

Wenn der Seemann Maiwald Dienst hatte, nutzte er die allmorgendliche Prozedur zu militärisch-disziplinarischen Drillübungen. Er trat vor sein Zimmer, ließ seinen obligatorischen Weckpfiff los und grölte hinterher: *„mit Konkurrenz!"*

Alle wussten sofort, was dies zu bedeuteten hatte. Hektisch rannten wir wie wild durcheinander. Wir traten gegenseitig als Konkurrenten an, im Wettstreit um den ersten Platz. Sieger wurde die Mannschaft, welche ihre Stube als erste fertig hatte, deren Betten den vorschriftsmäßigen Schliff aufwiesen und Boden und Einrichtung absolut staubfrei waren. Der Stubenälteste schrie dann lauthals unter Nennung der Zimmernummer in den langen Flur: *"Stube fünf fertig",* während die übrigen Zimmerkameraden zum Appell bereitstanden.

Dann eilte der Maiwald herbei, warf sich sportlich markant zwischen die Bettgestelle in den Liegestütz, suchte sämtliche Kanten und Ritzen nach Staubflusen ab, dann die Deckenlampe, prüfte den Sitz der Leintücher und kontrollierte mit der Akribie eines Truppenführers, ob der Schlafraum auch sonst den erforderlichen Ansprüchen entsprach und schließlich auch noch, ob sich alle gewaschen hatten.

Die Siegermannschaft durfte, wenn alles in Ordnung war, als erste in den Aufenthaltsraum und über das Frühstück herfallen, währenddessen der Erzieher die anderen Schlafstuben inspizierte. Ungestraft durften die Burschen dann das tun, was sonst verboten war. Sie suchten sich das Beste heraus und hamsterten Brot oder Brötchen.

Was die danach kommenden Jungs am meisten ärgerte aber war, dass von der begehrten Milch nicht ein Tropfen mehr übrig war.

Milch war im Gegensatz zu dem täglichen roten Einheitstee eine willkommene Abwechslung, wurde aber zum Leidwesen der Zöglinge sehr selten und nur in kleineren Mengen von der Küche ausgegeben.

Die Sieger der ‚Konkurrenz' tranken nicht nur eine oder zwei Tassen Milch, vielmehr schlürften sie direkt aus einer auf dem Tisch stehenden Tasse, während sie gleichzeitig die Milch aus der schräg gestellten Blechkanne von oben nachlaufen ließen.

Ein laut vernehmbarer Rülpser signalisiert dann, dass die Kanne leer war.

Jeder wäre gern einmal Sieger geworden. Für eine Tasse Milch.

Die besondere Schwierigkeit des Konkurrenzkampfes lag jedoch darin, dass für sämtliche sechs Schlafstuben nur ein einziger Besen vorhanden war. Deshalb wurden natürlich immer nur die Größten und Stärksten Sieger dieses unfairen Wettkampfes, weil sie die Kleineren auf dem Weg zur Besenkammer einfach auf die Seite drängten oder mit einem Fausthieb in die Rippen einschüchterten.

Klar, es galt ja das Recht des Stärkeren!

Und ich gehörte als Neuer zu den Jüngsten und auch zu den Schwächeren. Mit den Kräfteverhältnissen zurecht zu kommen, hatte ich da noch so meine Schwierigkeiten.

Um aber auch einmal in den Genuss zu kommen, Sieger-Milch trinken zu dürfen, hegten wir Kameraden meines Viererzimmers, einen Plan aus. Als der Maiwald wieder Dienst hatte, holten wir uns nachts den Besen und kehrten die Stube. Es war nicht ganz einfach, denn nächtliche Geräusche wurden wachsam registriert.

Dennoch war es uns gelungen, den Besen rechtzeitig wieder unbemerkt an seinen Platz in der Putzkammer zurückzustellen. Damit der vermaledeite Fußboden tatsächlich staubfrei blieb, wischten wir bis zum Morgengrauen den Kunststoffbelag – besonders unter den Bettgestellen – mit einem angefeuchteten Handtuch. Die halbe Nacht verbrachten wir damit, den Boden frei von Staubflusen zu halten.

Diesmal würden wir die Siegermannschaft sein. Ganz sicher! Und wir würden die Milch genauso maßlos in uns hineinschütten, wie die anderen es immer zu tun pflegten.

Als am Morgen Maiwalds schriller Weckpfiff ertönte, waren wir Vier schon wieder fest eingeschlafen. Rasch sprangen wir aus den Betten und lauschten auf das Kommando, das sonst dem Pfiff unmittelbar folgte.

Hatten wir es schon überhört? Nein! Es kam nicht! Das Signal zum Konkurrenzkampf.

Die nächtlichen Mühen waren umsonst. Vielleicht hatte der Erzieher uns in der Nacht belauscht und wollte uns nun seinerseits hereinlegen. Keiner wusste was los war. Jedenfalls gab es an diesem Tag keine hektischen Kämpfe rivalisierender Zimmernachbarn, keinen Konkurrenzkampf.

Und keine Siegermilch!

***

Die täglichen Pflichten ähnelten denen, die ich schon von der Kindergruppe her kannte. Nur, dass die anfallenden Reinigungs- und Aufräumarbeiten in wöchentlichem Wechsel an Arbeitsgruppen vergeben wurden.

Nach den Mahlzeiten mussten zwei Küchendienstler die Tische abdecken, sauber abwischen, sowie das Geschirr für achtundzwanzig Personen abwaschen.

Dazu mussten die Geschirrteile zur Nachkontrolle durch den Erzieher sauber aufgestapelt, das Besteck formiert und natürlich die Edelstahlspüle blitzblank geputzt sein. Besonders der Maiwald nahm sich die Mühe für eine sorgfältige Nachüberprüfung jedes einzelnen Teils. Mit den Fingerspitzen holte er jeden Teller einzeln vom Stapel, hielt ihn ins Licht und drehte und wendete ihn auf der Suche nach den winzigen Resten eines Wasserfleckchens.

Zwar gaben wir Burschen uns schon Mühe, den strengen und willkürlichen Erfordernissen gerecht zu werden, indem wir den Geschirrberg nach dem Abwaschen nicht nur einfach abtrockneten, sondern auch noch mit einem fusselfreien Geschirrtuch nachpolierten. Dennoch wurde hin und wieder ein Fingerabdruck am äußersten Tellerrand oder der Hauch eines Wassertröpfchens übersehen.

Dies fiel natürlich unter das Strafregister.

Jeder Küchendienstler bekam dann für jedes ‚mangelhafte' Geschirrteil ein Reiberle. Bei einem Geschirrberg für achtundzwanzig Mann kam es schon mal vor, dass der eine oder andere

Teller oder 'ne Tasse den Lichttest nicht bestanden. Je nach Anzahl der festgestellten Mängel steigerten sich die Reiberle an Intensität und Grobheit und wurden nicht selten durch eine harte Kopfnuss gekrönt, was als *‚Reiberle mit Spezialeffekt'* bezeichnet wurde.

Machten wir uns morgens auf den Weg zur Schule, wurden wir vor Verlassen des Hauses nochmals begutachtet. Es schien die Devise vor zu herrschen: den Zöglingen ist grundsätzlich nicht zu trauen, sie führen ständig etwas im Schilde.

Was zum Teil allerdings auch zutraf.

Das Gefühl, in der Schule als Heimkind einer Randgruppe an zu gehören, wurde nicht nur durch den Orfan-Haarschnitt, sondern auch zum Teil durch die Kleidung hervorgehoben. Im pubertären Alter kurze Hosen tragen zu müssen, war mir und meinen Altersgenossen ungemein peinlich.

So versteckten wir unsere langen Hosen zusammen gerollt in der Büchertasche unter den Schulsachen. In der Schultoilette wurde dann die kurze Hose ausgezogen und gegen die lange eingetauscht.

So betrachtet, war den Zöglingen tatsächlich nicht zu trauen. Die Orfaneigene Logik ging also auf.

Es war doch logisch, dass man Zöglingen nicht trauen konnte, die mit allen möglichen Tricks versuchten, gegen Weisungen der Erzieher – auch wenn diese noch so irrwitzig waren – zu verstoßen.

Wehe dem, bei dem eine lange Hose in der Büchertasche gefunden wurde, obwohl ‚Sommer' angeordnet war.

Auf dem Weg von der Schule zurück ins Heim sprachen sich die Kinder aus meiner Klasse untereinander ab, ob, beziehungsweise welche Hausaufgaben gemacht werden.

Ich, der ich ein gewissenhafter und interessierter Schüler war, wurde regelmäßig überstimmt. Die nachmittäglichen Schulaufgaben wurden von den Erziehern sehr streng überwacht und ich konnte schlecht mehr Hausaufgaben erledigen, als die anderen Kameraden meiner Klasse vorgaben, ohne deren Zorn oder Dresche auf mich zu ziehen.

So war ich nicht in der Lage, mich frei zu entscheiden.

Es war mir völlig klar, dass unerledigte Hausaufgaben nicht nur Ärger in der Schule, sondern auch und vor allem im Heim nach sich zogen. Meinen Rüpel-Schulkameraden war dies völlig egal. Aber die Rolle des Verräters gegenüber meinen Mitschülern gefiel mir auch nicht besonders.

Verräter hatten im Heim keinen leichten Stand.

Ich befand mich also in der Zwickmühle zwischen meiner Gewissenhaftigkeit auf der einen und dem Gruppenzwang auf der anderen Seite. Den restlichen Tag über plagte mich daher das schlechte Gewissen wegen mangelhaft erfüllter Hausaufgaben.

So blieb ich die halbe Nacht auf und wartete, bis alle eingeschlafen waren.

Dann schlich ich durch den langen Gang der Abteilung und vergewisserte mich, ob der Erzieher auch wirklich schon schlief. Drang durch die Türritzen des Erzieherzimmers noch Licht hindurch, so ging ich auf die Toilette und legte mich wieder hin, um nach etwa einer halben Stunde einen weiteren Versuch zu starten.

Brannte im Zimmer des Erziehers kein Licht mehr, presste ich mein Ohr ans Schlüsselloch, um mich seiner gleichmäßigen Schlafgeräusche zu überzeugen.

Wie ein Dieb schlich ich den düsteren Gang weiter vor bis zum Eingangsbereich, in dem ein großes Aquarium auf einem Podest stand. Ich holte meine Büchertasche, rückte leise einen Stuhl an das Podest heran und schrieb im diffusen Licht der Aquarium-Beleuchtung an meinen Hausaufgaben.

Mehr als die halbe Nacht kritzelte, malte und lernte ich oft, bis ich fertig war. Immer in der Sorge, mein verbotenes Tun könnte entdeckt und bestraft werden. Wie absurd – nur weil ich meine Hausaufgaben machen wollte.

Und dann machte ich stundenlang und mit jeweils verstellter Schrift sogar noch sämtliche Hausaufgaben für meine Schulkameraden mit, damit an mir nicht der Ruf des Verräters haften blieb.

Verräter wurden gemieden und gehasst und nicht selten durch Spießrutenlaufen gequält. Dabei standen sich zwei Reihen Jungs gegenüber, zwischen denen der zu Strafende wie durch eine Gasse hindurch geschubst, geprügelt und getreten wurde. Der diensthabende Erzieher ging meistens weg und schritt nicht ein.

Nein! Verräter wollte ich nicht sein. Verräter waren Außenseiter in der Gruppe und bei den Erziehern. Die Außenseiter-Rolle als Heimkind in der Schule genügte mir vollauf.

Aber die nächtlichen Schularbeiten vor dem Aquarium waren sehr anstrengend, denn das Licht für die Fische war schwach und außerdem musste alles äußerst lautlos geschehen. Das Aquarium stand zwar in einer Nische und war vom langen Flur aus nicht einzusehen, doch jedes Papiergeraschel in der nächtlichen Stille hätte mich verraten.

Immer wieder musste ich meine Aktivitäten unterbrechen, wenn ich auf dem Flur die barfüßigen Schritte eines Kameraden tapsen hörte, der zur Toilette ging, oder gar den Erzieher bei einem seiner Kontrollgänge. Mucksmäuschenstill wartete ich dann ab, bis alles wieder ruhig war, ehe ich weitermachen konnte.

So befand ich mich dabei ständig auf einem Balanceakt zwischen der Schule, deren Anforderungen ich gerecht werden wollte und dem Druck der Heimkollegen aus meiner Klasse, die für die Schule weit weniger Interesse hatten. Und dann auch noch die Bestrafungen, wenn mich der Erzieher nachts erwischen würde.

Außerdem war ich dann an dem darauffolgenden Morgen in der Schule hundemüde und unkonzentriert.

Was für eine blöde Scheiße das alles!

Allmählich setzte sich aber bei meinen Mitschülern die Vernunft insoweit durch, dass man sich einig wurde, zumindest den schriftlichen Teil der Hausaufgaben offiziell in dem vom Heim am Nachmittag festgesetzten Zeitrahmen zu erledigen.

***

Wie in der Kindergruppe, so war auch in der Schulbubenabteilung nach gemeinsamer Abwicklung der überwachten Hausaufgaben bis zum Abendessen genug Zeit für Spiele im Hof.

Der Hof für die Schulbubenabteilung und die Lehrlinge war von dem der Kindergruppen durch einen hohen Drahtzaun getrennt. So gab es für mich – außer am Sonntag – gar keine Gelegenheit mehr, mit meinen Geschwistern zusammen zu kommen.

Die frühzeitig begonnene und amtlich geförderte Entfremdung unter uns nahm hierdurch ihren Fortgang.

Im Hof befand sich ein riesiger Fußballplatz, dessen Belag aus festgewalzten, mit Sand vermischten groben Schottersteinen bestand. Nach mehrmaligem Gebrauch des Spielfeldes traten die Steine wieder an die Oberfläche und fügten einem bei einem Sturz stark blutende Schürfwunden zu. Zum Glätten des Belages gab es eigens eine schwere, eiserne Walze, die von Hand über den Platz gezogen werden musste.

Regelmäßig konnte man zusehen, wie zwei blau-weiß gestreifte Kerle aus der Sträflingsabteilung mit der Walze im Schlepp, schwitzend und schnaubend ihre Bahnen zogen, einem Ochsengespann nicht unähnlich, bis der Platz wieder glatt war.

Ungeachtet der Mühen und Strapazen, die in stundenlanger Schwerstarbeit für das Plattwalzen der Platzoberfläche von den armen Burschen aufgewendet werden mussten, brachte der Heimleiter anschließend seiner holden Ehefrau auf dem Spielfeld das Autofahren bei.

Mit unglaublicher Ignoranz gegenüber den Schutzbefohlenen drehten die beiden ihre Runden. Auf dem frischgewalzten Belag studierte die Heimleiters-Gattin mit unermüdlichem Fleiß Anfahr-, Schalt-, und Bremsvorgänge ein.

Wir trauten unseren Augen kaum. War doch sogar das Rad fahren im Hof bei rigoroser Bestrafung verboten. Umso mehr empfanden wir nun diese verächtliche Rücksichtslosigkeit des Direktors und seiner Frau als eklatanten Verstoß gegen die Gerechtigkeit.

Doch was bedeutete im Orfan schon Gerechtigkeit? Das hell-blaue Auto des Heimleiterehepaares hinterließ auf dem Platz regelrechte Manöverschäden.

Die Reifen gruben sich ins Schotter-Gestein ein und wühlten den losen Belag wieder auf.

Doch, was machte das schon?

Am nächsten Tag kamen erneut zwei blau-weiß gestreifte Kerle aus der Sonderabteilung und zogen, mit der eisernen Walze im Schlepp, schwitzend und schnaubend ihre Bahnen, bis der Platz wieder glatt war, oder – bis die Gattin des Direktors wieder Lust verspürte, mit ihrer hellblauen Limousine das Vorwärts- und Rückwärtsfahren, sowie das Einparken zu probieren.

Was für Vorbilder?

***

Während des Spielens im Hof beobachtete ich die wöchentlich ein- oder auch zweimal eintreffenden Brotlieferungen. Es war immer der gleiche Ablauf. Das Bäckerauto hielt im Hof vor dem Lieferanteneingang zur Küche, der Fahrer sprang heraus, öffnete die seitliche Ladetüre, lud drei oder vier Metallkisten – vollgestapelt mit großen, glatten Brotlaibern – auf ein Wägelchen und verschwand damit im Haus.

Indessen sich der Mann in der Küche befand, lugte ich durch die Seitenfenster des Lieferwagens. Bleche mit leckeren Streuselkuchen waren darin übereinandergeschichtet, Gebäck und andere Köstlichkeiten, die man uns Kindern im Heim niemals bot, lagen körbeweise auf der Ladefläche.

Mir lief das Wasser im Munde zusammen.

Ich sah auch abgebrochene Hörnchen oder Kuchenstücke, welche vom Blech gerutscht und zwischen den Körben eingeklemmt waren, oder achtlos auf dem Boden des Wagens herumlagen.

So ein Krümelstückchen würde mir schon genügen. Die würden es doch eh bloß wegwerfen, überlegte ich, genierte mich aber, den Fahrer danach zu fragen. Der Mann kam kurze Zeit später aus dem Lieferanteneingang, stieg in den Wagen und fuhr mit den eingeklemmten Kuchenresten und den abgebrochenen Plunder-Hörnchen wieder zum Hof hinaus.

Dann passte ich die nächste Brotlieferung ab.

Kaum war der Fahrer ausgestiegen, öffnete ich schon hilfsbereit die Seitentüre und half eifrig mit, die schweren, brotgefüllten Blechkisten auf das Rollenbrett zu laden. Dann wartete ich, bis der Fahrer seine Lieferung ins Haus brachte und bald aus der Küche zurückkam.

„Da ist ein Stück Kuchen heruntergefallen, kann ich das haben?" bettelte ich den schon etwas älteren Mann an. Dieser hob das Kuchenstückchen gleichgültig vom Boden der Ladefläche auf und überreichte es mir achselzuckend.

Ich bedankte mich.

Es war ein zerknautschtes Stück Mohnkuchen, zwar nicht mehr ganz formschön, aber für mich sah es dennoch recht lecker aus. In einer stillen Ecke des Hofes setzte ich mich ins Gras und genoss den süßen Geschmack auf der Zunge.

Einfach paradiesisch!

Von da an half ich bei jeder Gelegenheit dem Lieferanten der Großbäckerei beim Ausladen und verdiente – oder besser: erbettelte – mir so ein paar eingequetschte, oder auf den Boden gefallene Gebäckteile.

***

Das obligatorische Spiel der Heranwachsenden war, wie bei unzähligen anderen Burschen auf der Welt auch, der Fußball.

Nachdem die knappe Freizeit ausschließlich innerhalb des Heimgeländes verbracht werden musste, wurde unermüdlich gebolzt, gekickt und gedribbelt. So mancher bekam ein gutes Ballgefühl und entwickelte sich zu einem wahren Fußballmeister.

Neben Fußball wurde gelegentlich auch amerikanisches Baseball gespielt, oder auf der Hofeinfahrt Rollschuh gelaufen, gebalgt, oder einfach nur so herumgehangen.

Beendet wurden sämtliche Spieleifer durch die Kommandorufe des Erziehers zum Abendessen.

Dabei hatte auch der Kommiss-Kopf Herr Maiwald seine eigenen Methoden. Aus einem Fenster der Gruppe Fünf, die ganz oben unter dem Dach einquartiert war, pfiff er schrill durch seine Finger und schrie lauthals: *„Den Letzten beißen die Hunde!"*

Wohlwissend, was damit gemeint war, rannten wir alle sofort los. Es begann ein Ansturm aufs Treppenhaus. Keiner wollte der Letzte sein. Die Schwächeren wurden auf der Treppe schlichtweg festgehalten, weggezerrt, geschubst und regelrecht überrannt.

Natürlich durften keine Sachen, wie Turnschuhe oder Bälle, im Hof zurückbleiben. Alles musste eingesammelt und mit hochgebracht werden. Pech für denjenigen, der sein Trikot erst noch hinter dem Pfosten des Fußballtores oder im entlegensten Eck des Spielfeldes hervorholen musste. Doch irgendwann begriff man schon, seine Sachen stets in Fluchtrichtung zu platzieren, um keine einzige Sekunde Zeitverlust zu riskieren.

Dann im Spurt zum Treppenhaus, fünf Stockwerke rauf, wo Maiwald, der Seefahrer, mit in die Hüften gestemmten Fäusten schon darauf wartete, dem Letzten die „gerechte" Strafe zu verabreichen. Reiberle mit Spezialeffekt.

Klar! Den Letzten beißen die Hunde!

Die Methoden des Herrn Maiwald waren zwar gefürchtet, dennoch respektierten wir Burschen ihn zumindest wegen seiner konsequenten Art.

Beim Spielen im Hof sangen wir dann oft, als Parodie auf seine militärische Vergangenheit, während wir übermütig im Gleichschritt marschierten: *„Links ein Wald, rechts ein Wald, in der Mitte Maiers Wald“.*

Natürlich wäre auch dies bestraft worden, wenn uns einer gehört hätte.

Beim Abendessen teilte der Erzieher – ebenso wie bei den übrigen Mahlzeiten auch – jeweils die Portionen zu. Du konntest wählen, ob du viel, mittel, oder wenig auf dem Teller haben wolltest.

Was du aber mal auf dem Teller hattest, musstest du dann aber auch restlos aufessen. Nichts durftest du zurückgehen lassen.

Ein fettes Stück Fleisch, sehnig und knorpelig, welches sich weder schneiden noch zerkauen ließ, schob ich lange im Mund hin und her. Ich biss und würgte an dem zähen Brocken herum, der – so kam es mir vor – in meinem Mund immer mehr, statt weniger wurde. Als ich den Klumpen im Ganzen herunterschlucken wollte, konnte ich gerade noch mit Mühe den aufkommenden Würgereiz unterdrücken.

Meinen Kameraden ging es genauso. Aber jegliche Versuche, das Fleisch zurückgehen zu lassen, wurden lauthals vom Erzieher zunichte gemacht. *"Was auf dem Teller liegt, wird auch gegessen, basta!"*

In meiner Not hielt ich mir unauffällig eine Hand vor den Mund und spuckte den unverdaulichen Fleischklumpen hinein. Unbemerkt steckte ich sodann das schmierige *Corpus delicti* in meine Hosentasche und übergab es nach dem Essen der Obhut des Abfalleimers.

Mein Tischkamerad Peter Sauer, der beim Essen mit dem Rücken zum geöffneten Fenster saß, hat in einem unbeobachteten Moment das sehnige Fleisch kurzerhand mit dem Löffel hinter sich ins Freie katapultiert.

***

Die Wochentage liefen in strenger Gleichmäßigkeit ab. Es gab keinerlei Möglichkeiten für jeden Einzelnen von uns zur Bildung der eigenen Persönlichkeit oder zur freien Entfaltung. Überall stieß man an Grenzen, die von den unbarmherzigen Gleichmachern sehr eng abgesteckt worden waren.

Die Wochenenden durchbrachen diese Monotonie. Freitags abend achtzehn Uhr öffnete der Erzieher die Tür seines Dienstzimmers und schaltete das Radio ein, damit wir Zöglinge die heiß begehrten Schlager der Woche anhören konnten.

Natürlich nur, wenn alle zuvor parierten. Dichtgedrängt standen wir dann vor der Türe herum und lauschten, wie Heintje das Lied von seiner Mama sang – das so manchem rührend zu Herzen ging – oder wie sich die Beatles mit ihren ersten Songs in die obersten Spitzen der Hitlisten trällerten. Sicher hatten die Pilzköpfe dabei nicht an Heimkinder gedacht, als sie rhythmisch-gefühlvoll behaupteten: ‚*All vou need is love*'.

Alles, was du brauchst, ist Liebe.

Freitag war der Tag, vor dem es mir in der Schulbubenabteilung am meisten grauste. Nach dem Abendessen war zunächst gemeinsames Duschen vorgeschrieben.

Mit Waschzeug bewaffnet, das aus einem großen Stück Kernseife und einem Handtuch bestand, mussten alle antreten. In Zweierreihen marschierten wir achtundzwanzig Schulbuben, in unseren langen Einheitsnachthemden ein groteskes Bild abgebend, durch das ganze Treppenhaus hinab zum Massenduschraum im Keller.

In dem deckenhoch gefliesten, nicht unterteilten Raum reihten sich Brausewannen und Duschköpfe längs der Wand aneinander. Wir zogen uns aus und teilten uns immer zu zweit eine Duschwanne.

Die Wassertemperatur konnten wir nicht selbst bestimmen, sondern wurde vom Erzieher reguliert, der die zwei Haupthähne für Warm- und Kaltwasser bediente.

Mit der Kernseife wuschen wir uns Haut und Haare. Den Duschvorgang schloss die aufgezwungene Abhärtung ab. Der Haupthahn für Warmwasser wurde vom Erzieher abgedreht. Damit keiner der Abhärtung ausweichen konnte, beorderte er jeden einzeln in die Duschwanne.

Dann drehte er den Kaltwasserhahn höchstpersönlich auf. So mancher der Knaben japste gotterbärmlich nach Luft unter dem eiskalten Wasser, so dass Einem Angst und Bange um dessen Gesundheit werden konnte.

Mein hagerer Freund Zbigniew erlitt sichtlich Höllenqualen während der kalten Duscherei. Hilflos nach Luft ringend bot er ein erbärmliches Bild. Die Kehle schnürte sich ihm zu und sein Hals wurde immer länger. Er trampelte hilfsbedürftig nach Luft ringend auf der Stelle, aber der Erzieher kannte keine Gnade.

Im Gegenteil, Matrose Maiwald äffte die Mimik des Leidgequälten nach und feuerte den armen Kerl mit den Worten an: *„Press die Arschbacken zusammen, bis deinen Filzläusen die Augen tränen!"*

Der Erzieher selbst und die anderen Kinder lachten darüber.

„Love is all you need"

Nach dem gruseligen Duschdiktat fanden zur Krönung auch noch die wöchentlichen Schrankkontrollen statt.

Der schmale Spind wurde nicht nur dahingehend kontrolliert, ob die Wäschestücke alle sauber und ordentlich nach militärischem Vorbild zusammengelegt und eingeräumt waren, sondern es wurde auch nach Gegenständen gesucht, deren Besitz offiziell verboten war, wie zum Beispiel Bargeld oder ein Radiogerät.

Fand der Erzieher den Spind mal nicht so vor, wie er sich das einbildete, schmiss er einem den gesamten Schrankinhalt vor die Füße und man bekam Gelegenheit, die Sache wieder gut oder besser zu machen.

„Und zwar am besten bis gestern!", so die freundliche Aufforderung in üblichem Befehlston.

Die Schrankkontrollen empfand ich als menschenverachtend und entwürdigend. Auch zehn- bis vierzehnjährige Buben haben natürlich den Wunsch, irgendwelche ganz privaten, für sie ungeheuer wichtigen Dinge, die aus der Sicht eines Erwachsenen möglicherweise banal wirken mögen, auf zu bewahren und vor dem Einblick oder Zugriff anderer zu schützen. Die Spindkontrollen machten jede Illusion dahingehend jedoch zunichte.

Sogar das Postgeheimnis wurde mit Füssen getreten. So wurden beispielsweise Briefe der ersten Freundin oder von den Eltern unter dem Spott und Gelächter der Anderen vom Erzieher einfach laut und herzlos vorgelesen.

Aber ich suchte und fand einen Ausweg.

Die eingebauten Wandschränke standen auf einem etwa zehn Zentimeter hohen Holzsockel, der vorne verblendet war. Vom Innern des Schrankes löste ich mit einem kleinen Schraubenzieher die vier Schrauben, mit denen der untere Fachboden auf den Sockel aufgeschraubt war.

Ich entfernte die Holzplatte und es tat sich mir ein Hohlraum auf, der sich als äußerst nützlich erwies. In dem Geheimfach verbarg ich ein paar persönliche Dinge, die mir heilig waren.

Und ich versteckte darin mein gespartes Geld, ein paar Kröten nur, um diese aber vor Diebstahl zu schützen. Den Holzboden schraubte ich wieder fest und räumte das untere Fach des Schrankes wieder ein. Niemand wäre auf die Idee gekommen, hier ein Geheimfach zu vermuten. Dem geheimen Fach konnte man vor allem Dinge anvertrauen, die für die Nasen der Erzieher nicht bestimmt waren.

In der Gruppe gab es technisch begabte Tüftler, mit denen ich mich verbündete. Wir entwickelten einen bescheidenen Radioempfänger, der aus einer simplen Konstruktion bestand und noch dazu ohne jegliche Stromquelle funktionierte.

Die nötigen Teile, wie Dioden und winzige Kopfhörer eines Transistorgerätes ließen wir uns von Angehörigen besorgen und ins Heim bringen. Schnell waren die Teile zusammen gelötet. Die Konstruktion war recht einfach und kostete wirklich nur Pfennigbeträge. Mit einer kleinen Krokodilklemme am Ende eines dünnen Kabels konnte man das Ganze an einer blankgeschabten Stelle des Heizkörpers anschließen oder über den Federbügel einer Steckdose, welcher normalerweise mit der Erdleitung verbunden ist.

Dieser kleine Empfänger lieferte nur ein Programm und die Lautstärke des Ohrhörers war nicht regulierbar. Dennoch war mein Glücksgefühl unbeschreiblich, wenn ich abends im Bett vor dem Einschlafen die Klänge und Kommentare des Bayerischen Rundfunks vernehmen konnte.

Mit der Zeit entwickelten wir das Gerät soweit, dass wir mit Hilfe eines speziellen Kohlestäbchens, welches von einer winzigen Drahtkonstruktion umgeben war, den Effekt eines Schiebereglers erreichten und somit einen zweiten Sender, nämlich den amerikanischen Soldatensender AFN empfangen konnten.

Mir und natürlich auch meinen Kumpanen war schon klar, dass wir mit diesem Gerät gegen Vorschriften des Heimes verstießen. Deshalb fand die Konstruktion auch seinen Platz im Geheimfach unter dem Schrankboden.

Das Geheimnis des Schranksockels wurde bald so populär, dass viele davon Gebrauch machten.

Zu viele!

Eines Freitags, wir trauten unseren Ohren kaum, wurden wie jeden Freitag die obligatorischen Schrankkontrollen angekündigt. Aber diesmal fügte Herr Maiwald brüllend hinzu: *„Mit Geheimfach!“*

Mich traf fast der Schlag.

Betreten schraubte jeder vor den Augen des Erziehers den Fachboden auf und gab den Inhalt des letzten privaten Winkels preis. Triumphierend fischte der Seefahrer Maiwald die verborgenen Gegenstände heraus. Den selbstgebauten Radioempfänger konnte er – mangels Sachverstand – nicht als solchen identifizieren und gab ihn wieder zurück. Offenbar hielt er die miteinander verlöteten, aber sonst losen Teile für Bastelzubehör eines Elektronikbaukastens.

Ich atmete auf.

Doch nicht jeder hatte so viel Glück. Was verboten war, wurde auf Nimmerwiedersehen beschlagnahmt. Und wenn’s nur ein harmloses Transistorradio war.

Die Entdeckung des geheimen Versteckes im Schrank förderte die Wachsamkeit der Erzieher und das Misstrauen gegen über uns Zöglingen. In die Schrankkontrollen wurde von da an das ‚Geheimfach', welches nun natürlich keines mehr war, regelmäßig mit einbezogen.

Freitags gab's auch immer das Taschengeld. Genau genommen war es gar kein richtiges Taschengeld, sondern Fahrgeld für eine Heimfahrt pro Wochenende mit der Straßenbahn. Ansonsten wurde uns kein Geld ausgehändigt.

Auch nicht für klitzekleine Wünsche, wie 'ne Flasche Limo im Sommer oder so.

Irgendjemand vom Küchenpersonal verkaufte nebenbei Limonade. Wenn ich zum Essenholen dran war, sah ich die Getränkekästen in der Ecke aufgestapelt stehen und sah, wie der Sprudel mich anlachte. Wie erfrischend wohl die gelbe Orangenlimonade schmeckte?

Für den Durst gab es zwischen den Mahlzeiten frisches Wasser aus der Leitung, welches man aus der hohlen Hand schlürfte. Oder eben den Einheitstee. Wenn noch welcher da war.

Roter Früchtetee, oder ungesüßter Pfefferminztee. Ja, Tee wäre auch nicht schlecht. Aber meistens war keiner mehr da. An heißen Sommertagen so 'ne gelbe Limo, das wäre schon mal was.

Ich nahm den Essenswagen in Empfang, bedankte mich und schielte im Hinausgehen zu den Getränkekisten hinüber. Die Zunge klebte mir am Gaumen.

So 'ne gelbe Limo, das wäre jetzt was. Doch die kostete vierzig Pfennig. Und die hatte ich grad nicht. Die Erzieher aber konnten sich eine Limonade leisten.

Einmal an einem warmen Sommertag schickte der Bauereis mich los, damit ich ihm eine Limonade holen möge. Ich zahlte in der Küche seine vierzig Pfennige und nahm die Limo mit. Auf dem Weg zurück zur Gruppe hielt ich mir die Flasche an die Wange und genoss die Kühle, die von dem Glas ausging. Dann, im dunklen Gang des Untergeschosses, der zur Küche hinführte, wagte ich es. Die Flasche hatte einen Drehverschluss, der sich leicht öffnen ließ.

Aufgeregt schraubte ich die Kapsel ab. Ein leises Zischen trat aus der Flasche.

Erwartungsvoll hielt ich mir die Öffnung des Flaschenhalses unter die Nase. Von der Kohlensäure aufgewirbelt, prickelten mir Tausende kleiner Sprudelteilchen entgegen und meine Nase kitzelte so, dass ich sie fest rubbeln musste. Ein herrlich erfrischendes Gefühl strahlte die Limonade aus, eine Versuchung, der ich nicht widerstehen konnte.

Ich nahm mir ein winziges Schlückchen. Wirklich nur einen Fingerhut voll. Gerade so viel, dass der Erzieher es nicht bemerken würde. Genussvoll ließ ich das himmlische Prickeln auf der Zunge zergehen.

Es schmeckte köstlich. Am liebsten hätte ich die ganze Flasche in einem Zug geleert.

Aber ich drehte den Verschluss brav wieder zu. Die Limonade gehörte mir nicht. Einen Erzieher zu bestehlen, zählte zu den schwersten Delikten überhaupt.

Selber kaufen konnte ich mir ja keine Limo. Vierzig Pfennige waren viel zu teuer.

Vierzig Pfennige kostete gerade ein Kinderfahrschein mit der Straßenbahn nach Hause, die ich aber dadurch einsparte, wenn ich den Weg durch die halbe Stadt lief. Und meine Geschwister und ich liefen meistens, wenn wir sonntags unsere Mutter oder den Bruder Jürgen besuchten.

Und meistens liefen wir auch noch zurück. Dann hatten wir achtzig Pfennige gespart.

Vierzig Pfennige für eine Limo, dafür war ich viel zu geizig. Doch irgendwann werde ich mir auch mal 'ne Limo leisten. Ganz sicher. Heute tut's noch mal das Wasser aus der Leitung.

Ich gab dem Erzieher die bestellte Sprudelflasche. Der merkte von dem geklauten Schluck nichts. Der alte Sadist, der mich zum Limo holen schickte. Mich, der ich selbst mir nur dann eine Limo hätte kaufen können, wenn ich dafür durch die halbe Stadt lief, um mein Fahrgeld zu sparen.

Doch was verstand schon ein besoldeter Erzieher von den allerkleinsten Wünschen eines Heimzöglings.

***

Am Wochenende durfte, wer wollte und wer ein Zuhause hatte, nach Hause fahren. Einige hatten kein Zuhause und sie durften nicht fahren, weil es niemanden gab, zu dem sie hätten fahren können. Andere hatten ein Zuhause, aber sie wollten nicht fahren, weil sie von einem besoffenen Vater statt Zuneigung nur Schläge, oder von einer asozialen Mutter anstelle von Liebe nur Gleichgültigkeit zu erwarten hätten.

Ausgang in dem Sinn, dass wir uns außerhalb des Heimes frei bewegen durften, oder einfach mal Zeit zu unserer freien Verfügung beanspruchen konnten, gab es nicht.

Wer nach Hause fuhr, musste von dort eine Bestätigung mitbringen, in welcher die genaue Ankunftszeit und die Uhrzeit, wann man von zu Hause wieder wegging, eingetragen war. Der diensthabende Erzieher billigte einem, je nachdem wie weit das Zuhause vom Heim entfernt lag, eine gewisse Fahrzeit zu und wehe dem, dessen Wegzeit eine erhöhte Diskrepanz aufwies.

Entschuldigungen halfen nichts und wurden generell nie akzeptiert, beziehungsweise als Lügen abgetan.

Sonntags holte ich meine drei Geschwister in der Kinderabteilung ab und wir verließen das Heim. Vorbei an der Feuerwache gegenüber, deren Einsatzübungen wir von den Fenstern der Aufenthaltsräume stets beobachten konnten und immer wieder aufs Neue fasziniert waren, wenn die Feuerwehrmänner auf Kommando und im Gleichklang mit Hängeleitern die Fassade hochkletterten.

Dann gingen wir über die Deutschherrnwiese am südlichen Flussufer der Pegnitz entlang, einer riesigen steppenartigen Fläche, welche im Sommer namhafte Zirkusse aus aller Welt mit buntem Treiben füllten. Dann durch die ‚*Rosenau*' in die Innenstadt hinein, wo unsere Mama wohnte.

In der Enge ihres Zimmers hockten wir umeinander, schauten zum Fenster raus, aßen das Stück Kuchen das Mama für uns bereithielt, oder wir brachen alle zusammen auf und besuchten die Oma, welche nochmal eine halbe Stunde Fußweg entfernt wohnte.

Am späten Nachmittag machten wir vier Geschwister uns wieder auf den Heimweg ins Heim, denn pünktlich um Sechs mussten wir zurück sein.

Die Bestätigung, die ich in der Schulbubenabteilung vorlegen musste, ließ ich von meiner Mutter so ausfüllen, wie die Erzieher es am liebsten haben wollten. Ich hatte fast nie Probleme wegen irgendwelchen Fehlzeiten zwischen Heim und Zuhause oder Zuhause und Heim. Meine Wegzeiten waren präzise ausgerechnet.

Nur ein einziges Mal bekam ich Ärger wegen der albernen Zettelschreiberei. Anstelle zur Mutter besuchten wir ja manchmal auch den großen Bruder Jürgen, der zwischenzeitlich verheiratet war und eine kleine Wohnung besaß.

Auf den abgerissenen Rand einer Zeitung kritzelte er respektlos meine Wunschzeiten und ergänzte die Bestätigung provokativ mit dem Satz: *‚Dies war die letzte Bestätigung, die ich meinem Bruder geschrieben habe. Diesen schikanösen Blödsinn werde ich nicht länger unterstützen!‘* Ausrufezeichen und Unterschrift.

Klar, saßen die Erzieher am längeren Hebel. So bekam ich halt fürs nächste Wochenende Ausgangssperre, nach dem Motto, ohne Bestätigung kein Ausgang.

***

Der tägliche Gleichklang im Heim wurde hin und wieder durch die Einlieferung eines Neuen bereichert. Im Großen und Ganzen waren die Gruppen allerdings keiner sehr hohen Fluktuation unterworfen. Wer einmal ins Heim eingewiesen wurde, kam da auch so schnell nicht wieder raus.

Ab und zu wurde zwar schon mal einer entlassen, sei es, weil die Mutter einen neuen ‚Vater‘ an Land gezogen hatte, oder einfach deshalb, weil sich die familiäre Situation zu seinen Gunsten verbessert hatte. Dann wurde ein Bett frei und ein Neuer wurde gebracht.

Manchmal von der Polizei, oder manchmal von in Zivil gekleideten Herren vom Jugendamt.

Einmal wurde einer in mein Schlafzimmer einquartiert, der die ganze Nacht nach seiner Oma brüllte.

Ich wollte ihn beruhigen, doch der Neue schubste mich grob weg und schrie nur immer wieder: *"Ich will zu meiner Oma, ich will zu meiner Oma."*

Und die Schreie verstummten erst im Morgengrauen.

Ich hatte Mitleid mit dem armen Kerl, auch wenn der seine Zimmerkameraden um den Schlaf brachte.

Wie musste er seine Oma lieben, nach der er jetzt so herzzerreißend weinte.

Dann kam der einarmige Herbert, ein skurriler aber harmloser Vogel, der einhändig Radfahren, und dabei auch noch Kirschen essen konnte. Aus einer Tüte, die er unter seinem Armstummel einklemmte, den Fahrradlenker losließ und sich mit seiner einzigen Hand jeweils eine Kirsche von der Tüte in den Mund steckte, um dann rasch den Lenkergriff wieder zu übernehmen. Die Kirschkerne spuckte er jeweils in weitem Bogen von sich. Und niemals ist er bei seinen Radkünsten aufs Straßenpflaster geknallt.

Ein anderes Mal kam Nolan, ein bulliger Kerl, mit Schultern wie ein Schiffschaukelbremser auf der Kirchweih. Nolans amerikanischer Vater hatte sich seinen Erzählungen zufolge beizeiten in die USA abgesetzt.

Warum er hier gelandet war?

Er selber meinte laut dazu: *„Nur wegen den hirnkastrierten Drehstuhlpiloten vom Jugendamt, diesen Hosenlatzfummlern!"*

Nolan kam aus Schweinau, einem berüchtigten Glasscherbenviertel der Stadt, wo er von klein auf gelernt hatte, sich mit seinen Fäusten zu verteidigen.

Wenn er von zu Hause erzählte, von der Gegend, in der er aufgewachsen war, so sprach er immer nur vom ‚Block'. Alle, die außerhalb des Blocks wohnten, bezeichnete er als spießige Fliesentischbesitzer. Aber wenn er vom Block sprach, bekam seine Stimme dabei den Klang einer Mischung aus Wehmut und Stolz.

Ich beneidete ihn um etwas, das ich selbst nicht kannte: Nolan hatte da, von wo er herkam, etwas zurückgelassen, wovon er stets mit Stolz in der Stimme erzählte – nämlich eine Heimat, wie immer diese auch geartet sein mochte.

Auch wenn fast alles, was dieser Desperado von seinem Block erzählte, mit Schlägereien und Kampf zu tun hatte, so hatte er doch eine Heimat verloren, die er jetzt vermisste.

Nie habe ich Nolans ersten Tag im Heim vergessen.

Er lag gedankenversunken auf der Wiese, einen Ellenbogen aufgestützt, im Mund nach amerikanischer Sitte einen Grashalm kauend und beobachtete gelangweilt die Halme, die er mit der Hand ausrupfte und im Wind verwehen ließ.

Weil im Heim ja das Recht des Stärkeren galt, ließ es sich der eine oder andere nicht nehmen, an den Neuen seine Kräfte messen zu müssen, um sie gleich mal in ihre Schranken zu verweisen.

So auch der hochgewachsene, Karl, den alle aufgrund seiner Körperlänge *'Karl der Große'* nannten, zur Unterscheidung auch deswegen, weil es auch noch einen weiteren Namensgenossen gab, den man wegen seiner dichten schwarzen Haare *'Kater Karlo'* nannte.

Für jeden Typen im Heim gab es meist irgendeinen kuriosen Spitznamen, weil Witz und Ironie wie eine Rüstung gegen die vorherrschende Barbarei wirkten.

'Karl der Große' ging also mit großkotzigem Hochmut auf den am Boden liegenden Nolan zu und forderte ihn heraus: *„Hör mal du Grasdackel, wenn dir hier was nicht passt, sag's am besten gleich. Dann kannst du nämlich was erleben, was du so schnell nicht vergessen wirst!"*

Provokativ stieß er dabei den am Boden liegenden heftig mit dem Schuh in die Seite. Nolan sah hoch und ohne seinen gelangweilten Gesichtsausdruck zu verändern, kaute er weiter auf seinem Grashalm. Ohne einen Ausdruck von Überraschung oder Empörung musterte er den Karl und bemerkte, wie die anderen Jungs neugierig und sensationslüstern allmählich einen Kreis um die beiden Kontrahenten bildeten.

Dann erwiderte er dem Stänkerer in leisem, fast unterwürfigen Ton: *"Bitte, lass mich in Ruhe. Mir ist schlecht."*

Von so einem kräftigen Kerl haben die Umherstehenden eigentlich eine ganz andere Reaktion erwartet.

„So ein Feigling", murmelten einige sich zu.

Siegessicher und mit stolz geschwellter Brust vergrub der große Karl seine Hände tief in den Taschen und wandte sich ab.

Enttäuscht löste sich der Kreis auf.

Doch nur einen kurzen Augenblick später, als die anderen sich schon wieder abgewandt hatten, stand Nolan ebenso ruhig, wie er dagelegen hatte, auf und ging ebenso ruhig auf den verdutzt dreinblickenden Karl zu.

„Hey Brunzkübel! Pimmel hier nicht rum und nimm deine Pfoten von der Kerze! Du wolltest doch was von mir?", quatschte er ihn provokant an und ohne eine Antwort abzuwarten, versetzte er ihm mit der Faust einen solchen Schlag in die Magengrube, so dass `Karl der Große´ wie ein Taschenmesser zusammenklappte, mit dem Kopf vornüberkippte und auf den Boden aufgeschlagen wäre, wenn Nolan ihn nicht blitzschnell am Haarschopf gepackt und einen zweiten Schlag mitten ins Gesicht platziert hatte, der den armen Kerl wieder für einen Moment aufrichtete, ehe er vollends zu Boden sank und sich auf dem Rasen vor Schmerzen zusammenkrümmte.

In drohender Haltung stand Nolan über ihm, doch er sah, dass er mit Widerstand offenbar nicht mehr zu rechnen hatte. Karls Nase blutete.

„Ich hoffe, das reicht fürs Erste!", drohte Nolan dem Besiegten und fügte hinzu: *„Aber du kannst gerne noch mehr haben, du Hodenschrubbler! Dann poliere ich dir gerne noch deine Kronjuwelen!"*, bekräftigte er seine Aussage, indem er sich zu ihm herabbeugte und ihm so kräftig links und rechts seine Wangen watschte, dass dieser laut aufschrie.

„Und jetzt nimm dein Huckelgesicht aus meinem Fixstern und mach dich von der Ackerscholle. Verstanden?"

Ja, ‚Karl der Große' hatte das offensichtlich verstanden und Nolan hatte somit innerhalb der Gruppe fortan seine Ruhe und brauchte sich nach diesem beeindruckenden Einstand nie mehr ernsthaft zu verteidigen.

Obgleich recht kämpferisch, war er andererseits auch von eher bescheidener Zurückhaltung, der Nolan. Und ein aufgeschlossener Kerl mit einem gesunden Sarkasmus, der einfach die Fähigkeit besaß, sich im rechten Moment verbal oder doch eher handfest zur Wehr zu setzen. Trotz etlicher Gegensätzlichkeiten verspürte ich so was wie eine Seelenverwandtschaft zu Nolan. Er fand bald meine Zuneigung und wir wurden richtig gute Freunde.

Mit keinem Menschen zuvor konnte ich mich so gut unterhalten, wie mit ihm.

Nolan kam von draußen, vom *‚Block'* wie er immer sagte. Eine verrufene Gegend zwischen Gewalt und Armut, die als Glasscherbenviertel oder auch als *‚die Bronx'* bekannt war.

Die Halbstarken dort tümmelten sich außerhalb jeglicher Gesetze. Und wie die meisten Kinder jener schwächeren Bevölkerungsgruppen ist Nolan auf dem Kopfsteinpflaster inmitten trister, ramponierter Hauswände ohne jegliche Lebenschancen aufgewachsen. Er kannte also nicht nur den engbegrenzten Horizont des Kinder- und Jugendheimes.

Und so machte er mir – der ich mir ein Leben nach meinem Heimdasein überhaupt nicht mehr vorstellen konnte, bald klar, dass es außerhalb dieser irren Anstalt auch noch etwas anderes gibt.

Nolan hatte die Gabe, sich über großartige, bewegende Probleme mit ganz einfachen Worten auszudrücken.

„Du musst das so sehen, Alter", erklärte er mir, *„dieser Hirnfasching hier im Asi-Asyl ist wie ein großer, steiler Berg, den du besteigen musst. Irgendwann bist du oben und dann hast du es geschafft."*

So hatte ich es noch nie betrachtet.

Für mich gab's nur dieses Heim. Seit ich denken konnte, war ich schon in diesem Heim. Und solange ich noch denken kann, werde ich wohl in diesem blöden Heim bleiben. Dass es da noch ein Leben nach dieser Verödung geben könnte, war für mich so unwirklich und unerreichbar weit weg, wie Robinsons Insel im Pazifik.

Diese Heimwelt war eine geschlossene Einheit voller Tricks und Lügen, wo Aufbegehren und Demut eine paradoxe Synthese eingingen, stellte in meinen Gedanken aber keinen Teil des wirklichen Lebens dar.

Das wirkliche Leben musste die ganz große Freiheit sein, wo du den Menschen vertrauen kannst, wo du nicht zurückhauen musst, nicht zu täuschen und keine Tricks an zu wenden brauchst, weil ja alle richtig frei sind.

Also weshalb prügeln, lügen und betrügen?

Nolan kam von draußen und ich hatte Vertrauen zu ihm. Und auch wenn ich das nicht recht glauben konnte, was er sagte, aber vielleicht hatte er ja doch Recht, und ich würde vielleicht den Gipfel des Berges doch irgendwann erreichen?

***

Kinder wurden entlassen, dafür wurden Neue eingeliefert, weil sie zu Hause überflüssig waren, oder weil die Fürsorgebehörden aufgrund äußerer Umstände es anordneten. Manche kamen auch wieder zurück, nachdem sie schon mal entlassen worden waren, wenige blieben nur kurz im Heim, die meisten jedoch etwas länger.

Aber so lange wie ich und mein alter Freund Zbigniew war noch keiner da. Ich gehörte schon fast zum Inventar, weshalb ich von allen nur noch *‚der Alte‘* genannt wurde. Manche der

Mitbewohner kannten nicht einmal meinen richtigen Namen, aber den *‚Alten‘* kannte jeder.

Und weil mein treuer Begleiter Zbigniew, der schon mit mir zusammen in der Kinderabteilung war, mir nie von der Seite wich, nannte man uns beide zusammen scherzhaft *‚der Alte und sein Knecht‘.*

Zbigniew war der Sohn einer polnischen Emigrantin, die als Staatenlose im Schafhoflager wohnte. Da seine Mutter kein einziges deutsches Wort sprach, gestaltete sich die Verständigung zwischen ihr und ihm nicht immer ganz einfach.

Zbigniew, der wie ich schon als Kleinkind ins Heim geholt wurde, verstand und sprach kaum noch polnisch. Er war ein hochgeschossener, hagerer Kerl mit dünnem, blondem Haar und federndem Schritt.

Mit kaputter Seele, aber intaktem Hirn.

Die Kleider die er trug, wirkten an ihm wegen seiner langen Arme immer etwas zu kurz. Zbigniew war gutmütig und besaß eine liebenswürdige Schusseligkeit. Wenn einer auf der Straße rückwärtslaufend sich mit den anderen unterhielt und deswegen gegen einen überhängenden Briefkasten knallte, dann war es Zbigniew.

Und wenn man auf dem Schulweg Zbigniews Namen rief, um zu sehen, was passierte, drehte er sich gehorsam um, ohne weiter auf seinen Weg zu achten.

Den Blick brav zum Rufenden hingewandt, lief er weiter und hutzte geräuschvoll gegen einen Laternenpfahl oder gegen den Pfosten eines Verkehrsschildes.

Einmal warf ich im Bad übermütig eine leere Zahnpasta-Tube in weitem Bogen durch das geöffnete Fenster des Waschraumes in den Hof, welche genau vor den Füssen eines Erziehers landete.

Der Erzieher blickte hoch und sah am Fenster den vermeintlichen Malefikanten stehen. Aber nicht ich war es, der den Flug der Tube bis zur Landung vom Fenster aus beobachtete, sondern Zbigniew. Als er den Erzieher unten im Hof stehen sah, trat er noch schnell einen Schritt zurück – aber zu spät.

Ehe er sich's versah, sprang der Erzieher die Treppen rauf und klebte ihm eine. Auf meinen Einwand, dass aber ich die Tube geworfen habe, maulte dieser den Zbigniew mit dem Vorschlag an, dass er mir die Watschn einfach weiterreichen solle.

Ein anderes Mal entwickelte sich nach dem Zapfenstreich in Zbigniews Stube spätabends eine Kissenschlacht. Zbigniew war bereits eingeschlafen.

Zunächst noch leise und zaghaft attackierten sich die Burschen seines Zimmers gegenseitig mit ihren Kopfkissen. Erst als die Kämpfe heftiger und das Schlachtengetümmel immer lauter wurde, Zbigniew so manchen Treffer abbekam, wachte er auf.

Er wollte seine Ruhe haben und zog sich seine Bettdecke über den Kopf. Dann stand er ärgerlich auf und wollte zur Toilette gehen. Auf dem dunklen Flur lief er dem von dem Kampfeslärm ebenfalls wachgewordenen Herrn Bauereis, welcher mit wehendem Morgenmantel und wüst zu Berge stehenden Haaren schlaftrunken aus seinem Dienstzimmer stürzte, genau in die flapsigen Arme.

Verschlafen, wie Zbigniew noch war, fing er sich ein paar kräftige Watschn ein, die ihn vollends von seiner Müdigkeit befreiten.

Zbigniew war ein Pechvogel zwar, aber ein richtig netter Kerl. Weil seinen Namen ohnehin keiner richtig aussprechen konnte, riefen ihn alle *„Schbigi"*. Oftmals verspotteten ihn manche wegen seines polnischen Namens und sangen im Chor: *„Schbigniew Piekarsky, spicko, specko, spucko!"*

Als Schbigi und ich etwa dreizehn Jahre alt waren, genehmigte Herr Bauereis uns beiden, trotz sonst wochentags totalen Ausgehverbots, nach der Schule einen Stadtbummel. Offenbar vertraute er uns, was er besser jedoch nicht hätte sollen.

Angeregt schlenderten wir in die Stadt. Zwei Stunden hatten wir Zeit.

Wir beobachteten die Leute und genossen das bunte Treiben der Freiheit. Die Auslagen der Schaufenster weckten die Kauflust. Doch bummelten wir ohne einen Pfennig in der Tasche durch die Warenhäuser und erfreuten uns am

Rolltreppenfahren, streiften durch die Reihen von Regalen, aus denen die Versuchungen lockten.

Als wir gerade ein Kaufhaus verlassen hatten, griff ich in die Hosentasche und holte ein paar Gegenstände heraus, die ich dem Zbigniew zeigte: ein kleiner Schraubenzieher mit gelbem Griff, eine längliche Plastikdose mit kleinen Männchen darin, wie man sie für eine Modelleisenbahn braucht und eine Neun-Volt-Flachbatterie.

„Wo hast du das denn her?" Schbigi war erstaunt.

„Ist kleben geblieben", antwortete ich verschmitzt. Und so besuchten wir das nächste Kaufhaus. Zbigniew wollte es mir gleichtun.

Er nahm etwas aus dem Regal, drehte seinen Kopf so auffällig nach allen Seiten, dass unbedingt jedem auffallen musste, was er vorhatte, stupste mich mit seinem spitzen Ellenbogen auch noch an, um mir sein Beutestück zu zeigen und ließ es erst dann unbeholfen in der Tasche verschwinden. Ich hätte mir vor so viel Ungeschicklichkeit am liebsten die Haare gerauft und entfernte mich schnell. Doch Schbigi folgte mir.

Als wir dem Ausgang zustrebten, baute sich eine schon etwas ältere Dame mit einem topfähnlichen Hut auf dem Kopf vor uns auf und versperrte uns mit ihrer Leibesfülle den Weg.

Die mit Stockschirm und Handtasche bewaffnete Frau, die aussah wie Charlys Tante in dem gleichnamigen Film, war mir schon vorher aufgefallen.

Sie stand immer in der Nähe und sah zu uns beiden auffallend oft herüber, benahm sich sonst aber wie eine ganz gewöhnliche Kundin und schob, wie andere Kunden auch, einen mäßig gefüllten Einkaufswagen vor sich her, sodass ich trotz gewisser Bedenken dennoch keinen Verdacht schöpfte.

Also eine Kaufhaus-Detektivin, dachte ich nun, wie die korpulente Dame so unerwartet, vor uns stand.

„Was habt ihr denn da in euren Taschen" fragte sie resolut und ich erwog für einen kurzen Moment die Möglichkeit, an der dicken Dame vorbei und zum nur wenige Meter entfernten Ausgang hinauszurennen. An und für sich ein Kinderspiel, überlegte ich ernsthaft, aber ich war ja nicht allein. Schbigi würde bestimmt nicht reagieren, sondern einfach stehen bleiben und dann käme ja doch alles raus.

Folglich fügte ich mich meinem Schicksal als ertappter Dieb und leerte – wie Schbigi es vor mir schon bereitwillig getan hatte – meine Taschen.

In der Zwischenzeit war noch der Abteilungsleiter hinzugekommen, der mit weißem Arbeitskittel und richtig wichtiger Miene seine Pflicht tat und uns Ladendiebe unter den Augen zahlreicher Schaulustiger mit eisernem Griff in sein Büro abführte.

Deutlich konnte man ihm den Stolz über seinen Erfolg anmerken. Mit sich selbst übertreffender Tüchtigkeit füllte er einen Bogen aus, rief sodann die Polizei an und vergaß auch nicht, uns beiden Hausverbot auf Lebenszeit zu erteilen.

Wenige Minuten später kamen zwei Polizisten herein und nahmen uns beide Straftäter mit. Im Fond des Streifenwagens wurden wir zum Revier gefahren. Ich war so beschämt und verängstigt, dass ich für die Technik und das Innenleben des Polizeiautos gar keinen Gedanken frei hatte. Noch nie war ich in einem Streifenwagen gesessen.

Aber nun hatte ich ein furchtbar flaues Gefühl im Magen vor lauter Angst.

Angst vor der Polizei und Angst vor Herrn Bauereis.

Auf der Polizeiwache wurden wir getrennt voneinander verhört. Ich gab bereitwillig zu Protokoll, was der Beamte von mir wissen wollte. Dann kam die Frage nach dem Taschengeld.

„Vier Mark", antwortete ich.

„Vier – Mark – in – der – Woche", buchstabierte der Polizist im Takt seiner Schreibmaschine laut vor sich hin, auf welcher er ungelenk meine Antworten in die leeren Spalten seines Protokolls eintippte.

„Nein", widersprach ich, *„nicht in der Woche – im Monat!"*

„Im Monat?" Der Polizist schaute ungläubig auf.

„Ja, vier Mark im Monat" entgegnete ich ihm wahrheitsgemäß. Während der Schutzmann das eingespannte Papier mit dem Radiergummi traktierte, um den Schreibfehler zu berichtigen, kam Herr Bauereis zur Dienststelle herein.

Er stellte sich als Erzieher des Städtischen Kinder- und Jugendheimes vor.

Als ich den massigen Typen zur Tür hereinkommen sah, wäre ich am liebsten mitsamt meinem Verhörstuhl im Erdboden versunken. Und nachdem das Protokoll endlich fertig war, durfte der Herr Bauereis uns Diebe mitnehmen und strafte uns unterwegs mit Verachtung, indem er kein Wort sprach. Doch im Heim angekommen, knöpfte er sich uns beide einzeln vor.

Kaum hatte ich verängstigt, zitterig und schuldbewusst das Dienstzimmer betreten, schlug mir der Erzieher auch schon mit solcher Wucht links und rechts ins Gesicht, dass ich regelrecht taumelte und noch lange danach ein furchtbares Dröhnen in meinen Ohren verspürte. Zusätzlich musste ich laut gebrüllte Schimpf-Tiraden über mich ergehen lassen und wurde darüber hinaus – nach dem Motto, *‚ein Mann ohne Knast ist wie ein Schiff ohne Mast‘*, in die orfaneigene Besinnungszelle gesperrt, zynisch *‚Hotel Gitterblick‘* genannt.

Herr Bauereis marschierte voraus und öffnete mit rasselndem Schlüsselbund die Zellentüre. Sodann ließ er mich eintreten, knallte die Tür zu und drehte den Schlüssel im Schloss zweimal herum.

Wie ein armer Sünder setzte sich ich mich auf die Kante des eisernen Bettgestells, auf dem eine dünne aber feste Matratze lag. Das Gestell war mit den kurzen Füssen am Boden verschraubt.

Ich sah mich im Raum um, welcher etwa drei mal drei Meter maß. Die Pritsche in der Mitte, eine Kloschüssel im Eck, sonst keinerlei Möbel.

Du kannst nur dasitzen und glotzen.

Unterhalb der Zimmerdecke ein kleines längliches Fenster, von außen vergittert, innen ohne Griffe, aus dem du zwar nach oben zum Himmel, nicht aber nach unten in den Hof sehen kannst. Völlig isoliert von der Außenwelt sitzt du auf der Kante der niederen Bettstatt, oder du legst dich flach auf den Rücken und starrst auf die vergitterte Deckenleuchte.

Es ist totenstill. Keine Geräusche dringen zu dir durch.

Besinnungszelle.

Immer wieder blickst du zur Tür und wartest. Aber es rührt sich nichts. Selbst der kleine Fensterspion im eisernen Zugang bleibt stumm.

Worauf sollst du dich eigentlich besinnen? Ja! Du hast geklaut, und es tut dir leid! Dafür sitzt du jetzt im Knast.

Die Wände sind kahl.

Darf man sich so die Vorhölle vorstellen?

Warum ist eigentlich die Deckenleuchte vergittert?

Der eiserne Schieber in der Tür bleibt immer noch stumm. Dann gehst du zum Fenster und schaust dir das Blau des Himmels an.

Du legst dich wieder aufs Bett und verschränkst deine Arme hinter dem Kopf.

Die Tür bleibt still. Nichts rührt sich.

Du liegst und döst blöde vor dich hin. Und du spürst die Ungewissheit im Bauch, weil du nicht weißt, für wie lange du zur Einzelhaft verdonnert bist.

Zur Schule werden sie mich schon wieder rauslassen, dachte ich und schloss die Augen.

Wie viele Stunden ich so da lag, wusste ich nicht. Draußen war es längst dunkel. Irgendwann hörte ich vor der Zellentür das Rasseln des Schlüsselbundes und kurz darauf das Geräusch des Schlüssels, der sich zweimal im Schloss umdrehte.

Die grenzen- und gnadenlose Freiheit des Orfans hatte mich wieder.

Am nächsten Morgen wurde ein neuer Zellengast im Bau eingebuchtet: Zbigniew.

Da es im Heim bedauerlicherweise nur eine Zelle gab, mussten Straftäter zu hochkonjunkturellen Zeiten wie dieser, nacheinander eingebunkert werden. Und als ich in meine Gruppe zurückkam, fand ich rege Anteilnahme bei meinen Kameraden vor.

Einige machten mir allerdings zum Vorwurf, dass ich zu blöd sei, weil ich mich habe erwischen lassen, beim Klauen.

Danach verlief alles weiter wie vorher und Ausgang gab's wieder nur sonntags gegen Bestätigung.

***

Dann kristallisierte sich bei mir im Laufe meiner Schuljahre die Freundschaft zu einem Jungen heraus, der für mich das Bild von absoluter Freiheit verkörperte.

Hans Wolf war ein besonnener, eher ruhiger Junge, aber dennoch nicht auf den Kopf gefallen. Und er lachte gerne und viel. Sein Witz und seine Ironie waren so erfrischend für mich.

Ich zwar richtig gern mit ihm zusammen, aber wir konnten uns leider nur in den Pausen treffen. Einige wenige Male besuchte Hans mich auch im Heim. Aber das Eingesperrt- und Beobachtet sein gefiel ihm, dem freigeistigen Wildfang, wohl nicht so besonders. Also verzichtete er lieber darauf, sodass uns beiden doch wieder nur der Pausenhof blieb.

Dann kam die Zeit, wo ich mich auf das religiöse Ereignis meiner Firmung vorbereiten sollte, um ein vollwertiges Mitglied der katholischen Glaubensgemeinschaft zu werden. Die Firmung selbst wurde in dem altehrwürdigen Kuppelbau der *Sankt Elisabeth*-Kirche mitten in der Stadt absolviert. Und einige Wochen lang davor fand in dieser Kirche immer samstags ein zusätzlicher Vorbereitungsunterricht statt.

Natürlich musste ich teilnehmen. Und ich war der einzige Firmling in dieser Kirche, der vom Heim kam. Somit konnte da keiner nachprüfen, wie lange die Vorbereitungen auf das Sakrament der heiligen Versiegelung jeweils tatsächlich dauerten.

Mein Weg zur Kirche führte mich rein zufällig stets an dem Haus vorbei, in dem mein Freund Hans wohnte.

Dadurch ergaben sich endlich Gelegenheiten, uns öfters zu sehen. Ganz im Gegensatz zu mir genoss Hans sehr viele Freiheiten. Seine Mutter war sehr großzügig. Sie musste allein für seinen Unterhalt sorgen und kam in der Regel erst abends nach Hause. Was mit seinem Vater war, hat Hans nie erzählt. Er war einfach nicht da.

Ich freute mich sehr auf die knapp bemessene Zeit mit meinem Freund. Ich stahl mir diese Zeit einfach auf dem Weg zur Kirche, beziehungsweise ließ ich meistens sogar die Religionslehre ausfallen und ging direkt zu meinem Freund.

Das war einfach himmlisch!

Hans war ein lustiger Vogel, der sehr viele Streiche im Kopf hatte. Wir stiegen in den verwilderten Garten einer alten Villa ein, bauten uns dort ein Lager und gründeten zu zweit einen Geheimbund. Wir zogen streunend durch die Pegnitzauen und durch die Gassen der Altstadt auf der Suche nach Abenteuern.

Hin und wieder ärgerten wir Hausbewohner mit Klingelputzen und schlugen bei den Wohnhäusern mit der flachen Hand auf sämtliche Klingelknöpfe.

Aus sicherer Entfernung hörten wir uns das Gekeife der aufgeschreckten Hausbewohner an und machten uns lachend aus dem Staub.

Oder wir hockten einfach auf der Bude meines Freundes und hörten Musik.

Die allergrößte Freude war für mich jedoch, dass Hans mir mit dem alten Damenfahrrad seiner Mutter das Radfahren beibrachte. Im viel zu kleinen Hinterhof des Eckwohnhauses am Kontumazgarten übte ich mit dem viel zu großen Fahrrad unermüdlich das Gleichgewichthalten, Fahren, Treten, Lenken und Bremsen.

Mein Freund rannte geduldig die abschüssige Hofeinfahrt neben mir her und gab mir den nötigen Halt. Der enge, langgestreckte Hof war von hoch gemauerten Einfriedungen und Hauswänden umgeben und ich musste meine Fahrkünste jeweils durch einen rettenden Sprung vom Rad beenden, wenn mir eine der Mauern zu nahekam.

Wir zwei hatten sehr viel Spaß und lachten viel. Mir gefiel die Lebensweise meines Freundes und ich genoss die unbeschwerten Stunden, in denen ich Kind und Lausbub sein durfte.

Die Episoden der freien Entfaltungsmöglichkeiten waren leider viel zu kurz. Der Tag der Firmung kam und meine göttlichen Ausflüge gingen damit zu Ende.

Denn auch nur einen Freund zu besuchen, war im Heim nicht erlaubt.

Danke auch hierbei an jenen Herrn Pfarrer, der mich und meine Fehlstunden nie ans Heim verraten hatte.

***

Ohne dass ich eigentlich wusste, was ich später beruflich einmal anfangen wollte, meldete ich mich bei Kursen für Schreibmaschine und Stenografie an, die in der *Siel-Schule*, unmittelbar neben der Gefängnismauer des sogenannten *‚Mannert-Hotels'*, dem Gefängnis in der Mannertstraße, angeboten wurden.

Die Kurse fanden nachmittags statt und ich benutzte sie eigens dafür, mir ein paar Freistunden vom Heim einzuräumen.

Da ich auch hierbei der einzige Teilnehmer vom Heim war, waren Kurs- und Wegzeiten nur schwer nachprüfbar.

Im Stenografenkurs freundete ich mich dann mit dem augenscheinlich aus gutem Hause stammenden Wolfgang an. Der war ein aufgeräumter Typ mit klugen Augen, die allwissend hinter einer Nickelbrille hervor strahlten. Er sah so aus, wie man sich einen Primus vorstellt. Ein gut situierter Streber.

Wolfgang konnte sich sehr gewählt ausdrücken und ich hörte ihm gerne zu, weil er für alles eine plausible Erklärung parat hatte. Er war – weil eher geistigen Werten zugewandt – ein unsportlicher Kerl mit schlaksiger Haltung.

Ich drückte neben ihm die Kurzschriftschulbank und wir paukten das Schnellschreiben von Silben und Kürzeln. Regelmäßig nach dem Unterricht ging ich mit ihm ein Stück des Weges und wir frönten altklugen Dialogen über Gott und die Welt.

Beziehungsweise lauschte meist ich seinen klugen Worten, solche mir im Heim ja völlig versagt blieben.

Wir mochten uns. Doch eines Tages, als wir die Schule verließen, war ich vollkommen frappiert, wie Wolfgang zu mir sagte: *„Das war heute das letzte Mal. Ab nächste Woche komm ich nicht mehr“.*

Ich war wie von den Socken und Wolfgang fügte in seiner sachlich nüchternen Art hinzu: *„Ich zieh‘ mit meinen Eltern nach Regensburg. Komm, ich habe eine Überraschung für dich."*

Traurig ging ich neben ihm die steinerne Treppe hinunter und hinaus auf die Straße, wo Wolfgang sein Fahrrad abgestellt hatte.

Sorgfältig löste er das Ringschloss, mit dem er das Rad am rostigen, schmiedeeisernen Zaun des alten Schulhauses gesichert hatte, spielte mit dem kleinen Schlüssel, indem er diesen ein paar Mal ein Stück in die Höhe warf und wieder auffing und streckte mir dann das Schlüsselchen mit den Worten entgegen: *„Da, das Rad schenk ich dir.“*

Meine Verwirrung war komplett. Mit dem Tempo, in dem die Überraschungen grad auf mich einstürzten, kam ich nicht mit.

„Aber…“ gatzte ich hervor.

„Nein, nein. Das ist schon in Ordnung. Weißt du, ich krieg in Regensburg ein neues. Das haben mir meine Eltern versprochen."

Das war für mich zu viel des Guten. Ein eigenes Fahrrad!

Ich fand nicht die richtigen Worte, mich angemessen zu bedanken. Hatte im Heim ja anstatt Anstandsregeln nur Brutalität und Abwehrreflexe gelernt.

„Danke", brachte ich kurz und fassungslos hervor.

Wolfgang streckte mir emotionslos die Hand entgegen: *„Also dann mach's gut. Wir werden uns ja wohl nie wieder sehen. Bist 'n feiner Kerl."*

Wolfgang ging einfach fort und sah sich nicht einmal mehr nach mir um. Ich sah ihm nach und wusste, dass ich einen Freund verloren hatte.

Dafür hatte ich jetzt ein Fahrrad.

„Schon komisch,“ dachte ich. *„erst kürzlich brachte mir mein Freund Hans das Radfahren bei und jetzt schenkt mir ein weiterer Freund noch ein Fahrrad dazu.“*

Es war ein altes, schwarzes Herrenfahrrad, mit bequemem Gesundheitslenker, und unter dem dunkelbraunen Ledersattel baumelte an den silbrig-verchromten Spiralfedern eine abgegriffene Werkzeugtasche. Das Rad war zwar alt, aber – wie sein Vorbesitzer – gut gepflegt.

Und hätte ich das Radfahren nicht heimlich gelernt, könnte ich augenblicklich damit so gar nicht recht was anfangen.

Ich konnte es einfach nicht fassen. Ein eigenes Fahrrad!

Das alles ging mir nun viel zu schnell. Dieses Fahrrad sollte jetzt also mir gehören. Einfach unglaublich!

Doch wich auf einmal die anfängliche Freude über das Geschenk rasch meiner aufkommenden Sorge um ein Problem, dass ich nun nämlich am Hals hatte.

Das Fahrrad war ein Problem! Und was für eins! Ins Heim konnte ich es nicht mitnehmen. Niemand würde mir glauben, dass ich es geschenkt bekam.

Also wohin damit. Ich setzte mich auf den Sattel und fuhr ein paar Runden. Das Rad war einfach toll. Aber wohin damit? Ich wusste es nicht.

Behutsam fuhr ich in Richtung des Heimes. Das Rad fühlte sich gut an. Die dicken Ballonreifen vermittelten eine gute Bodenhaftung und surrten leise auf der Straße.

In der Nähe des Orfans, in einer verwinkelten Seitenstraße, schob ich das Rad in die Toreinfahrt eines fremden Wohnhauses und kettete es im Innenhof am Pfosten eines Maschendrahtzaunes mit dem Ringschloss fest.

Die Woche darauf holte ich es wieder ab und fuhr von nun an zum Stenografen-Unterricht mit meinem neuen Fahrrad in die alte Schule.

Ohne Wolfgang war der Kurs nun richtig trist. Ich fühlte mich auf einmal richtig allein gelassen.

Nach den müßigen Unterrichtsstunden versteckte ich mein Fahrrad immer wieder woanders. Ich wechselte die Toreinfahrten und Hinterhöfe, ohne dass ich mir der Absurdität meines Tuns je bewusst war.

Wie ein Gauner seine Beute, so versteckte ich mein Fahrrad. Nur, dass ich das Rad gar nicht gestohlen, sondern auf ehrliche Art und Weise erworben hatte. Aber das war ja egal.

Immer, wenn ich in den Hof eines fremden Hauses eintrat, prüfend die Fenster der umliegenden Häuser absuchte, damit ich mein Gefährt unbeobachtet in einer dunklen Ecke anschließen konnte, hatte ich das schlechte Gewissen eines Diebes.

Sonntags holte ich mein Fahrrad hervor und radelte damit zu meiner Mutter. Doch als ich eines Tages von meiner Mutter aus wieder nach Hause fahren wollte, war mein Velo plötzlich weg. Gestohlen! Ich ging um alle Hausecken herum und suchte, aber es war nicht mehr da.

Das alte Fahrrad, welches ein kleines Stückchen Freiheit und Unabhängigkeit für mich bedeutet hat, weil ich länger bei meiner Mutter bleiben und meinen sonntäglichen Ausgang bis in die letzten Minuten genießen konnte, war nun einfach geklaut. Vor dem Haus um die Ecke vom Josephsplatz, in dem oben im Dachgeschoss meine Mutter ein kleines Zimmerchen bewohnte, fand ich an jenem Tag keinen freien Platz, wo ich mein

Rad mit dem Ringschloss hätte anhängen können und so benutzte ich eben nur das simple Speichenschloß.

Und jetzt war es geklaut. Mein schönes Fahrrad. Ich war selber schuld. Hätte ich es doch an einem sichereren Platz angekettet.

Nun musste ich den ganzen Weg zum Heim im Dauerlauf zurücklegen, weil ich ohne Rad sonst zu spät ankommen würde.

Einige Wochen später – ich hatte den Verlust meines allerersten Rades einfach noch nicht überwinden können – befand ich mich abermals auf dem Rückweg von meiner Mutter ins Heim und entdeckte auf einmal mein Fahrrad wieder. Es stand nur zwei Häuserecken von der Stelle entfernt, an der er ich es das letzte Mal abgestellt hatte.

Kein Zweifel, das war mein Fahrrad! Ich kannte es ja genau!

Jetzt aber sah es übel aus und hatte einen platten Hinterreifen. Ich kniete davor nieder und besah es aufmerksam. Die abgegriffene Werkzeugtasche baumelte noch immer am Sattelende, war aber weit aufgerissen. Von der Glocke fehlte der Deckel und der kleine Riegel des simplen Speichenschlosses war gewaltsam zur Seite gebogen worden.

Mein schönes Fahrrad, über und über voll von Lehmspritzern. Ich stand auf, nahm das Rad von der Wand, an der es an-gelehnt stand, und schob es fort.

Plötzlich packte mich von hinten eine kräftige Hand an der Schulter und drückte fest zu. Abrupt blieb ich stehen, drehte mich um und sah vor mir einen hochgewachsenen Kerl, der ein Paar an den Schnürsenkeln zusammengeknotete Schlittschuhe um den Hals trug.

„Was machst da denn da?" fragte der Riese.

„Siehst du doch,“ reagierte ich verwundert auf diese blöde Frage. *„Ich schieb mein Fahrrad nach Hause, weil es einen Platten hat".*

„Aha, dein Fahrrad ist das? Wo hast du das denn her?" forschte der andere weiter.

Was will denn der Blödmann von mir, dachte ich und antwortete wahrheitsgemäß auf seine Frage: *„Wieso? Das? Das habe ich geschenkt bekommen. Von einem Freund.“*

Was wollte der Kerl bloß von mir?

„Aha, geschenkt bekommen nennt man das heute! Weißt du was Junge, das ist mein Fahrrad“, sprach der Fremde anmaßend und angriffslustig. *„Und wir gehen jetzt mal schön zur Polizei und werden das aufklären lassen",* hielt er mir barsch entgegen.

„Selbstverständlich geh ich mit zur Polizei", nahm ich den Vorschlag mit vorgetäuschtem Selbstbewusstsein an. Dabei war in meinem Kopf alles durch einander geraten. Ich verstand überhaupt nichts mehr. Im Übrigen hatte ich ja überhaupt gar keine Zeit, mit zur Polizei zu gehen.

Dies würde eine massive Verspätung im Heim zur Folge haben. Außerdem, die Geschichte mit dem Rad, die mir ja im Orfan sowieso keiner glauben würde. Die Polizei nicht und die vom Heim auch nicht. Und Ärger würde ich kriegen, wenn die Polizei im Heim anruft und der Erzieher mich wieder abholen muss. Mich, den Fahrraddieb, der ich keiner war, aber glauben würde man mir halt nicht. Aufgrund meiner Vorgeschichte als Ladendieb sowieso nicht.

Ich schob das Rad so, dass es zwischen mir und dem Hünen war. Tausend Gedanken schossen mir durch den Kopf. Dieser fremde Mann, war das der Dieb meines Fahrrades? Wenn ja, was wollte er dann bei der Polizei? Und wenn er der Dieb war, dann bluffte er jetzt.

Oder hat er mein Rad einem Dieb abgekauft?

„Wie heißt du eigentlich?" unterbrach der andere meine Gedanken.

Reaktionsschnell log ich den Namen eines Mitschülers aus meiner Klasse. War vielleicht doch nicht so gut, dachte ich noch, aber was Besseres ist mir auf die Schnelle nicht eingefallen.

„Und wo wohnst du?"

„In der Südstadt", log ich weiter und wusste im Grunde selbst nicht, warum ich mich immer mehr in meinen eigenen Lügen verstrickte.

Bei der Polizei würde ja doch alles rauskommen.

Eigentlich war ich mir keiner Schuld bewusst, aber die Situation verwirrte mich und hatte in meinem Kopf ein Alarmsignal ausgelöst. Die Sachlage schien für mich vertrackt und gefährlich.

Nein, zur Polizei konnte ich nicht! Also musste ich mein Rad opfern.

Wortlos ging nun der ungeschliffene Riese neben mir her. Ich beobachtete ihn aus den Augenwinkeln heraus, ohne den Kopf zu ihm hin zu drehen. Die ganze Sache war mir nicht geheuer.

Wo lag eigentlich die nächste Polizeiwache?

Einfach wegrennen? Ich fühlte mich wie gelähmt und hatte Angst. Der große Kerl würde mich bestimmt einholen, sportlich, wie der aussah. Noch ehe ich alle Risiken genau abwägen konnte, hatten sich meine Hände auch schon verselbständigt und – wie einer inneren Stimme gehorchend – das Fahrrad dem mysteriösen Widersacher mit solcher Wucht vor die Füße geknallt, dass der darüber stolperte und zu Boden stürzte. Ich wunderte mich über meine reflexartige Handlungsweise und preschte, so schnell ich konnte, davon.

‚Wenn der dich jetzt erwischt, bist du dran, dachte ich und rannte mit übermenschlicher Kraft.

Lange würde ich dieses Tempo nicht aushalten, dann würde der andre mich einholen.

„Halt! Bleib stehen, du Miststück!“ rief der kräftige junge Mann mir nach.

Ich drehte während meines Spurts den Kopf herum und merkte, dass der Andere mir folgte. Ich sah aber auch, dass der Abstand noch groß genug war, so dass im Augenblick noch keine Gefahr bestand, eingeholt zu werden.

„Bleib' sofort stehen, oder ich schieß dich zusammen!" hörte ich, wie mein Jäger mir nachbrüllte.

Hatte ich wirklich richtig gehört? Oder war das Ganze nur ein Alptraum, in dem man immer wegrennen will und doch nicht vom Fleck kommt, weil die Beine schwer wie Blei sind und dem Verstand nicht gehorchen wollen?

Aber nein! Ich war wach und rannte wie der Teufel, gehetzt von der Angst, die mein Verfolger mir einflößte. Die wenigen Passanten auf der abendlichen Straße stoben erschreckt auseinander und machten mir bereitwillig Platz.

Sollte der Mann, der mir nachjagte, wirklich eine Schusswaffe haben?

Die Gedanken wirbelten wie wild in meinem Kopf durcheinander. Vielleicht schießt der wirklich?

Gleich muss der Knall kommen.

Du musst weg von der Straße, sonst holt er dich ein oder er schießt dich über den Haufen, wie in einem Kriminalfilm!

Das meint der doch nicht im Ernst? Du brauchst ein Versteck!

Warum lässt der Kerl mich eigentlich nicht in Ruhe?

Das ist doch mein Fahrrad!

Schnell ein Versteck! Keuchend bog ich in die Einfahrt eines Wohnhauses ein und befand mich wie in einer Mausefalle innerhalb eines großen Garagenhofs, der ringsum von Hauswänden umgeben war. Direkt an dem Hauseck neben der Einfahrt war eine Eingangstüre. Blitzschnell sprang ich hin und rüttelte.

Die verdammte Tür war verschlossen. Nun gab es keinen Ausweg mehr. Verdammte Scheiße!

Jeden Moment würde der blöde Gigant hier sein, dann Gnade mir Gott.

Die Garagen im Innenhof hatten allesamt zweiflügelige, blaugrau gestrichene Tore, von denen einige weit offen standen. Die meisten Holztore waren jedoch verschlossen. In einigen der offenen Garagen standen Autos, viele aber waren leer.

In Sekunden Schnelle rannte ich in eine leere Garage hinein, zog hastig die beiden Torflügel zu und beobachtete durchs Schlüsselloch den Hof.

Durch den begrenzten Blickwinkel des Guckloches konnte ich nur einen kleinen Teil der Einfahrt überschauen, sah aber dennoch plötzlich den fremden Mann in den Hof hetzen.

Dann blieb er unweit vor meinem Tor stehen, stützte sich mit beiden Händen auf seine Knie gebeugt und keuchte ebenfalls von dem Spurt. Langsam blickte er sich nach allen Richtungen um.

Offensichtlich schien er nicht bemerkt zu haben, wie ich die Türen geschlossen hatte.

Gerade noch rechtzeitig, in allerletzter Sekunde!

Völlig außer Atem konnte ich kaum mein Keuchen unterdrücken. Angsterfüllt hielt ich mir den Mund zu und wagte es nicht, mich zu bewegen. Der Fremde stand nur wenige Meter von meinem Schlüsselloch entfernt.

Mir war schon ganz schlecht.

Der Fremde mitten im Hof drehte sich langsam um seine eigene Achse und beobachtete aufmerksam jeden Winkel. Hoffentlich kommt jetzt nicht der Autofahrer und will in seine Garage!

Ich getraute mich noch immer nicht zu atmen. Angst schnürte mir die Kehle zu.

Auf einmal war der Fremde aus dem Blickwinkelbereich meines Schlüssellochs verschwunden.

Ob er irgendwo noch im Hof stand, oder bereits hinausgegangen war, konnte ich nicht mehr sehen. Krampfhaft lauschte ich an der Garagentüre. Es rührte sich nichts.

Ich wagte es immer noch nicht, tief durch zu atmen. So verharrte ich mehrere Minuten lang und sah unaufhörlich durchs Schlüsselloch. Der Fremde war nicht mehr zu sehen.

Vielleicht ein Trick von ihm, zu warten, bis ich wieder auftauchte?

Langsam ging ich rückwärts bis ans Garagenende, lehnte mich an die Rückwand, schnaufte ein paarmal vorsichtig durch und ließ mich mit dem Rücken an der Wand erschöpft herab gleiten bis in eine Hockstellung in der er ich einige Momente lang ausruhte. Dabei starrte ich wie gebannt auf das Garagentor und beobachtete den durch das Schlüsselloch hereinfallenden, winzigen Lichtschein, der nun immer schwächer wurde und bald ganz verschwunden war.

Draußen brach die frühe Dunkelheit der Nacht herein. Ich müsste schon längst im Heim sein.

Hoffentlich kommt der Garagenparker nicht. Wie spät es wohl jetzt ist? Das Uhrwerk eines nahen Kirchturms schlug zweimal. Also ist es halb, dachte ich. Aber was halb? Halb Sieben oder gar noch später? Wie lange hockte ich schon in dieser fremden Garage?

Um Sechs sollte ich im Heim sein. Der Zettel meiner Mutter war so ausgerechnet, dass ich um Sechs im Orfan sein musste.

Und jetzt war es halb. Wahrscheinlich halb Sieben, schätzte ich. Einige Minuten hockte ich geschätzt noch an die Garagenrückwand gelehnt, ehe ich aufstand und mich leise wieder zu dem Tor vortastete.

Angestrengt versuchte ich, durchs Schlüsselloch etwas zu erkennen, aber draußen war es so düster wie in einem Bärenarsch.

Wo war der Fremde? Mein Herz klopfte wie wild, als ich vorsichtig einen der beiden Türflügel öffnete und ins Freie trat. Vielleicht hatte der Grobian ja genau auf diesen Moment gewartet und würde nun aus dem Dunkel heraus auf mich zu treten und mich packen.

Der Hof war unbeleuchtet.

Die Uhr des Kirchturms begann erneut zu ertönen. Ich blieb stehen und zählte den Stundenschlag. Siebenmal dröhnte es. Verdammt, um Sechs sollte ich im Heim sein. Weit mehr als eine Stunde musste ich in der Garage gehockt haben.

Im Dunkeln suchte ich den Weg zur Hofeinfahrt hinaus. Mir schauderte bei dem Gedanken, dass mich augenblicklich zwei kräftige Hände von hinten an den Schultern packen und herumwerfen könnten. Ängstlich zog ich das Genick ein und schlich weiter.

Am Ende der Zufahrt spähte ich noch einmal in alle Richtungen hinaus auf die Straße, doch von meinem Verfolger war nichts mehr zu sehen. Ich atmete auf.

Im Dauerlauf begab ich mich sodann auf den Rückweg ins Heim, ohne die geringste Ahnung, was ich dem Erzieher erzählen sollte. Die Bestätigung meiner Mutter war auf achtzehn Uhr programmiert und als ich im Orfan ankam, war es halb Acht.

Der Bauereis brüllte mich an: *„Wo warst du? Weißt du überhaupt, wie spät es ist?"*

Dabei löste er – wie immer bevor er losschlug – das Armband seiner Uhr und steckte diese in seine Tasche, damit sie bei den jetzt folgenden Schlägen, keinen Schaden nehmen sollte.

Ich antwortete nicht, wusste ja auch gar nicht was ich sagen sollte. Und alles, was ich sagen würde, sowieso nichts einbrachte. Ich konnte das mit dem Fahrrad, wovon das Heim eh nichts wissen durfte, ja selber nicht glauben.

Also schwieg ich.

Dies half dem Erzieher aber auch nicht weiter. Und so nahm ich – ohne eine Miene zu verziehen – die Schläge ins Gesicht hin.

Sagte aber nichts. Scheinbar gleichgültig schaute ich nur drein, während der Bauereis sich an mir austobte.

Aber mit den Ohrfeigen allein war es nicht getan, wie immer folgten weitere Strafen: Sofort ohne Abendessen ins Bett, nächste Woche Ausgangssperre, morgen Hof kehren.

Ich sprach noch immer kein einziges Wort. Erst im Bett wischte ich mir ein paar Tränen aus den Augen.

***

Herr Bauereis war derjenige Erzieher, welcher sich berufen fühlte, die größeren Kinder seiner Gruppe in Sexualkunde aufzuklären.

Um seinem Unterricht die notwendige Feierlichkeit zu verleihen und um die Bedeutung des erhabenen Augenblicks hervor zu heben, schenkte er Bier an die Buben aus. Obwohl die Teilnahme freiwillig war, kamen fast alle der angesprochenen Burschen – aber nur wegen des Bieres.

Eigentlich schmeckte mir das Bier überhaupt nicht. Aber ich tat so, was aus altersbedingtem Imponiergehabe wahrscheinlich all meine Kameraden taten, als ob ich es gewohnt sei, Bier zu trinken.

Aber das Bier schmeckte herb.

Mit wichtiger Mimik zeichnete der Bauereis Skizzen an die Wandtafel und las aus einem Sexualkunde-Fachbuch wissenschaftliche Begriffe vor. Aber das Bier und der monotone Vortrag zeigten bald ihre einschläfernde Wirkung. Ich hatte große Mühe, die Augen offen zu halten und musste mir das Kichern verbeißen, als ich mich in der Runde meiner Gleichaltrigen umsah.

Den anderen ging es nicht viel besser.

Der Rudi aus meiner Klasse war sogar eingeschlafen. Er hatte sein Kinn auf den Handrücken, und die Hand auf ein hochgestelltes Holzlineal aufgestützt und schlief fest. Aus den kraftlos herabhängenden Mundwinkeln lief ihm in dünnen Bahnen die Spucke heraus.

Doch der Bauereis führte unbeirrt und voller Eifer seinen Vortrag bis zum bitteren Ende durch, ohne von der mangelnden Aufnahmebereitschaft seiner Zuhörer Notiz zu nehmen.

Ich jedenfalls wollte mich gerade mit dem Herrn Bauereis nicht darüber austauschen. Oder gar Interesse an seinem Vortrag zeigen. Und so blieb ich den weiteren theoretischen Einweisungen in Sexualkunde künftig fern. Das Bier schmeckte mir sowieso nicht, damit konnte man mich also nicht anlocken.

Auch wenn meine Altersgenossen es immer nicht zugeben wollten, mir schmeckte das Bier einfach nicht.

***

Das Heim, welches sich Kinder- und Jugendheim nannte, nahm zwar männliche Kinder und Jugendliche jeden Alters auf, für Mädchen jedoch, die ihre Schulzeit beendet hatten, war kein Platz mehr. Dies führte dazu, dass Geschwister regelrecht auseinander gerissen wurden.

Hatte ich mich anfangs an die räumliche Trennung gewöhnen müssen, als ich von der Kinderabteilung in die Schulbubenabteilung verlegt wurde und meine Schwestern von da an nur noch sonntags sehen durfte, musste ich mich bald auch daran gewöhnen, dass ich meine ältere Schwester Waltraud überhaupt nicht mehr zu Gesicht bekam.

Als Waltraud mit der Schule fertig war, meinten die Heimverantwortlichen, dass sie doch eine Lehrstelle als Steuergehilfin antreten solle, was aber weder ihrem Wunsche noch ihren Neigungen entsprach.

Doch Wally's Wünsche, interessierten im Heim allerdings sowieso Niemanden.

Dementsprechend scheiterte das Vorhaben mit der verordneten Zwangslehre nach einigen Monaten an ihrem Interesse. Und weil sie todunglücklich damit war, schmiss sie die Lehre letztendlich hin.

Von der Steuerkanzlei wurde sie als undankbares Heimkind beschimpft und vom Jugendamt zur Strafe – gerade sechzehn Jahre alt – in das klösterliche Mädchenheim *Maria Rosenberg* in Waldfischbach-Burgalben verfrachtet, welches mehrere Hunderte von Kilometern von Nürnberg entfernt, unweit von Pirmasens in der so genannten Südwestpfalz des Pfälzer Waldes liegt.

Die Wahrscheinlichkeit für eine Familienzusammenführung schwand dadurch immer mehr, dafür stiegen die Chancen für eine völlige Entfremdung untereinander.

Planvoll gefördert durch das städtische Jugendamt! Durch herzloses Zerstören von Kinderseelen!

Wie absurd! Und die Orfan-Verwaltungsbehörden bestätigten immer wieder nur das, was wir Kinder von Anfang an im Heim erfahren mussten, nämlich dass man ohne Rücksicht auf familiäre Bindungen oder Einzelschicksale nur die Karteikarte einer seelenlosen Verwaltung war.

Das Kloster *‚Maria Rosenberg'* sollte sich um die Fürsorge, die Erziehung und Bildung von gefährdeten und schutzbedürftigen Mädchen kümmern und sie zu sittlich einwandfreien, religiös gesinnten und arbeitssamen Mädchen erziehen.

Jedoch hatte die Wally außer harter Fronarbeit dort nichts gelernt. Auch keine schulische Bildung erfahren.

Und Schutz erstrecht nicht.

Morgens um sechs Uhr hieß es *„Raus aus den Betten und in die Gnadenkapelle zum Morgengebet"*. Auf den Knien mussten die Kinder Buße tun und um Vergebung, Einsicht und Reue bitten und beten.

Mit nüchternen Mägen im dichten Weihrauchnebel. Was bei manchen der Mädchen fast zum Erbrechen führte.

Dann erst gab es Frühstück und direkt danach begannen die Fronarbeiten im Haus. Für meine Schwester vorzugsweise in der Wäscherei und an der Bügelmaschine. Und so finanzierte sich der Klosterbetrieb von Auftragsarbeiten für Hotels, Gastbetrieben und Altenheimen, durch Zuweisungen öffentlicher Geldmittel und durch Kinderarbeit.

Wer für die Gartenarbeit eingeteilt wurde, musste auffällig gestreifte Sträflingsklamotten anziehen, damit keine der Mädels der christlichen Nächstenliebe des Klosters unerkannt entkommen, beziehungsweise rasch wieder eingefangen werden konnte.

Zum Mittagessen gab es Kartoffeln und Gemüse aus dem Garten, was die Mädchen allerdings zuvor selbst ernten mussten. Und manches Mal gab es sogar ein Stück von einer mit Speckwürfeln gespickten Pfälzer Krautwurst dazu.

Was für ein Schock für die Wally, von dem schlimmen Orfan nun hier in noch schlimmerer harter Plackerei gelandet zu sein! Und obwohl in allen Räumen und den kalten Fluren Kruzifixe hingen, hatte sie von christlicher Nächstenliebe hier kaum was zu spüren bekommen.

***

Etwa ein Jahr später, als Waltraud in das katholische Erziehungsheim von Maria Rosenberg verschickt worden war, wurde auch die Karteikarte meiner Schwester Ingrid umsortiert, und zwar ebenfalls in jenes Wohnheim in der Pfalz.

Jetzt waren nur noch meine kleine Schwester Mariele, zu der ich ein besonders herzliches Verhältnis hatte, mit mir im Orfan übriggeblieben.

Die behördliche Willkür nahm keinerlei Rücksicht auf kindliche Gefühle.

Aber warum nur taten sie sowas?

Die Aufgabe der Jugendämter war und ist es doch, Kindern in Not beizustehen, sie in ihren Familien zu unterstützen und nicht so mutwillig wie Giftmischer, lebenslänglich deren Psyche zu zerstören.

Uns haben sie jedenfalls mit ihren bürokratischen Abrissbirnen äußerst brutal auseinandergefetzt, was bei allen Betroffenen einer seelischen Hinrichtung gleichkam.

Warum nur konnten diese Bürostümper jener Zeit – die ihre Arbeitszeit offenbar mit dem Addieren von Postleitzahlen absaßen – so kalt, herzlos und unerbittlich böse sein? War denen Fürsorge, Kindeswohl und ja, auch Nächstenliebe, in ihrem Job so völlig fremd?

Behördenbedienstete aus der pädagogischen Steinzeit jedenfalls, die in ihrem Brotberuf genauso deplatziert waren, wie ein Haufen grobmotoriger Maurer, die in einer Konditorei aushelfen sollen.

Allesamt Sadisten jedenfalls, die meiner Mutter durch die enorme räumliche Entfernung endgültig die Möglichkeit nahmen, ihre Kinder regelmäßig besuchen zu können.

Und uns Geschwister einfach auseinanderrissen und sie in Erziehungshöllen einsperrten.

Ganz sicher aber waren wir Heimkinder für jene Behördenbediensteten keine Menschen, sondern lediglich seelenlose und verstaubte Verwaltungsaktendeckel, auf denen neben den Kaffeeflecken allenfalls noch menschliche Namen vermerkt waren.

Ich sträubte mich gegen den Gedanken, dass für mich das Leben im Orfan unvermindert so weitergehen sollte, als wäre überhaupt nichts geschehen. Ich sehnte mich nach der Geborgenheit meines Krankenzimmers zurück, in welchem ich die schönste Zeit meines Heimdaseins verbrachte.

Damals erlebte ich meine Krankheit als etwas Herrliches, weil mir besondere Pflege und Zuwendung zu Teil wurde, die ich zuvor und auch danach im Orfan niemals mehr erfahren durfte.

Krank sein zu dürfen, wäre wie Urlaub von diesen Misshandlungen der Seele, von mangelndem Verständnis seelenloser Erzieher und einem ständig rüden Umgangston.

Eine Flucht in die Krankheit war ein kleiner Ausweg. Da ich aber nicht krank war, wollte ich dem Schicksal helfend unter die Arme greifen und drückte mir den Inhalt einer großen Tube von der billigen Orfan-Zahnpasta in den Mund.

Die scharfe Creme würde mir die Magenschleimhäute zerfressen, hoffte ich. Dann würde ich so richtig schön lange krank sein.

Also schluckte ich die unappetitliche Masse herunter, würgte an dem scheußlichen Zeug und musste mit jedem Schluck erneut den Ekel überwinden.

Doch ich drückte tapfer weiter, bis der längliche Behälter leer war. Danach war mir hundeelend und zum Kotzen zumute.

Der beißende Geschmack trieb mir die Tränen in die Augen. Und mit Genugtuung vernahm ich kurze Zeit später die ersten Reizerscheinungen und das feurige Brennen meiner Magenschleimhaut. Endlich!

`Bald ist es geschafft', freute ich mich und spürte eine aus dem Magen in den Mund hinaufsteigende, schmerzhafte Empfindung. ‚Dann müssen sie dich gesundpflegen und sie müssen gut zu dir sein und Rücksicht nehmen.'

Die krankhafte Einwirkung auf meine Magentätigkeit verursachte einen Überschuss an Säuren und führte zu widerlichem Sodbrennen.

‚Gut so, nur weiter so', dachte ich und war mir der Perverhtiertheit meiner selbstzerstörerischen Gedanken überhaupt nicht bewusst.

Wie wurde mir auf einmal übel!

Das saure Aufstoßen förderte immer wieder den unangenehmen, chemischen Frischegeschmack der Zahnpasta zu Tage, den ich wohl nie mehr vergessen werde.

Aber ich hielt das alles mutig aus. Schließlich wartete doch das Krankenzimmer auf mich – mein Königreich!

Freilich! Mein Plan ging nicht auf.

Die von der beißenden Zahncreme ausgelöste Reizwirkung auf meine Magenwände entwickelte eine ungeheure Kraftentfaltung und schleuderte den Inhalt meines beleidigten Verdauungsorgans schließlich in weitem Bogen hinaus.

Wie ein Häuflein Elend kauerte ich vor der Kloschüssel, zum Sterben bereit.

***

Die Lehrer in der Schule waren mit meinen Leistungen recht zufrieden und haben mich deshalb – als es an der Zeit war – für die Laufbahn an einer höheren Schule vorgeschlagen. Die gutgemeinten Ratschläge, für mich eine Schulart zu finden, die meinen Eignungen und Begabungen entspräche, wurden aber im Heim allesamt ignoriert.

Als ich das Empfehlungsschreiben meines Klassenlehrers dem diensthabenden Erzieher vorlegte, wonach mein Übertritt ins Gymnasium befürwortet würde, bekam ich von ihm aber die gleichgültige Antwort so serviert, als sei ich ein Strafgefangener, der völlig zu Unrecht eine begünstigende Sonderbehandlung oder gar eine vorzeitige Entlassung für sich verlangte.

„Das geht nicht", hörte ich den Erzieher sagen und sah ganz deutlich die Verwunderung in dessen Gesicht. Der Erzieher sprach aber nicht aus, was ich aus seiner Visage heraus zu lesen glaubte: Was bildest du dir eigentlich ein, auf Kosten des

Heimes die Schulbank zu drücken. Wir sind doch hier nicht in einem Wohltätigkeitsverein.

„Wer soll denn hier mit dir Englisch lernen?" brachte er nur hervor. Nicht sehr überzeugend, aber ich hatte verstanden. Ich bedauerte, dass ich ihm das Schreiben meines Lehrers überhaupt vorgelegt hatte. Hätte ich es doch einfach verschwinden lassen. Ich schämte mich auch wegen meiner ‚Unverfrorenheit', ein Recht für mich zu fordern, welches mir als Heimkind offenbar nicht zustand.

Orfankinder haben keine Rechte, das hätte ich doch wissen müssen.

Auf diese Weise war mir also der Übertritt in höhere Schulen versagt geblieben und ich drückte die Schulbank der Volksschule, bis ich vierzehn Jahre alt war.

***

Mit Beendigung der Schulzeit und mit meinem Übertritt ins Berufsleben endete gleichzeitig auch mein Aufenthalt in der Schulbubenabteilung. Simultan mit dem neuen Lebensabschnitt musste ich mich an die veränderten Lebensbedingungen in der Lehrlingsabteilung gewöhnen. Mehr denn je galt dort das Recht des Stärkeren, was ich gleich am ersten Tag schon zu spüren bekam.

Ich war noch beim Umräumen. Meine paar Habseligkeiten trug ich von der Gruppe Fünf hinunter in die Lehrlingsabteilung und legte alles auf das mir zugewiesene Bett.

Als ich gerade dabei war, meinen Wandschrank ein zu räumen, kam ein großer Kerl aus der Aufnahmeabteilung herein und stöberte in meinen Sachen herum, die noch auf dem Bett lagen. Gekonnt lässig zog er ein Kleidungsstück aus dem Wäscheberg heraus, hielt es hoch, machte blöde Witze und ließ es dann einfach auf den Boden fallen.

Auf einmal entdeckte er meine zu unterst liegende Büchertasche und zog sie mit einem heftigen Ruck hervor, sodass die Wäschestücke durcheinanderflogen und zum Teil auf dem Boden landeten. Sodann hielt er die alte Ledertasche hoch, bestaunte sie interessiert von allen Seiten und fragte mich provozierend mit einem drohenden Unterton in seiner Stimme: *„Schenkst du mir die?"*

„Nein, die brauche ich für die Berufsschule", erwiderte ich bange und spürte deutlich die Gefahr, die ich mit meiner negativen Antwort heraufbeschwor, wandte mich aber wieder meinem Spind zu und tat furchtlos, obwohl mir vor lauter Angst das Herz in die Hose rutschte.

Aber es nützte mir nichts. Der brutale Schläger packte mich und verdrehte mir grob einen Arm nach hinten auf den Rücken. Weiterhin hielt mir der blöde Kerl noch seine geballte Faust unter die Nase und drohte nun noch viel lauter als vorher: *„Schenkst du mir die Tasche? Denn du willst doch sicher nicht, dass wir Feinde werden. Oder?"*

Ich wollte mich losreißen, doch der Goliat, der mich festhielt, verdrehte mir den Arm so stark, dass ich meinen Widerstand bald aufgab. Was sollte ich bloß tun?

„Ja, dann nimm sie dir halt", stieß ich wehrlos hervor. Doch der Schlägertyp ließ mich noch nicht los: *„Na das finde ich so richtig nett von dir. Vielen Dank! Achja und noch eins mein Freund"*, zischte er durch die zusammengebissenen Zähne und drehte meinen Arm mit einem Ruck noch fester, um seiner Drohung Nachdruck zu verleihen. Ich hätte vor Schmerzen aufschreien mögen.

„Wenn du mich verpfeifst, geht's dir richtig dreckig. Merk dir das gut!" Dabei versetzte er mir mit seiner freien Hand noch zwei kurz aufeinanderfolgende tätschelnde Ohrfeigen, ließ mich mit einem Schubser los und verschwand mit seiner neu erworbenen Tasche, ohne sich zu bedanken.

Gedemütigt setzte ich mich aufs Bett und legte meine Klamotten wieder zusammen.

Während ich weiter mit dem Einräumen meines Schrankes beschäftigt war, trat plötzlich Herr Täschner in die Stube und maulte mich an: *„Bist du jetzt bald fertig mit deinem Umzug?"*

Dieser unsympathische Vogel war nun also einer meiner neuen Erzieher, der zugleich Hinterhältigkeit und Willkür ausstrahlte. Er war klein und hatte einen Bauchansatz. Sein schütteres Haar war nach hinten gekämmt und über seiner krummen Nase wanderte ein unruhiges Augenpaar rastlos wie hilfesuchend umher.

„Wenn du Hilfe brauchst, sagst du mir Bescheid, damit ich dir in den Arsch treten kann. Vielleicht wirst du dann schneller mit dem Einräumen fertig."

Ich verzog keine Miene, doch der Täschner war noch nicht fertig. Herablassend kontrollierte er meinen Spind, wandte sich mir wieder zu und murrte mich an: *„Hast du alles, was du für deine neue Lehrstelle brauchst?"*

Ich nickte stumm und überlegte für einen Augenblick, ob ich von dem Vorfall mit meiner Büchertasche berichten sollte.

„Wie bitte? Ich verstehe dich nicht!" plärrte mich mein neuer Erzieher an.

„Ja, ich habe alles", antwortete ich folgsam.

„Und wo ist deine Schultasche?" erkundigte er sich, nachdem er den Schrankinhalt nochmals gesichtet hatte. *„Ich sehe sie nicht"* schalt der Despot weiter.

„Meine Tasche ist weg. Ich hatte sie vorhin mit meinen Kleidern aufs Bett gelegt, jetzt ist sie verschwunden. Ich weiß nicht, wo sie ist", log ich.

„Ach so ist das? Verschwunden ist sie also. Ich glaube, ich werde dir erst mal beibringen müssen, wie man auf seine Sachen besser aufpasst," säuselte der Erzieher mit heimtückischer Miene, nahm dabei mein linkes Ohrläppchen zwischen Daumen und Zeigefinger und drehte seine Hand einmal um die eigene Achse.

Er riss mir fast das Ohr ab und ich vor Schmerzen den Mund weit auf, kniff dann aber die Zähne fest zusammen und hatte tatsächlich das Gefühl, als sei mein Ohr aus der Verankerung gerissen worden, doch es war noch dran und an ihm des Täschners unwirsche Finger.

„Bis zum Abendessen ist deine Tasche wieder da, kapiert! Sonst gibt's für dich nix zu essen, sondern Hofdienst! Und zwar zum Einsammeln von Hundescheiße. Verstanden!", drohte dieser erbarmungslose Krummnasenaffe und drehte mein Ohrläppchen nun noch fester, ehe er losließ.

Das Szenario des ersten Tages in der Lehrlingsabteilung erweckte in mir einen Vorgeschmack auf das, was auf mich zukommen würde.

Meine Situation war ausweglos.

Prügelstrafe vom Erzieher, wenn ich meine Büchertasche nicht vorweisen konnte, oder Prügelstrafe von dem brutalen Schläger, wenn ich ihn verpfiff. Ich konnte also auswählen, wer mir lieber war, auf mich einschlagen zu dürfen.

Dies war einer jener furchtbaren Momente, in denen ich mir wünschte, nicht mehr am Leben zu sein. Situationen wie diese kamen immer öfter vor und immer öfter wünschte ich mir als Vierzehnjähriger den Tod herbei.

Die ersten Gedanken an den Tod, an jenem ersten Tag in meiner neuen Abteilung, flößten mir noch Furcht ein und ich verbarg mich auf der Toilette, um heimlich ein paar Tränen zu weinen. Tränen vor lauter Selbstmitleid und Tränen, weil meine Mama mir leidtat, wenn ich tot war.

Mit der Zeit aber gewöhnte ich mich an die Suizidgedanken, die zu einer zuverlässigen Alternative heranwuchsen, die von nun an jederzeit abrufbereit in meinem Hinterkopf lauerten und zu einem treuen Wegbegleiter meiner nächsten Jahre wurden.

Der Tod verlor in meinen Augen mehr und mehr seine Schrecken.

Die anfängliche Furcht bei dem Gedanken an ihn verschwand bald. Ich wusste nun, dass es aus jedem Dilemma einen endgültigen Ausweg gibt. Die Gedanken an den eigenen Tod machten mich frei. Der Freitod wurde für mich zu einem verlässlichen Freund, der mich nie im Stich lassen würde. Dessen war ich mir sicher.

Todsicher!

Ich suchte den Täschner in seinem Dienstzimmer auf.

„Ich weiß wo meine Schultasche ist", murmelte ich zögernd, *„ein Kerl hat sie mir weggenommen, der – glaube ich – in der Aufnahmeabteilung wohnt."*

„Und warum lässt du dir das gefallen?" schnauzte der Erzieher mich an und fügte hinzu: *„Na dann werden wir deine Tasche jetzt mal wieder zurückholen."*

Betreten ging ich neben dem unsympathischen Despoten her, ein Stockwerk höher in die Aufnahme-Abteilung. Zufällig in der ersten Schlafstube lag mein Taschen-Dieb mit voller Bekleidung auf seinem Bett, die Arme hinter dem Kopf verschränkt und sah, mit offenem Mund schmatzend auf einem Kaugummi kauend, gelangweilt zur Decke. Er wandte seinen Blick auch nicht ab, als Täschner ihn nach meiner Tasche fragte.

„Die hat mir der Junge geschenkt", log er respektlos und schloss dabei für einen kurzen Moment träge die Augen, ohne jedoch die Blickrichtung zu ändern.

‚Du fiese Ratte', hätte ich am liebsten schreien mögen, tat es aber nicht, sondern schüttelte nur den Kopf: *„Nein, er hat sie mir weggenommen."*

Ich wunderte mich über die Unverfrorenheit des Pockennarbigen und über die furchtlose Respektlosigkeit, die er dem Erzieher gegenüber an den Tag legte. Das hätte ich mir Zeit meines Orfanlebens nie erlauben dürfen.

Die Erzieher als absolute Autoritätspersonen forderten von ihren Schutzbefohlenen – dies musste ich frühzeitig begreifen lernen – bedingungslosen Respekt.

‚Schau mich gefälligst an, wenn du mit mir sprichst', wie oft hatte ich diesen einen Satz im Heim schon zu hören bekommen. Und nun lag dieser Lümmel mitsamt seinen Schuhen einfach auf dem Bett und strafte den Täschner mit geringschätziger Verachtung, indem er gelangweilt zur Decke sah.

Und was tat der Täschner?

Ich blickte zu ihm hinüber und wartete darauf, dass dieser loslegte. Wartete auf lautes Gebrüll und auf tätliche Angriffe gegenüber dem pockennarbigen Flegel und ein Donnerwetter, dass das ganze Haus zusammenlief.

Doch nichts von alledem geschah.

Ließ sich etwa dieser mickrige Erzieher, der zu doof ist, ein Loch in den Schnee zu pinkeln, durch die Kaltschnäuzigkeit des bulligen Schlägertyps einschüchtern?

Herr Täschner tat tatsächlich nichts.

„Wenn dir so viel an dieser blöden Tasche liegt, dann nimm sie dir halt wieder. Dort unter dem Stuhl liegt sie", sprach der auf dem Bett mit dem Narbengesicht – immer noch zur Decke starrend – und gab so der ganzen Situation eine für mich überraschende Wende.

Ich hatte meine Tasche wieder und seltsamerweise wurde ich in der Folgezeit von jenem brutalen Galgenvogel auch nicht weiter bedroht.

Und der Täschner tat nichts.

***

Mein Einstieg ins Arbeitsleben war ein Fiasko.

Völlig unaufgeklärt und vor allem unfreiwillig schlitterte ich in einen Beruf hinein, der mir weder Spaß machte, noch meinen Neigungen entsprach. Denn ausgesucht hatte ich mir das Ganze ja nicht selbst.

Ein Erzieher war der Meinung, dass ich wegen meiner schönen Handschrift für eine Büroausbildung geeignet schien und stellte mich kurzerhand jenem dem Heim nahestehenden und in der Burgschmietstrasse auch recht nahegelegenem Auto-Haus als Lehrling vor, wo auch der Heimleiter stets seine Neuwagen kaufte.

Meine kaufmännische Karriere begann daraufhin umhüllt von einem blauen Arbeitskittel und einem Scheißgefühl. So lernte ich als Lehrling das Vesperholen, Lageraufräumen, Hofkehren und vor allem das Entladen von Waggons, wenn für den Ladenverkauf und die Reparaturwerkstatt mal wieder neue Autoteile angeliefert wurden.

Schwere Motoren und Ersatzteile Sommer wie Winter im Freien entladen und per Hand in ein Regal hieven, wo mir Kotflügel und scharfkantige Metallteile regelmäßig Verletzungen zufügten, weil mir die eingeölten Bleche durch die Pfoten flutschten und mir wie scharfe Rasierklingen die Haut zerschnitten. Denn Arbeitshandschuhe gab es nicht.

Also mit einem dreckigen Lumpen Blut und Öl von den Händen gewischt, offene Wunden mit Kreppklebeband eng umwickelt, bis das Blut wieder gestillt war. Und dann weiter das rutschige Blech abgeladen.

Im düsteren Untergeschoss des Autohauses fand ich jedoch einen Rückzugsort, wo ich mich für kurze Augenblicke wohl fühlen konnte. Da setzte ich mich in den schwarzen Ledersessel hinter das Steuer des alten T-Modells von Ford – dem ersten Auto, das mittels Fließbandfertigung und nur in schwarzer Einheitslackierung hergestellt worden war – drehte an dem dünnen Lenkrad und träumte von einer Fahrt nach Nirgendwo und ohne Ende.

Einfach toll, die alte *„Tin Lizzi"*, auch Blech-Liesl genannt, deren Karosserie noch sehr einer alten Kutsche ähnelte. Und jetzt mir ihr einfach auf und davon. Ohne die permanente Angst im Nacken den Wind in den Haaren zu spüren.

Das wär's jetzt! Die schräge Rampe des Kellers hoch und dann weit, weit weg düsen. Ich sah in den Rückspiegel, hatte überhaupt gar keine Ahnung vom Autofahren, drückte aber die Pedale, und gerade als ich die Handbremse lösen wollte, holte mich viel zu schnell die Wirklichkeit in Form eines von oben herunter hallenden Kommandos des Lagerleiters wieder ein.

Mit einem niederen, aber schwer beladenen Wannenwagen musste ich sodann in gebückter Haltung Alteisen durch den Schnee zum nahen Schrottplatz schieben. Ich zitterte vor Kälte in meinem blauen Arbeitskittel und die kleinen Rädchen des Wägelchens quälten sich über den hartgefrorenen Boden. Und für ordentliche Winterschuhe hatte es im Heim ja auch nie gereicht.

So hatte ich mir meinen Traum vom Reisen in eine ferne Welt nicht gerade vorgestellt.

Und was war mit den Warnungen vor jenem Menschähnlichen Geistwesen, das auf dem Schuttplatz hausen würde, von allen verächtlich der Schrottschrat genannt?

Ein schlechter Scherz, um die neuen Lehrlinge zu erschrecken? Vorsichtig drückte ich am Ende des Garagenhofes das hölzerne Tor auf, das auf den Schrottplatz führte.

***

Ein schwaches Gekrächze, wir hörten es beide. Dann doch wieder nichts. Nur der Lärm des Straßenverkehrs, der gedämpft hinter dem Brachland zwischen den Häuserfronten durchdrang.

Der alte Mann hatte mich nicht bemerkt, als ich die Halde betrat. Dachte ich zumindest.

Er schlug gerade mit einem schweren Hammer auf einen alten Luftfilter ein und kehrte dann den Rost zusammen. Ich duckte mich hinter ein Autowrack, weil er ja als menschenfeindliche Missgestalt galt. Meine Zähne klapperten.

Da war es wieder!

Ja! Es kam aus der Dornenhecke.

Der Alte hörte es auch und ging den kurzen Weg über das Brachgelände dorthin. Unbemerkt schlich ich ihm im Schutze ausgeschlachteter Unfallautos aber in sicherer Entfernung hinterher und beobachtete zwischen einem Stapel rostiger Stoßstangen kauernd dessen Tun.

Beide bemerkten wir nun unabhängig voneinander den heiser schnarrenden Rabenvogel, der sich in den Stacheln der Hecke verfangen hatte. Der Alte schlurfte vor sich hin murmelnd auf das arme Tier zu, welches nun angsterfüllt einen ungeheuren Krawall verursachte und sich durch ihr aufgeregtes Geflatter nur noch mehr in den spitzen Nadeln verfing.

‚Jetzt wird diese düstere Mannfigur den nervigen Schreihals sicher totschlagen', dachte ich mit Grausen.

Von meiner Deckung aus sah ich jedoch zu meiner Überraschung, wie er die große Krähe überaus vorsichtig aus dem stacheligen Gestrüpp befreite, ihr die Sprossdornen aus ihrem schwarzen Gefieder, welches von Blut und Schmutz durchtränkt war, herauszog. Dabei ließ diese es auch zu, dass er sie zwischendurch immer wieder streichelte, um sie zu beruhigen.

Vermutlich aus Todesangst?

Oder aber weil sie intuitiv spürte, dass von ihm als ihrem Retter keine Gefahr ausging.

Dann holte er aus seiner Hosentasche einen grauen Taschentuchklumpen hervor, schüttelte und glättete diesen mit einer Hand etwas und verband ihr damit den Flügel.

Dabei brummelte er leise etwas vor sich hin, was ich von hieraus nicht verstehen konnte. Es klang aber eher sanft und fürsorglich als böse.

Rasch zog ich mich zu meinem Wägelchen zurück und räumte es so leise wie möglich leer.

Dämonisch oder gruselig wirkte das alles nicht auf mich. Was also sollten diese dummen Gerüchte über das angebliche Geistwesen von der Abraumhalde.

Doch etwas merkwürdig war er schon, dieser schmutzig zerlumpte Alte auf dem Schrottplatz. Wie einer nicht von hier, mit dem Schatten im Gesicht unter dem Schirm seiner schmuddeligen Kappe. Aber gespenstisch wirkte er überhaupt nicht auf mich. Auch nicht furchteinflößend. Schratig ja!

Beim Hinausgehen sah ich mich noch kurz auf dem Platz um, wo ein paar Blech-Ungetüme in unterschiedlichen Stadien der Verwesung vor sich hingammelten.

Das Chrom längst stumpf und die Reifen platt, der Lack zu Rost verwandelt, verrottende Sitzpolster versifft und von rostigen Sprungfedern durchbohrt.

Dann sah ich zwischen dem Gerümpel auf einmal seinen Schatten, wie er sich mit dem kranken Vogel in beiden Händen langsam in meine Richtung bewegte.

Eher wie traurig verloren, mit leicht schwankendem Gang.

Fast sogar ein wenig vertraut, so wie er sich mit seinem scheuen Wesen vor der Welt versteckte.

Genau wie auch ich mich ebenfalls gerne vor der feindlichen Welt verstecken würde, wenn ich denn nur könnte.

***

Die Zeit der Lehre war für mich – ebenso wie parallel die Zeit im Heim – ein sehr lästiges Übel, das ich irgendwie hinter mich bringen musste, wenn mein Leben irgendwann nochmal Sinn machen sollte.

Total lustlos verlief demnach meine Ausbildung und dementsprechend fielen auch meine Leistungen in der Berufsschule aus.

Das Leben wurde für mich sinnleerer denn je.

Das Heim und der ungeliebte Beruf ergänzten sich vortrefflich. Ich kam mir vor, als sei ich vom eisernen Griff einer überdimensionalen Stahlzange gefangen, welche immer mehr zudrückte und mich zu zerquetschen drohte.

Die Zangenenden, die mich zermalmen wollten, bildeten auf der einen Seite das Heim und auf der anderen die Lehrfirma.

Ungewollt rutschte ich in meinem Betrieb wieder in die mir sattsam bekannte Rolle des Außenseiters.

Zum einen, weil ich als Heimkind teilweise Mitleid und deswegen besondere Aufmerksamkeit bei meinen Kolleginnen und Kollegen erweckte. Und zum anderen wegen meiner miserablen Leistungen in der berufsbegleitenden Schule, welche den anderen Lehrlingen seitens der Betriebsleitung sogar als abschreckendes Beispiel vor Augen gehalten wurden.

„Seht euch mal diese Note an! Eine glatte Sechs in Kaufmännischer Buchführung, so was hat es seit Bestehen unserer Firma noch nicht gegeben!“

Ich wurde bedauert, an den Pranger gestellt, getadelt und bemitleidet.

So versteckte ich mich immer wieder im Keller und träumte hinterm Lenkrad meiner *Blech-Liesl* von einer Reise nach Nirgendwo, um dem ständigen Druck zu entfliehen und mich selbst mal spüren zu können. Weit weg von diesem Scheißort, der so leer und lebensfeindlich für mich war. Und so karg und unwirtlich wie meine seelische Wüstenlandschaft.

Doch blieb das alte Auto im Keller leider nur ein seichter Traum und so fuhr ich einfach immer wieder mit vollem oder meist halbleerem Tonnenwägelchen zum Schrottplatz, wo ich für einige Momente zumindest mal den Himmel sehen konnte.

Und manchmal auch einen Sonnenstrahl.

***

Wie schon in der Schule, so war ich bald auch im Betrieb nur einer vom Waisenhaus'. Dieser Makel würde wohl ein Leben lang an mir haften bleiben.

Bei der Weihnachtsfeier meines Betriebes bekam jeder Mitarbeiter ein Paket gleichen Inhalts überreicht, in welchem ein neuer Arbeitsmantel, eine Packung Lebkuchen und noch ein paar andere nützliche Kleinigkeiten als Dank für die geleistete Arbeit im zurückliegenden Jahr enthalten waren.

Ich – weil vom Waisenhaus – bekam als einziger ein Extra-Geschenk, nämlich ein Oberhemd, und zwar während der betrieblichen Weihnachtsfeier vor versammelter Mannschaft offiziell überreicht.

Wie edel! Und wie oberpeinlich! Die gutgemeinte Geste der Geschäftsleitung empfand ich als demütigend und beschämend. Und fühlte mich nur noch mehr abgestempelt!

Scheiß Oberhemd und Scheiß Firma! Die Außenseiterrolle schien mich selbst im Berufsleben nicht verlassen zu wollen. Und wie unangenehm, dass ich für diese Sonderbescherung auch noch Dankbarkeit vortäuschen musste.

Das Orfan, der Beruf, diese Firma hier, alles kotzte mich an! Die mir als Stift übertragenen Arbeiten führte ich dementsprechend lustlos und deshalb äußerst unzuverlässig aus. Seitenlange Inventurlisten zum Beispiel, die ich mit der Lagerkartei Punkt für Punkt vergleichen und bestandsmäßig berichtigen sollte, hakte ich ohne jegliche Überprüfung einfach ab.

Was interessierte mich denn die Bestandskartei dieser Firma hier!

Natürlich kam man mir auf die Schliche und meine Lage verschlimmerte sich zusehends. Ich wurde von der Firmenobrigkeit zur Rede gestellt, stand aber nur da und sprach kein Wort. Ich sah die Bürogestalten, die mit mir reden wollten, nur an und antwortete nicht auf deren Vorhaltungen. Die würden mich sowieso nicht verstehen, weil sie ja doch nur ihre Bilanzen und Umsatzsteigerungen bei den Neuwagenverkäufen im Kopf haben.

Außerdem brauchten sie mich auch gar nicht zu verstehen. Die nicht!

Ich ersparte mir also jegliche Antworten und ließ das Donnerwetter still über mich ergehen.

Die Lebensfreude wich mehr und mehr aus meinem Gesicht. Es gab niemanden, der mich verstand, mit dem ich mich mal hätte aussprechen können.

Jemanden, der mich auch mal fragt, was ICH eigentlich wollte. So zog ich mich immer weiter in mich selbst zurück.

Nolans Theorie vom Berg nahm für mich auf einmal ganz andere Dimensionen an. Sicher würde ich eines Tages aus dem Orfan entlassen werden. Nämlich dann, wenn ich den Gipfel des Berges, sprich meine Volljährigkeit, erreicht hatte.

Wann das sein würde?

Vielleicht in sieben Jahren, wenn ich Einundzwanzig bin. Sicher noch ein sehr langer, steiniger Weg. Wann und ob ich diesen verdammten Gipfel tatsächlich erreichen würde, lag allerdings außerhalb meines Vorstellungsvermögens.

Vielleicht wollte ich auch gar nicht mehr.

Denn was genau sollte mich eigentlich erwarten, dort oben auf dem Gipfel? Der Ausblick auf eine lebenswerte Zukunft? Oder ein Abstieg? Der Abstieg in ein Leben verkrusteter Denkweisen, mit seelischer Unstabilität im Tornister?

Und der Abstieg innerhalb eines ungeliebten Berufs, mit dem ich mich einfach nicht anfreunden konnte.

Lohnt es sich überhaupt, den Weg zum Gipfel weiter zu gehen? Wozu eigentlich?

Mein Leben war nichts wert! Und Aussicht auf Besserung der Lebensumstände konnte ich vom Standpunkt meiner Betrachtung aus nirgendwo erblicken.

Gedanklich setzte ich mich immer häufiger mit meinem eigenen Suizid auseinander, welcher mehr und mehr in den Vordergrund rückte und allmählich konkretere Formen annahm. Mein Leben hing nur noch an einem seidenen Faden, namentlich meine Mutter. Allein der Gedanke an sie hielt mich noch von einer Verzweiflungstat ab.

Und so suchte ich immer wieder Abstand auf diesem gottverlassenen Schrottplatz am Rande des Burgviertels, aber mitten in der Großstadt.

Bei dem eigenbrötlerischen Eremiten mit seinem kauzigen Aussehen und offensichtlich ebenfalls zerbrochenen Träumen. Ausgestoßen und verirrt, der jede Begegnung mit menschlichen Wesen stets vermied, von seinem Herzen sichtlich keine Lebensenergie mehr ausging und dessen gesamter Körper dort auf dem Brachland dasselbe kümmerliche Dasein fristete, wie ich im Heim und hier im Betrieb.

Meine Lehrlingskollegen waren recht froh darüber und konnten es gar nicht verstehen, warum ich mich immer wieder vordrängelte, mühsam den blöden Schrott mit dem ungelenken Wägelchen weg zu schaffen, sich beim Abladen die Finger dreckig zu machen und dann vielleicht auch noch dieser Geistgestalt zu begegnen.

Und ich war froh darüber, dort ein winzig kleines Stückchen Freiheit genießen zu können, um dabei immer wieder mal ganz pragmatisch und ungestört mein bescheuertes Dasein zu überdenken.

So traf ich als *‚der Alte vom Orfan'* auf den *‚Alten vom Schrottplatz'*, einem Wesensgefährten, auch wenn wir nie ein Wort miteinander gesprochen hatten. Hab den alten Mann ja immer nur von weitem und stets nur als rundbuckeligen Schatten aus meiner Deckung heraus wahrgenommen. Fand ihn zwar sehr seltsam – jenen schrulligen Schräzel mit seiner gebeugten Gestalt, der immer, wenn jemand auf den Hof kam, weghuschte – aber dennoch fühlte ich irgendeine Verbindung zu ihm.

Irgendwie vertraut.

Ich, menschenscheu wie er, und der ich – wie er – ohnedies nie gerne sprach. Ich vielmehr alles mit mir selbst ausmachte oder in mich hineinfraß. Und ich nahm an, dass er sich ebenfalls an einstige Träume nicht mehr erinnern konnte.

***

Mein Wechsel von der Gruppe Fünf in die Lehrlingsabteilung brachte nicht nur Umgewöhnungsschwierigkeiten und negative Eindrücke mit sich, sondern hatte durchaus auch ein paar angenehme Seiten.

Das Taschengeld, welches hier übrigens als ‚Bescherung' bezeichnet wurde, erhöhte sich auf etwa Vierzig Mark pro Monat. Oder anders herum ausgedrückt, mein Lehrlingsgehalt wurde bis auf einen Rest von etwa Vierzig Mark zur Deckung der Heimkosten einbehalten. So blieben mir wöchentlich etwa Zehn Mark Taschengeld übrig welches allerdings, um uns Lehrlinge nicht zum sinnlosen Verprassen zu verleiten, in zwei Teilbeträgen pro Woche ausbezahlt wurde.

Acht Mark am Freitag und zwei Mark am Dienstag.

Den Umgang mit dem regelmäßigen Taschengeld musste ich aber erst noch lernen. Und als Geschenk empfand ich es auch, dass ich als Lehrling auf einmal jeden Samstag und Sonntag Ausgang bekam, ohne eine Bestätigung von zu Hause vorlegen zu müssen.

Acht Mark in der Tasche und 'ne Menge angstlose Zeit zur freien Verfügung waren wirklich wie ein Geschenk.

Jetzt durften wir neuen Lehrlinge auch ein eigenes Fahrrad besitzen und damit offiziell in die Firma oder nach Hause fahren.

Und so klaute ich mir aus alten, besitzlosen Schrotteilen, die im Fahrradkeller umher lagen, ein eigenes Rad zusammen. Die fehlenden Teile sparte ich mir wochenlang von meinem Taschengeld ab, bis das Unikum endlich fertig war.

Es sah recht urig aus und wurde von meinen Kameraden viel belacht. Hinten hatte es den dicken Ballonreifen eines alten Holländerfahrrades und vorne die dünne Schmalspurbereifung eines Rennrades. Den wuchtigen zweibeinigen Ständer zwischen den Rädern hatte ich von dem Mopedwrack einer hellblauen *Vicky-drei* abmontiert und das ganze Vehikel am Schluss noch mit weißer Ölfarbe angepinselt.

Die letzten Märker meines Taschengeldes investierte ich in eine schmucke, dröhnende Ballhupe. Erst jetzt war das Rad so, wie es meinen Vorstellungen entsprach. Robust und zuverlässig.

Ja, das Taschengeld der Lehrlinge war für Sonderwünsche stets viel zu knapp.

Da war der ständige Durst, von dem ich in den zentralbeheizten Büroräumen meiner Lehrfirma tagtäglich geplagt wurde und gegen den ich üblicherweise mit Leitungswasser ankämpfte.

Leitungswasser zu dem ekligen Vesperbrot war eine sehr geschmacklose Angelegenheit. Hatte ich mal ‘ne knappe Mark übrig, kaufte ich mir heimlich eine Flasche Bier zum Pausenbrot. Obwohl mir Bier ja überhaupt nicht schmeckte. Und weil es mir nicht schmeckte, trank ich eben immer nur ganz wenig in ganz kleinen Schlückchen. Dafür reichte es aber länger. Eine Flasche Bier reichte oftmals für eine ganze Woche.

Oder ich kaufte mir eine große Flasche Limonade und schlug oben in den Verschluss einen Nagel ein. Durch das hierbei entstandene winzige Löchlein schlürfte ich den köstlichen Inhalt tröpfchenweise und sparsam dosiert. So reichte die Limo auch ‘ne ganze Weile.

Meistens aber blieb ich wieder nur am Leitungswasser hängen. Mein bisschen Geld war mir viel zu schade, um für Genüsse dieser Art verschwendet zu werden

In meinem Büroraum stand direkt neben dem Einfüllstutzen der Rohrpostanlage eine offenbar herrenlose Limonadenflasche, die etwa noch zur Hälfte gefüllt war.

Lange musterte ich die Flasche, aber sie schien niemandem zu gehören. ‚Die hat bestimmt jemand vergessen‘, dachte ich für mich.

Ein paar Tage würde ich noch abwarten, dann – so nahm ich mir vor – würde ich die Flasche rasch an mich nehmen, hinterm Schreibtisch verstecken und schlückchenweise leertrinken. Doch am nächsten Tag sah ich mit Schrecken, wie ein Mechaniker mit dem Inhalt der Limoflasche die Rohrpostanlage ölte.

Was ich für übriggebliebene Limonade hielt, war Maschinenöl!

Beinahe hätte ich in einem unbeobachteten Moment mit der vermeintlichen Zitronenlimo meinen Durst gelöscht. Nicht nur peinlich, wenn man mich dabei erwischt oder jemand die Flasche vermisst hätte, sondern vielleicht auch mit todbringenden Folgen.

Für Getränke gab ich jedenfalls sehr wenig Geld aus, schließlich wollte ich mein Taschengeld für nützlichere Dinge aufheben.

Aber auf eines wollte ich nicht verzichten. Auf meinem Rückweg vom Lehrbetrieb ins Heim kaufte ich mir beim Bäcker, der direkt an meinem Arbeitsweg lag, hin und wieder eine Semmel für zwölf Pfennige.

Noch auf der Straße aß ich das trockene Brötchen, welches so gut nach frischem Mehl roch. Ganz langsam aß ich es, kaute bedächtig und jedes Mal, bevor ich erneut abbiss, roch ich daran und atmete tief den Duft der warmen Backstube ein, den die Schrippe noch ausströmte.

So musste ein Brötchen riechen!

Das Brot, welches wir im Heim bekamen, roch nach gar nichts. Preisbewusst von einem Multi-Backkonzern eingekauft, dafür völlig geschmacksneutral. Aber es sättigte und erfüllte somit seinen Zweck.

Doch es roch nach gar nichts.

Ich erfreute mich an meiner Feierabendsemmel, die genauso köstlich duftete, wie sie schmeckte. Ich aß sie so langsam und genussvoll, dass ich den letzten Bissen erst herunterschluckte, als das Heim in Sichtweite kam.

Für meine Semmel nach Feierabend blieben von meinem Taschengeld ab und zu ein paar Pfennige übrig. Ansonsten kam ich mit meinem Geld nie aus.

War einmal eine neue Hose fällig, so war mein Taschengeld für den Rest des Monats, oder manchmal sogar noch länger verbraucht. In dieser Zeit gab's weder eine Flasche Bier oder Limo zur Vesper, noch eine trockene Semmel zum Feierabend. Und die gebrauchten Kleider des Beschaffungsamtes sahen echt Scheiße aus.

Dann kam auch langsam die Ära, in welcher meine Altersgenossen und ich die ersten Schnupperbesuche in eine Diskothek unternahmen., Das Leben lockte, aber so ein Besuch in der Disco, war teuer. Ein Glas Cola für vier Mark. Das war die Hälfte des Taschengeldes, welches ich freitags ausbezahlt bekam, dennoch gönnte ich mir diesen Luxus gelegentlich. Stundenlang saß ich dann vor meinem kostbaren Glas Cola und nahm etwa alle dreißig Minuten ein winziges Schlückchen.

Alles in allem reichte das Taschengeld also nicht.

Im Heim kursierten deshalb verschiedene Parolen, wie man sich sein knapp bemessenes Geld um nen Fuffi, mehr oder weniger leicht, aufbessern könnte. Das reichte von Tipps, wie man Zigarettenautomaten mit einfachen Kniffen dazu überreden kann, mehrere Markstücke aus zu spucken, über die Gelegenheit, durch einen Überraschungsüberfall auf die Inhaberin eines Lottogeschäftes ein paar schnelle Scheinchen zu ‚verdienen', bis hin zu legitimen Vorschlägen, sich schlicht und einfach durch Samstagsarbeit zusätzlich etwas Geld auf ehrliche Art und Weise zu erwerben.

Zugegeben, ich hatte alle drei Möglichkeiten nacheinander in Erwägung gezogen. Wenn auch nur kurz.

Den Trick mit den Zigarettenautomaten getraute ich mich auf offener Straße nicht auszuprobieren. Dazu fehlte mir die nötige Dreistigkeit.

Die Geschichte mit dem Überfall auf einen Lottoladen wollte mir auch nicht recht schmecken.

„Aber es ist wirklich ganz einfach!", hatte man mir erzählt, *„das Lädchen gehört einer alten Frau, die sehr schlecht auf den Beinen ist. Du betrittst den Laden, wenn grad kein Kunde drin ist. Blitzschnell springst du über den Tresen, ziehst die obere Schublade auf, die nicht versperrt ist, und grabschst dir einen Packen Geldscheine, den du in die Hosentasche steckst. Dann springst du zurück über den Ladentisch und bist zur Türe wieder draußen, bevor die Alte aus dem Nebenraum wieder herein wackelt."*

Nein! Damit konnte ich mich auch nicht anfreunden. Eine alte Frau zu bestehlen, ist Unrecht. Auch wenn Klauen und Beklaut werden im Heim zur Tagesordnung gehörte.

Ich wählte die dritte Möglichkeit. Samstags morgens ging ich zum Güterbahnhof An den Rampen, dem so genannten Kohlenhof, wo ich mich in die Warteschlangen der Gelegenheitsarbeiter einreihte. Düstere Gestalten waren darunter. Gestrauchelte, verwahrloste Typen, mit äußerst primitiver Ausdrucksweise, die wie ich ihre Lebensqualität verbessern wollten, sei es auch nur darum, das verdiente Geld schnellstmöglich in Spirituosen zu verwandeln, um den Promillepegel konstant halten zu können.

Anfangs fühlte ich mich nicht wohl unter diesen rohen Menschen. Aber sie taten mir nichts, sondern waren sogar recht freundlich und kameradschaftlich zu mir.

Sie waren allesamt arme Schweine, wie ich selbst, merkte ich bald. Immer, wenn ich samstags zum Kohlenhof kam, traf ich sie jeweils dort auch an.

Es waren immer die Gleichen.

Einfache Leute, die – wie ich – einer Randgruppe der Gesellschaft angehörten und die – wie ich – kein richtiges Zuhause hatten. Gescheiterte Menschen, deren Biografien aus ihren Gesichtern zu erahnen waren.

Irgendwie konnte ich sie verstehen, und ich fühlte mich bald ein wenig zu ihnen hingezogen.

Alle auf der Straße vor dem Güterbahnhof umher Stehenden bekamen einen Job.

„Bist du schon achtzehn?" Der Mann mit der Frage sah mich von oben bis unten an. Er war wohl der verantwortliche Lagermeister jener am Kohlenhof ansässigen Speditionsfirma, der die Aufgabe hatte, Arbeitskräfte anzuheuern.

„Na klar", antwortete ich, damals fünfzehnjährig, ohne zu zögern. War ich doch von meinen Orfankollegen schon auf diese Frage vorbereitet worden.

„Aha. Na, dann komm mal mit!", forderte mich der Mann von der Spedition auf. Wir schritten auf ein kleines Büro zu, das direkt an den Laderampen lag. Ein weiterer Angestellter in grauem Arbeitsmantel erklärte den Jobsuchenden die Bedingungen: *„Jeder von euch kriegt die Stunde drei Mark. Was ihr zu tun habt, sagt euch der Mann im Lager."*

Ich wollte mit den anderen hinausgehen, doch der Kerl im grauen Mantel hielt mich zurück: *„Du bist also schon achtzehn, ja?"*

„Natürlich!" erwiderte ich kess und wusste, dass der Mann mir nicht glaubte.

„Mir soll's recht sein. Also los, an die Arbeit" sprach er und deutete mit dem Kopf in die Richtung der Lagerhalle.

Dort angekommen bekam ich eine Sackkarre in die Hand gedrückt und die Anweisung, Kisten aus einem Güterwaggon auszuladen und in die Lagerhalle zu transportieren.

Wenn ich mir zwei dieser riesigen Holzkisten auflud, die ich gerade noch bewegen konnte, kam der Lagerarbeiter – ein gedrungener unsympathischer Wichtigtuer – daher und lud mir noch eine obendrauf, sodass ich fast unter der Last zusammen brach.

‚Die wollen es dir zeigen, weil du noch nicht achtzehn bist', vermutete ich im Stillen. ‚Aber ich werde denen zeigen, dass ich doch achtzehn bin. Zumindest kann ich arbeiten wie ein Achtzehnjähriger. Das werde ich denen beweisen.'

Doch wurde die Arbeit von Fuhre zu Fuhre immer beschwerlicher. Meine Arme schmerzten fürchterlich und wurden allmählich lahm. Das Kreuz tat mir weh. Zwei Stunden Schinderei waren erst vergangen. Der Schwung, mit dem ich am Morgen an die Arbeit heranging, ließ mehr und mehr nach. Dazwischen das ungeduldige Geplärr des fetten Lageristen, der mich und die anderen ständig anmeckerte.

Mühsam schleppte ich meine Lasten.

Dann wurde mir plötzlich schlecht und schwummrig vor Augen. Schwäche überkam mich, weil ich noch nichts gegessen und nichts getrunken hatte. Im Heim hatte ich gelogen, dass ich in meiner Firma arbeiten müsse, sonst hätte man mich um Sechs Uhr dreißig noch nicht aus dem Hause gehen lassen. Dafür musste ich auf mein Frühstück verzichten und dafür war es mir jetzt flau im Magen.

Um neun Uhr ertönte die schrille Glocke und rief zur Vesperpause. Die Arbeiter zogen sich in eine Ecke der Lagerhalle zurück, um ihre Brotzeit einzunehmen. Ich hatte nichts dabei und schlich in der Lagerhalle umher, um mich ein wenig um zusehen.

Zwischen den bis unter die Decke hoch aufgestapelten Paletten entdeckte ich ganz oben eine Kiste mit dem Aufdruck eines marktführenden Zwieback-Herstellers. Vorsichtig blickte ich mich um und verschwand zwischen den Regalreihen. Flink wie ein Affe kletterte ich an den Kisten hinauf. Oben angekommen, riss ich den Deckel der Verpackung auf und nahm mir so viel Zwiebackscheiben, wie ich in meinen Hosentaschen unterbringen konnte, heraus. Schnell war ich wieder herab geturnt und hockte mich unauffällig in eine Ecke, wo ich heißhungrig den Zwieback hinunterschlang.

Die Vesperpause war noch nicht zu Ende. Ich sah nochmals zu den anderen hinüber, die noch immer auf ihren Plätzen saßen, aßen, und Bier tranken. Behende stieg ich ein zweites Mal zu meinem Zwiebacklager hinauf und versorgte mich mit Nahrung. Der Zwieback schmeckte gut und beseitigte meinen Schwächezustand. Zwischen den Fahrten mit der Sackkarre beschaffte ich mir immer wieder Nachschub und konnte so körperlich gestärkt der harten Schinderei standhalten.

Nach fünfstündiger, knochenharter Plackerei hatte ich mir dann fünfzehn Mark verdient. Das war eine Menge Geld für mich. Geld, von dem das Heim nichts wusste. Wofür ich verdammt früh aufstand und ohne Frühstück aus dem Hause ging.

Meist war ich auch zum Mittagessen nicht mehr rechtzeitig zurück. Und wer nicht pünktlich beim Mittagstisch erschienen war, bekam natürlich auch nichts zu essen.

War doch logisch in so einem Heim, wo die Fürsorge nicht grad daheim war.

Also ging ich am Nachmittag zu einer schmuddeligen Imbissstube in der Innenstadt, wo ich mir im Stehen eine leckere Currywurst mit Pommes Frites und viel Ketchup drauf, und eine Flasche Cola einverleibte.

Danach traf ich mich mit ein paar Kumpels aus dem Orfan. Wir lungerten herum und setzten uns am frühen Abend in eine Disco, in der wir die ersten Gäste waren. Bei einem Glas Cola saßen wir so bis halb neun, tanzten und flirteten. Dann brachen wir wieder auf, denn um neun Uhr mussten wir ja im Heim zurück sein.

Im Dauerlauf rannten wir durch die ganze Stadt und kamen keine Minute zu früh an.

Wer seinen samstäglichen Ausgang bis zur letzten Minute genießen wollte, war natürlich nicht um sechs Uhr beim Abendessen zugegen. Du hattest also die Auswahl zwischen längerem Ausgang, oder einem Abendessen um Sechs. Wer später kam, bekam nichts mehr, selbst wenn noch genug da war. Das Abendessen wurde demnach sehr dürftig beansprucht, denn jeder wollte natürlich so lange wie möglich was von seinem kostbaren Ausgang haben.

Denn natürlich lautete die Orfan'sche Devise: *Fressen oder Freiheit!*

Was vom Abendessen übrig war, wurde weggesperrt und wir mussten hungrig ins Bett.

Die Materialkammer, worin ein Kühlschrank stand, war ein kleiner Raum mit einem Fenster, durch das man von außen hineinsehen konnte, wenn man von der Putzkammer nebenan durch eine Glastür auf den Balkon hinaustrat. Auf dem Kühlschrank lagen die vom Abendessen übriggebliebenen Semmeln in einem Korb aufgehäuft.

‚So eine Gemeinheit', dachte ich. ‚Sauerei. – Da liegt das Essen und sie geben dir nichts, aus purer Boshaftigkeit. Diese Schweine! Aber wenn sie dir dein Essen nicht geben, dann musst du dir's halt holen', ersann ich einen Plan.

Das Fenster der Speisekammer stand in Kippstellung. Der Zwischenraum zwischen dem Fensterflügel und Fensterrahmen bot gerade so viel Platz, dass man mit der Hand seitlich in die Öffnung hineingreifen und unter Verrenkung des Handgelenks mit den Fingerspitzen den Griff erreichen und – so hoffte ich – auch aufdrehen konnte.

Nach Einbruch der Dunkelheit versuchte ich mein Glück. Ich fingerte solange am Fenstergriff herum, bis dieser sich um eine Viertel Drehung verstellen ließ. Das genügte! Das Fenster löste sich aus seiner Kippstellung und baumelte nun lose an einem Ende des Beschlages.

Ich sah mich um. Das Unterfangen war nicht ganz ungefährlich. Denn unmittelbar neben der Materialkammer lag das Erzieherzimmer. Das leiseste Knacken hätte den Diensthabenden auf den Balkon gelockt. Auf der anderen Seite, im rechten Winkel zu meinem Standpunkt, lag die Fensterfront des Kinderheimes.

Vier Stockwerke hoch und unzählige Fenster, die mich wie Tausende neugieriger Augen beobachten konnten, ohne dass ich es bemerkt hätte.

Ich entdeckte aber nichts auffälliges und hielt immer noch den ausgehängten Fensterflügel mit der Hand fest. Behutsam kletterte ich daraufhin durch die Fensteröffnung und versuchte nun, den Flügel von innen wieder einzuhängen, was mir zumindest so gelang, dass es nicht gleich auffiel. Sodann fiel ich über die Semmeln her, schnappte mir so viele Brötchen, wie ich unter dem Nachthemd verbergen konnte, schob mir noch ein paar Wurstscheiben aus dem Kühlschrank in den Mund und trat den Rückweg an, immer die Angst im Nacken, erwischt zu werden.

Ehe ich durch das Fenster zurück auf den Balkon stieg, äugte ich vorsichtig zum Bau der Kinderabteilung mit den vielen Fenstern hinüber und lauschte in die Nacht.

Alles war still! Die Luft schien rein zu sein.

Auf dem Balkon duckte ich mich hinter die Brüstung und sicherte noch einmal nach allen Seiten meinen Rückzug. Den Kipp- und Drehflügelbeschlag hatte ich zuvor so eingestellt, dass ich das Fenster von außen mit der Hand zuziehen konnte. Das Fenster war zwar dadurch nur angelehnt, erweckte aber auf den ersten Blick den Eindruck, als sei es verschlossen.

Durch den Dienstwechsel am nächsten Tag würde niemand danach fragen, ob das Fenster gekippt, oder aus Versehen nur angelehnt war, sofern es überhaupt auffallen sollte.

Mit den Semmeln unter meinem Nachthemd sah ich aus wie ein australisches Beuteltier, doch zum Glück sah mich ja keiner. Leise schlich ich zurück in mein Zimmer und legte mich ins Bett.

Die Semmeln verteilte ich unter dem Kopfkissen und aß sie nacheinander, trocken wie sie waren, genüsslich und leise kauend auf. Satt und wunschlos schlief ich schließlich auf den Krümeln in meinem Bett ein.

Die Wochen darauf bereitete ich meine samstäglichen Semmelklau-Aktionen generalstabsmäßig vor. Bereits einen Tag zuvor erbat ich mir unter einem Vorwand Einlass in die Vorratskammer und drehte in einem unbeobachteten Augenblick den Fenstergriff so, dass ich das Fenster in der Nacht zum Sonntag, von außen nur noch aufzudrücken brauchte.

So genehmigte ich mir regelmäßig das, was die Erzieher den ihnen anvertrauten Schutzbefohlenen vorenthielten, nämlich Ausgang bis neun Uhr und trotzdem Abendessen.

Also Fressen *UND* Freiheit!

Auch wenn's nur trockene Semmeln waren. Am Sonntagmorgen wurden dann die vom Abendessen des Vortages übriggebliebenen Essensreste eh an die Küche zurückgegeben und landeten dort im Schweineeimer.

***

Klauen und beklaut werden, bildeten im Orfan den Charakter des Hauses.

Geklaut wurde alles, was nicht niet- und nagelfest war. Wolltest du frühmorgens in den Fahrradkeller und dein Rad herausholen, so fehlte einmal nicht nur ein Ventil oder die Luftpumpe, sondern ein andermal das ganze Vorderrad oder der Sattel.

Damit du schließlich nicht zu spät in deine Arbeitsstelle kamst, bedientest du dich halt schnell am Fahrrad, das daneben stand. Der Besitzer dieses Fahrrades wird, wenn er dich nicht vorher erwischt hat, es ebenso machen und die Kette setzt sich somit fort. Auch hier bissen dann den Letzten eben die Hunde.

Kleidungsstücke wurden dir aus deinem Schrank gestohlen, wenn du vergessen hast, abzuschließen. Selbst wenn dein Spind verschlossen war, so wusste dennoch jeder, wie man die Türe mit Hilfe eines Löffelstiels aufhebelte. Vor Dieben war also überhaupt nichts sicher.

Mein Bruder schenkte mir mal ein kleines Transistorradio.

Es war wunderschön, aber verstieß ganz klar gegen die Vorschriften des Heimes.

Ich versteckte also das Taschenradio unter meinem Pullover und begab mich damit in den Aufenthaltsraum, in welchem eine Glasvitrine stand, mit einer kleinen überalterten Bibliothek darin. Ich suchte nach einem großen dicken Buch, das meinen Zwecken dienlich sein könnte und fand schließlich ein abgegriffenes Lexikon, welches in Form und Größe meinen Vorstellungen entsprach.

Sodann machte ich mich ans Werk. Ich entfernte das Gehäuse des Gerätes, so dass ich nur noch das blanke Innenleben vor mir hatte. Die Chassisteile zerstampfte ich mit dem Fuß in kleine Bruchstücke und verteilte sie in den Mülleimern im Hof.

Während meine Kameraden draußen spielten, bastelte ich an meiner Konstruktion. Ich schlug das Buch auf und blätterte ein paar Seiten um, bis zu der Stelle, wo die Riesenschlange Anakonda erläutert wurde: ‚Die in Wassernähe lebende Anakonda ist der größte Vertreter aller Boaschlangen'; las ich interessiert, ‚die Gattung *Eunectes murinus* soll bis zu neun Meter lang werden; ihr Verbreitungsgebiet erstreckt sich vom Amazonasgebiet ...' und so weiter und so fort.

Aber es war ja nicht der informative Inhalt des aufschlussreichen Lexikons, den ich hier auswerten wollte. Gerade eben dieser lehrreichen Substanz wollte ich mich nun entledigen, um das Buch für meine Zwecke umzuwandeln.

Mit einer Rasierklinge schnitt ich aus jeder Seite des Buches ein längliches Rechteck so heraus, dass ringsum ein etwa vier Zentimeter breiter Rand stehen blieb. Seiten für Seiten bearbeitete ich in mühevoller Kleinarbeit mit der Rasierklinge so lange, bis im Innern des Bandes allmählich eine ausreichend große Vertiefung entstand. Die übriggebliebenen Ränder der zerschnittenen losen Seiten verklebte ich miteinander zu einem festen Block, so dass aus dem Inhalt des Buches regelrecht eine Schatulle wurde.

In diesem neu gewonnenen Raum versenkte ich nun das technische Innenleben des Transistorradios. Äußerlich sah das Ganze nach wie vor wie ein ganz normales Lexikon aus. So getarnt war der kleine Radioempfänger vor Diebstahl und Beschlagnahme gleichermaßen gesichert.

Das Buch legte ich mit zwei oder drei anderen Büchern auf mein Nachtkästchen und kein Mensch durchschaute das Geheimnis, welches sich darin verbarg.

Aufgeflogen ist die ganze Geschichte sehr viel später.

Mein Bettnachbar und Freund Nolan brachte von zu Hause einen Plattenspieler mit, was natürlich illegal war.

Nolan und wir anderen drei Mitbewohner unserer Schlafstube warteten also ab, bis abends alle Lichter verlöscht waren. Danach wurde der Plattenspieler hervorgeholt und unterm Bett angeschlossen. Wir verklebten das Schlüsselloch mit einem Heftpflaster und machten das Licht wieder an. Daraufhin wurden die neuesten Scheiben aufgelegt. Gefühlsduselig hörten wir den Lords zu, wenn sie von ihrem *‚Poor boy‘* oder von *‚Greensleeves‘* sangen, lauschten verzückt dem *‚House of the Rising Sun‘* in der Rock-Version von Alan Price oder den Protest-Songs von Bob Dylan und den Rockn‘Roll-Klängen der Rolling Stones.

Mit einem Male sprang berstend die Zimmertüre auf und flog krachend gegen den dahinterstehenden Schrank. Herr Täschner stand mit drohender Gebärde und strohig-wirr hochstehendem Resthaar unter dem Türrahmen und wunderte sich über das Licht im Raum. Hatte er offensichtlich von außen bei seiner obligatorischen Schlüssellochpatrouille keinen Lichtschein feststellen können. Er sah hinter die Türe und entdeckte das Heftpflaster, welches er mit einem wütenden Ruck entfernte.

Dieser Moment genügte Nolan, um mit einem blitzschnellen Griff unter sein Bett die Saphirnadel von der Platte zu heben. Augenblicklich war es still im Raum. Täschner ging wütend im Schlafraum hin und her und glättete mit der Hand sein dünnes Haar. „Ich will das Musikgerät haben!“ brüllte der kleine Mann. *„Raus damit, aber schnell, sonst könnt‘ ihr auf der Stelle was erleben!“*

Betreten sahen wir uns gegenseitig an und Nolan wollte sich soeben nach seinem Plattenspieler unterm Bett bücken, da hielt ich ihn, der mir gegenüber auf der Bettkante saß, am Arm fest. *„Lass nur.“*

Sodann griff ich nach dem zweckentfremdeten Lexikon auf meinem Nachtkästchen, dem manipulierten Buch mit dem Geheimversteck, stand auf und streckte es dem blöde dreinblickenden Erzieher entgegen.

„Du willst mich wohl verarschen“, brüllte Herr Täschner noch lauter als vorher, und am liebsten hätte ich zurückgebrüllt: *‚Ja du Kackhirn, wen denn sonst!‘*, tat dies aber nicht, sondern schlug dafür nur wortlos das Buch auf und blätterte bis zu der Seite mit der Anakonda.

Ich blätterte um, schaltete mit geübtem Griff das versenkte Radio ein und klappte den Buchdeckel wieder zu.

Musik ertönte.

Das klingende Nachschlagewerk übergab ich so dem staunenden Erzieher. Dieser fing sich jedoch schnell wieder aus seiner Überraschung.

„Du und du,“ dabei deutete er mit seiner krummen Nase nacheinander erst auf Nolan, dann auf mich, *„ihr beide dürft das Treppenhaus kehren! Und zwar jetzt! Sofort!“*

Mit meinem trällernden Buch unterm Arm stakste er davon.

„Die dumme Sau spinnt wohl! Jetzt Treppenhaus kehren? Nachts um elf Uhr?“ Nolan sah mich entrüstet an.

„Na, dann geh'n wir halt“ antwortete ich beschwichtigend und zog die Schultern hoch.

Aber Nolan war noch nicht fertig: *„Hast du eigentlich schon bemerkt, Alter, dass in dem hohlen Hirnkasten vom Täschner immer Licht brennt, obwohl da oben nie jemand zuhause ist?“*

Ich schob ihn vor mir her ins Treppenhaus, wo wir nebeneinander unsere Nachtschicht begannen.

Lustlos begannen wir von oben das riesige Treppenhaus zu kehren. Den Dreck schubsten wir einfach unter dem Geländer hindurch in die Tiefe. Überhaupt nahmen wir die ganze Sache nicht ernst und kehrten sehr oberflächlich. So übersprangen wir ganze Stockwerke und fegten zwischendurch ab und zu wieder mal ein paar Stiegen.

Zwischendurch schaltete sich die grelle Treppenhausbeleuchtung immer wieder aus, aber wir kehrten einfach im Dunkeln weiter, schwangen die Besen durch die Luft, machten unsere Witze und schalteten das Licht je nach Laune hin und wieder mal an.

Das Kinn auf den Besenstiel gestützt erzählten wir uns zwischendurch spaßige und ernste Geschichten.

„Ist das nicht ein Scheißleben?“ fragte ich Nolan und er antwortete ohne zu überlegen: *„Für mich ist das alles hier bloß AGFA – alles glatt für'n Arsch. Nur eine Illusion, die durch Mangel von Alkohol hervorgerufen wird.“* Dabei verdrehte er die Augen wie ein Betrunkener.

„Aber weißt du was komisch ist, Alter?“ fragte Nolan zurück und sprach in seinem Vulgärdialekt aus dem Block, der auch sprachlich eine völlig andere Welt war, sofort weiter. *„Wenn ich Täschners Arschgesicht sehe, krieg ich sofort Blähungen! – Du weißt ja, nicht alles was zwei Backen hat, ist ein Gesicht.“*

Wir lachten uns schlapp.

Nachdem er sich wieder eingekriegt hatte, schob Nolan sofort noch was nach: *„Seine Hackfresse ist sogar eine üble Beleidigung für die meinem sensiblen Gesäß entweichenden Gase! Überhaupt wenn er so scheißfreundlich ist.“*

Dann rotzte er verächtlich übers Treppengeländer hinweg lauthals ab und sah seiner Spucke solange nach, bis sie unten aufklatschte.

„Das ist ja eklig du Gullykröte", maulte ich ihn an und Nolan konterte dank seines reichhaltigen Repertoires an deftigen Straßenslang-Weisheiten sofort mit *„Alter Eierschunkler!"* zurück, woraufhin ich ihn als *„Pottmolch"* beschimpfte. Und so entwickelte sich regelrecht ein verbaler Schlagabtausch wie in einem Pingpong-Spiel, dem ich allerdings weit unterlegen war.

Nolan lag mit seinen exquisiten Schimpfwortschöpfungen aus seinem „Block" selbstverständlich weit vorn.

„Achselhaarfresser, Laternenpinkler, Trambahnritzenreiniger, Rüsselsack" und noch viele mehr.

Beneidenswert!

Am meisten mussten wir aber über uns selbst lachen, wie wir mit unseren langen gräulich-weißen Orfan-Nachthemden, schlotternd vor Kälte, mit den Besen herumhantierten und wirklich ulkige Figuren abgaben.

Plötzlich hatte jemand das Licht angeschaltet und Nolan beugte sich übers Treppengeländer um nachzusehen.

„Der Idiotenhäuptling!" warnte er und rasch nahmen wir wieder eine mustergültige Arbeitshaltung mit unseren Besen ein. Da kam auch schon der Heimleiter hoch und fragte uns beide, was das soll.

„Wir müssen die Treppen kehren“, lautete die Antwort wie aus einem Munde.

„Wie? Jetzt um Mitternacht?“ wunderte sich der Anstaltsleiter, *„Ihr spinnt wohl! Morgen Ausgangssperre, damit ihr mal Zeit zum Nachdenken habt. Verstanden!“*

„Aber das hat uns der Herr Täschner aufgebrummt“, antwortete Nolan noch, stieß jedoch auf kein Gehör mehr.

„Keine Widerrede, ab ins Bett!“ befahl der Direktor kopfschüttelnd und verschwand in dem Seitengang, wo sich seine Dienstwohnung befand.

„Die aufgefurzte Breitarschantilope weiß nicht mal, dass wir unter der Woche gar keinen Ausgang haben“, stieß Nolan mich empört in die Seite.

„Was ist das denn für ein Pissbudenlui? Und sowas nennt sich Idiotenhäuptling!“

So gaben wir beiden Nachtgeister unseren Gammeldienst auf und schlappten zurück in unsere Gruppe.

Ordnungsgemäß wollten wir den Täschner aufsuchen, um Männchen zu machen. Doch aus dessen Zimmer drang kein Licht mehr. Den Finger schon zum Klopfen angesetzt, hielt ich inne. Ich drehte meinen Kopf zur Seite und drückte mein Ohr fest an die Tür.

Von drinnen war gleichmäßiges Schnarchrasseln zu hören. *"Der schläft schon“,* flüsterte ich Nolan leise zu.

„Was?“ empörte dieser sich laut. Doch noch ehe er weiterreden konnte, packte ich Nolan am Arm und schob ihn beiseite, weil uns sonst Schlimmeres erwarten würde.

„Der stinkende Arschkrümel schläft“, entrüstete er sich weiter *„und uns lässt er die ganze Nacht das Treppenhaus kehren. Da hätten wir ja noch bis morgen früh hier rumfrösteln können!“*

„Was soll's“, zuckte ich die Achseln, *„du bist hier eben bloß der Arsch.“*

„Nein! Der hirnamputierte Flachgeist da drin ist der Kackstiefel! Ich hau ihm jetzt eine rein, bis sein Affenarsch Kirmes hat, eyh!“ sprach er ein wenig zu laut und ich zog ihn heftig zur Seite, denn ich traute ihm dies durchaus auch zu.

„Ist doch wahr“, maulte er weiter, *„alles bekloppte Baumschüler diese vertrottelten Berufsarschlöcher hier, vor allem der mickrige Fliegenfurz da drin!“*

Als wir dann endlich im Bett lagen flüsterte Nolan: *„Du, Alter,“*

„Was ist denn jetzt noch? Lass' mich doch endlich schlafen du hohle Fritte.“, gähnte ich müde zurück.

„Danke, für den Plattenspieler. Du weißt schon“, wisperte Nolan und fügte hinzu: *„Wenn du mal von hier abhauen willst, sag's mir, dann geh ich mit dir.“*

Ich drehte mich um und zog mir die Bettdecke über den Kopf.

***

Erzieher Täschner, der Oberfiese, war wegen seiner perfiden Tricks sehr gefürchtet.

Zwar hatte niemand wirklich Respekt vor ihm, aber aufgrund seiner unberechenbaren Arglist überkam einem in seiner Nähe ein unangenehmes Schaudern, sodass man es vorzog, ihm weitestgehend aus dem Weg zu gehen. Dennoch lächelte er jeden immer süßlich an.

Kamst du mal zwei Minuten zu spät vom Ausgang zurück, so bat er dich freundlich in sein Zimmer und zeigte volles Verständnis für deine Ausreden: *„Ja, die Straßenbahn. Ich weiß schon wie das ist. Komm, setz dich doch erst mal hin."* Und dabei lächelte er dich an.

Aber kaum hattest ahnungslos Platz genommen, so schlug er dich ohne Vorwarnung links und rechts ins Gesicht, weil es dem kleinwüchsigen Mann leichter fiel, wenn du nicht vor ihm standst, und weil du im Sitzen keine Möglichkeit zum Zurückweichen hattest.

Oder er ließ seinen Schlüsselbund fallen, nach dem du dich reflexartig bücktest, um ihn höflich aufzuheben, dafür bekamst du von unten einen Schwinger auf die Wange verpasst.

Andersherum kam es aber auch vor, dass er dir samstags oder sonntags morgens freundschaftlich seinen widerwärtigen Arm um die Schultern legte und er dich mit unechtem Lächeln fragte, ob du ein Stück Kuchen magst. Wenn du seine Hinterhältigkeit nicht durchschaut hast, sagtest du vielleicht: *„Ohja, gerne, vielen Dank.“*

Und er lächelte dich an.

Aber die Bedingung, für die du den Kuchen angenommen hattest, ließ nicht lange auf sich warten, denn im Heim kriegtest du ja schließlich Nichts umsonst.

„Könntest du bitte mein Bett machen und mein Zimmer aufräumen? Wärst du bitte so nett“, hörtest du dann die süßlich-hinterhältige Stimme des Herrn Täschner, die sich vor widerlicher Freundlichkeit fast zu überschlagen drohte.

Und auf einmal wollte dir auch der Kuchen nicht mehr so recht schmecken, den du ihm nun am liebsten ins Gesicht klatschen würdest.

Jedenfalls wirst du ein zweites Mal auf diesen hinterhältigen Trick dieser Blitzbirne jedenfalls nicht mehr hereinfallen.

Aber der Täschner wird es immer wieder versuchen.

Und immer wieder in der gleichen Reihenfolge. Er legt dir freundschaftlich den Arm auf die Schulter und fragt säuselnd, ob du ein Stück Kuchen willst und du sagst dann: *„Nein danke, ich bin satt“.*

Doch wird der Täschner ein neues Opfer finden und ihm lächelnd seinen widerwärtigen Arm um die Schultern legen.

***

Der besondere Clou war jedoch der Ferienaufenthalt mit dem widerlichen Täschner. Ein Zeltlager im Allgäu. Während wir Burschen in niederen Zweimannzelten, von den Amis gespendet und ohne Zeltboden, schlafen mussten, wohnte unser Obertodel, in einem noblen Bungalowzelt.

Nach dem Aufstehen am Morgen jagte er uns in den nahen Fluss zwecks morgendlicher Wäsche und Abhärtung. Selbst im strömenden Regen. Und es regnete fast unaufhörlich während der zwei Wochen des Ferienlagers.

Aber nicht etwa, dass der Täschner selbst mit gutem Beispiel voranging. Von wegen! Mit Gummistiefeln, Regenmantel und Schirm bewehrt, stand er am Ufer neben uns frierenden Heimkindern und gab seine Kommandos.

Wir dagegen standen mit freiem Oberkörper und dicker Gänsehaut in Reih und Glied bei strömendem Regen bis zu den Knien im kalten Wasser des Lechs.

Was für eine gefühllose Trampelsau!

Beim Zähneputzen bildete sich allmählich ein langes Rinnsal von dem Schaum, den wir zwanzig nebeneinanderstehende Jungen ausspuckten. Die letzten in der Reihe, die flussabwärts standen, und an denen die immer breiter gewordene Schaumspur träge vorbeizog, fanden in den kalten Fluten kaum noch eine saubere Stelle, wo sie ihre Zahnputzbecher zum Nachspülen hätten eintauchen und auffüllen können.

So verlief die Ferienfreizeit mit dem Täschner sehr aktionsarm und sinnentleert.

Ihm fehlte jegliches Geschick, uns Jungs zu motivieren oder sinnvoll zu beschäftigen. Darüber hinaus durfte das Zeltlager auch nicht verlassen werden, außer wenn gemeinschaftliche Wanderungen auf dem Tagesplan standen.

Und nicht nur wegen des Dauerregens war jeder froh, als die Ferien endlich vorüber waren.

***

Und unmittelbar nach dem Urlaub sofort wieder zurück ins Orfan und in die Scheiß-Firma. Das ist, wie wenn du aus dem Knast direkt in den Knast entlassen wirst.

So brauchte ich immer öfter eine kleine Auszeit, die ich auf dem Schrottplatz suchte und fand. Ich setzte mich auf meine alte Autobatterie in jener dunklen Ecke, im Halbschatten eines kleinen, umwucherten Wellblechdachstummels, unter dem ich trocken saß und wo ich glaubte, dass der alte Herr mich hier nicht wahrnehmen würde. Und wovon ich rasch auch wieder zum Ausgang hinaus flüchten konnte.

Klammheimlich konnte ich da abseits der Maloche ein Stück vom Blau des Himmels sehen.

Und ich konnte aus der Ferne beobachten, wie der alte Mann sich sehr rührend um das Leben der Krähe bemühte, ihr den gebrochenen Flügel immer wieder fast zärtlich verband und wie sie ihm bald nicht mehr von seiner Seite wich.

Manchmal hörte ich sogar, wie die bisher mit seinen eigenen Gedanken halblaut geführten Selbstgespräche in seiner neuen Vogelfreundin plötzlich wieder ein Gegenüber fanden.

Leider blieben trotz seiner intensiven Pflege an dem Rabenflügel dennoch Fehlstellungen zurück. Die Krähe trank und fraß, konnte aber nicht mehr fliegen. Hin und wieder gelang ihr zwar noch ein flacher Halbbogen, meistens aber hoppelte sie nur hinter dem Alten her.

In gebührendem Abstand, aber immerhin. Was für eine erstaunliche und eigenartige Beziehung.

***

Das Leben in der Lehrlingsabteilung pendelte zwischen stinklangweiliger Eintönigkeit und nervenaufreibenden Aufregungen gen hin und her. Ich ging meinem Beruf nach, den ich nicht liebte, dafür glaubte ich, jederzeit aus diesem Leben scheiden zu können.

Mit diesem Glauben stand ich nicht alleine da. Da gab es einen Jungen in meiner Gruppe, der im Gegensatz zu mir offen von seinen Suizidabsichten sprach. Die meisten Mitbewohner der Abteilung nahmen ihn nicht ernst, oder sie interessierten sich nicht für das, was der Norbert Klein erzählte. Viele dachten aber ganz sicher genauso.

So geschah es an einem Freitag.

Wir marschierten abends in unseren Nachthemden, das Handtuch um den Hals und die Kernseife in der Hand, zu den Duschräumen im Keller. Die übliche Prozedur nahm ihren Lauf. Erst warm duschen, dann kalt. Schon während des Duschens fiel dem Erzieher, Herrn Jordan, auf, dass einer fehlte.

„Wo steckt der Klein? Dem werd' ich später mal was erzählen", brüllte er in den dampferfüllten Duschraum hinein und jeder merkte bänglich, wie seine Laune sich schlagartig verschlechterte. Hatte Herr Jordan schlechte Laune, so gab's in der Gruppe nichts mehr zu lachen.

„Solange ich hier Dienst hab', drückt sich keiner vorm Duschen, damit das ein für alle Mal klar ist. Ansonsten dürft Ihr in tiefster Gangart draußen solange die Pfützen durchqueren, bis Ihr jeden Regenwurm einzeln beim Vornamen kennt!" stieß er fluchend hervor.

Dabei kontrollierte er missmutig die Buben einzeln nacheinander, ob sie sich ordentlich gewaschen hatten, indem er sie grob an Schultern und Armen anpackte, mit dem Daumen fest an bestimmten Stellen in der Armbeuge oder am Hals rubbelte und die Gehörgänge der Ohren genauestens sichtete.

Wir Burschen mussten uns nackt vor ihm um die eigene Achse drehen und wurden von unten bis oben auf Herz und Nieren betrachtet und geprüft. Von den Fußsohlen angefangen über die Fersen, die Kniekehlen und natürlich die Hände innen und außen, bis hin zum Hals und hinter den Ohren wurde jeder Quadratzentimeter Haut sprichwörtlich unter die Lupe genommen.

Und nach dem Duschen standen noch die obligatorischen Schrankkontrollen bevor.

‚Das wird wieder ein Freitagabend', seufzte ich still in mich hinein, *‚so richtig zum auf und davon laufen. Von Wegen schönes Wochenende. Ganz schön beschissen ist das alles.'*

Als alle mit dem Duschen fertig waren und die Reinlichkeitsprüfungen bestanden hatten, ging die Gruppe wieder geschlossen nach oben.

Herr Jordan sperrte die Türe auf und wir stürmten in den langen Gang der Lehrlingsabteilung. Entsetzt blieben wir abrupt stehen, als einer das Licht angeknipst hatte.

In der Mitte des Flures lag der Norbert in einer riesigen Blutlache. Er lag auf dem Bauch, das Gesicht mit der Nase an die Sockelleiste der Wand gepresst und den linken Ärmel hochgeschoben, wobei die vielen Einschnitte der Rasierklinge oberhalb des Handgelenks zu sehen waren.

Rhythmisch im Takt seines Pulsschlages quollen kleine Blutschwälle aus den frischen Schnittwunden heraus. Der arme Kerl in seinem Blut bot ein jämmerliches Bild des Grauens, das den umher stehenden Kindern unter die Haut ging.

Nicht so jedoch dem Erzieher.

Nachdem der den vermeintlichen Selbstmörder wieder aufgepäppelt, verarztet und ihm die Armwunde verbunden hatte, schlug er ihm ins Gesicht.

Norbert, physisch und psychisch stark lädiert, schrie erbärmlich.

Vom Schrecken des Abends immer noch ganz benommen, liefen wir anderen Kinder herbei und mussten mit ansehen, wie der arme Norbert lautheulend aus dem Erzieherzimmer herausrannte, gefolgt vom tobenden Jordan, welcher ihn nach wenigen Schritten einholte, ihn an den Schultern packte und an die Wand drückte.

Der Jordan schlug auf den Burschen ein, der seine Arme schützend über den Kopf und vor den Leib hielt.

Das Blut sickerte aus dem Verband seines linken Unterarmes und tropfte auf den Boden.

Norbert kreischte wie am Spieß. Im Nu war das Blut überall. Die Wand war verspritzt und der Fußboden verschmiert.

Herr Jordan brüllte in der Lautstärke einer schlecht gestochenen Sau: *„Schreib' dir bitte eines ganz deutlich hinter die Ohren! Wenn dich hier jemand ins Jenseits schickt, dann bin ich das!"*

Mit diesen Worten ließ er wieder von seinem Opfer ab, verschwand laut fluchend in seinem Dienstzimmer und knallte die Türe zu. Zurück ließ er einen Haufen verstört dastehender Kinder, die mit dieser Situation nicht fertig wurden.

Ich war erschüttert, bekam Angst vor dem Erzieher. Sogar wenn du dich umbringen willst, weil du die Scheiße hier nicht mehr ertragen kannst, wirst du auch noch bestraft dafür, grübelte ich.

Wie befreit sich der Norbert bei dem Gedanken gefühlt haben mag, endlich bald tot zu sein?

Ein versuchter Selbstmord, als Notschrei der Seele, würde also von vorneherein ausscheiden. Wenn du wirklich für immer ‚abhauen' willst, muss es beim ersten Mal klappen.

Todsicher!

***

Mehr und mehr hasste ich diesen blöden Hort, wo alles was Jung- und Menschsein ausmachte, mit Arrest, Essensentzug und Prügel bestraft, unterdrückt und zerstört wurde.

Damit auch jedweder Traum und jede Hoffnung in diesem Leben zweiter Klasse.

Von gewaltbereiten Erziehern, die uns willkürlich mit ihren Rohheitsdelikten als Menschen zweiter Klasse misshandelten, uns wie Tiere in den Massenduschraum trieben und sadistisch unter die eiskalte Dusche stellten, und uns anstelle mit Wohlwollen, Vertrauen und Achtung stark zu machen, nur mit Prügel, Drill und Demütigungen unterdrückt hatten.

Und dadurch lebenslänglich vor allem unsere Zukunft misshandelten, denn die Narben der körperlichen und seelischen Schäden werden auf jeder einzelnen Seele für immer zurückbleiben.

Aber was hatte ich denn verbrochen mit meinen vier Jahren, als man mich vor zehn Jahren hier in diesen herzlosen Kinderknast einlieferte? Warum bloß waren wir in diesem saublöden Heim gelandet?

Nur weil meine Mutter nach dem zweimaligen Verlust ihrer Heimat und der Trennung von ihrem kriegsverletzten und mehr und mehr vor Schmerzen dem Alkohol verfallenen Ehemann ihre Kinder alleine großziehen wollte? Die Leute vom

Jugendamt seinerzeit aber allein darin schon eine ‚drohende Verwahrlosung' sahen?

Warum hatte man meine Mutter und uns Kinder nicht wohlwollend unterstützt?

Drohte uns bei jenen unbarmherzigen und despotischen Erziehern nicht viel mehr eine Verwahrlosung von Charakter, Herz und Seele?

War dies damals die Aufgabe des Jugendamtes, Kinderseelen zu brechen und junges Leben haufenweise lebenslänglich zu zerstören?

***

So erduldete ich meine eintönige Maloche im Autohaus also still weiter. Jeden Morgen grauste es mich vor dem täglichen Gang dorthin. In meiner Tasche eine karge Vesper, die aus einem trockenen Brot bestand, welches ohne Butter und rundweg lieblos nur mit Marmelade bestrichen, bis zur Frühstücks-Pause um Neun zu einem feuchten Sumpfklumpen mutiert war.

Natürlich mampfte ich vor lauter Hunger diesen unappetitlichen Brotbrei tagtäglich in mich hinein.

In der Mittagspause versuchte ich mal, mein morastiges Brot mit dem schwarzblauen Rabenvogel des alten Mannes vom Schrottplatz zu teilen.

Ich saß auf meinem Stammplatz, der alten Batterie, und warf der Krähe, die sich – als ich die Müllhalde betrat – rasch hinter ihrem Reifenstapel versteckt hatte, in ihre Richtung hin ein paar meiner morastigen Krümel zu.

Von dem alten Mann war nichts zu sehen. Dennoch spürte ich seinen Blick.

Aus einem Felgenloch sah ich den Kopf der Krähe heraus spitzen. Es war interessant zu beobachten, wie sie dabei wachsam ihren markanten Schnabel in die Höhe reckte, so wie wir Menschen uns manchmal die Hand hinters Ohr legen, um besser hören zu können.

Sie drehte den Kopf in alle Richtungen, als würde sie über meine Einladung zum Essen nachdenken, Risiken abwägend. Mehr war von ihr auch nicht zu erkennen.

Um ihr die Entscheidung zu erleichtern, warf ich noch ein paar Batzen von meinem ekligen Marmeladenbrot-Matsch näher an sie heran.

Doch wagte sie sich nicht hervor. Vielleicht mag sie ja keine Marmelade? Egal was ich probierte, sie blieb in ihrer Deckung.

Wie recht sie doch hatte!

Fiel mir doch gerade die plumpe Anmache meines Erziehers, dem blöden Täschner, ein, mich mit einem Stück Kuchen ködern zu wollen. Nur um mich dann zu verheizen.

Sicher war diese komische Krähe hier schlauer.

Und ich kam mir auf einmal richtig schäbig vor, ob meiner billigen Tour, ihre Sympathien mit einem widerlichen Marmeladenschlammbrot erkaufen zu wollen.

Scheiße, so niederträchtig wie dieser lausige Bambusaffe Täschner wollte ich auf keinen Fall werden!

***

In den Morgenstunden des 24. Januar 1967 wurde ein Mann im Hof der Wollenweberstrasse 7 in Rostock an einem Baum mit einer Wäscheleine stranguliert aufgefunden.

Aus den Angaben der Volkspolizei und dem Obduktionsbericht des Instituts für Gerichtliche Medizin der Universität Rostock war folgendes zu entnehmen:

„Leiche eines 53-jährigen Mannes in mäßigem Ernährungszustand; als Todesursache wurde eindeutig Erhängen festgestellt; die Wäscheleine lag doppelt um den Hals, die Beine berührten den Boden nicht; ein Abschiedsbrief wurde vorgefunden; im Bereich einer Gesichtsnarbe in Stirnmitte wurde ein kleinerer Metallsplitter (vermutlich Granatsplitter) gefunden; der Mann hatte links ein Glasauge."

Doch vom Tode meines Vaters hatte ich während meiner isolierten Orfanwelt nie etwas erfahren.

Auch nichts von ihm selbst, als er noch lebte. Denn die Briefe von Angehörigen wurden uns Kindern nie ausgehändigt. Vielleicht, um bei uns kein Heimweh zu erzeugen, oder was auch immer jene Erzieherhorde glaubte, meinen zu müssen?

Und natürlich wusste ich auch nicht, welche Gedanken meinen Vater in den Selbstmord getrieben hatten. Den gebrochenen Mann, aus dessen vernarbten Gesichtszügen, die ihm als Andenken seiner Kriegsbeteiligung verblieben sind, wohl jeder Hoffnungsschimmer gewichen war. Und der alles, was in dieser Welt so lebenswert und wichtig erscheint, verloren hatte: seine Gesundheit, seine Heimat, seine Familie und seine Kinder.

Und letztendlich seinen Halt. Damit auch seinen Kampf ums Überleben.

Vielleicht hatte er ja auch sehnsüchtig darauf gewartet, dass seine eigenen Kinder nur ein einziges Mal auf einen einzigen seiner Briefe antworten würden?

Ein einziges Mal nur!

***

Eines Tages teilte man mir mit, dass nun auch noch meine Schwester Mariele aus dem Orfan fortgeschickt worden ist.

Ohne Vorankündigung und ohne Abschied.

Was war passiert? Es war gerade Anfang Februar, also inmitten des Schuljahres, als man sie fortschickte. In das Nonnenkloster von Maria-Rosenberg hatte man sie verlegt, hieß es. Dorthin wo schon meine anderen beiden Schwestern Wally und Ingrid untergebracht waren.

Aber warum man sie fortschickte, erfuhr ich nicht. Warum tat uns das Jugendamt dies alles nur an?

Als ich jedoch von der Verlegung meiner Schwester hörte, fasste ich einen Entschluss: ‚Hier bleib' ich jetzt auch nicht länger.'

Weswegen man die Karteikarte meiner Schwester Mariele nun auch noch umsortieren musste, hatte man mir nicht erklären können oder wollen. Es war mir zu dieser Stunde auch gleich.

‚Ich verschwinde hier. Lautlos und bei Nacht und Nebel', entschloss ich mich.

Und bei Nacht und Nebel, im wahrsten Sinne des Wortes, brach ich auf. Bekleidet mit Halbschuhen, einer dünnen Stoffhose, unter dem Hemd einen leichten Unterziehpulli und darüber ein Jackett, stahl ich mich davon. Eine Winterjacke oder gar Winterschuhe hatte ich gar nicht.

Schneefrei war die Februarnacht zwar, aber bitterkalt. Vom Abendessen hatte ich mir drei Schmalzbrote in meine schwarze Kollegmappe gesteckt, nahm noch einen Sprachführer für Spanisch mit – denn ich wollte zu meiner großen Schwester Edeltraud, die seit etwa einem Jahr in Barcelona verheiratet war – und wartete den Einbruch der Dunkelheit ab, ehe ich mich davonschlich.

Stadtauswärts suchte ich den Weg, der zur Bundesstraße Richtung Stuttgart führte.

Ich war voller Zuversicht, als ich loszog.

‚Du kommst durch', hielt ich mir immer wieder vor Augen. Den kleinen Kragen des Jacketts schlug ich hoch und knöpfte es bis oben hin zu, um die Kälte abzuwehren.

Die Kollegmappe unter den Arm geklemmt, die Hände tief in den Taschen vergraben, marschierte ich forsch voran und hatte bald den Stadtrand erreicht. Nachdem ich die letzten Häuser und binnen kurzem auch die letzte Straßenlaterne hinter mir gelassen hatte, tappte ich in völliger Finsternis die Landstraße entlang.

Einzig der Traum, in Spanien unterzutauchen, würde mich schon warmhalten.

Bei den seltenen Autos, die zu jener späten Stunde an mir vorbeifuhren, hob ich jedes Mal den Daumen in die Höhe.

Doch es erbarmte sich keiner. Niemand hielt an.

Ich lief weiter und fror. Zunächst an den Ohren und allmählich am ganzen Körper.

Die Kälte kroch in alle Öffnungen meiner Kleidung und ich konnte gar nicht so schnell laufen, um mich warm zu halten. Darüber hinaus musste ich ja meine Kräfte gut einteilen.

Der schwarze Wald links und rechts der Fahrbahn strahlte eine Unheimlichkeit aus, so, als ob er nachts etwas verbergen würde, was am Tage gar nicht so geheimnisvoll erschien.

‚Seltsam', dachte ich, ‚dass man den Wald während der Nacht mit anderen Augen betrachtet, als am Tag.' Irgendwie ehrfürchtiger.'

Ich ließ mich aber von der Furcht, die der dunkle Wald mit seinen schwarzen Schatten mir einflössen wollte, nicht beeindrucken. Ich hatte einen Weg, und dieser blöde schwarze Wald wird mich nicht davon abbringen.

Meine Füße marschierten auf der endlosen Kante des Fahrbahnrandes entlang. Schritt für Schritt vom Orfan weg. Die Bundesstraße Vierzehn wand sich über sanfte Hügel und Felder hinweg, schlängelte sich durch Täler hindurch und streifte immer wieder nachtschwarze Wälder.

Dazwischen hin und wieder die Lichter eines Autos, welche die Landschaft für einen Moment aufhellten.

Ich hob den Daumen.

Ein schwerer Sattelschlepper fuhr vorbei. Die Bremslichter leuchteten auf.

Schon setzte ich mich schneller in Bewegung, um das Führerhaus des offenbar anhaltenden Lasters zu erreichen, als von hinten das Lichterpaar eines weiteren Fahrzeugs näherkam. Die Bremslichter des Lastautos erloschen und laut brummend nahm dieser wieder seine Fahrt auf.

‚So ein Pech', maulte ich vor mich hin. ‚Der hätte mich bestimmt mitgenommen. Bis Stuttgart vielleicht, oder bis zur Grenze, oder gar nach Südfrankreich oder Spanien.'

Erbärmlich frierend wanderte ich weiter durch die Nacht. Erneut näherten sich die Scheinwerfer eines Automobils und erneut hob ich den Daumen. Ein ganzes Stück rollte der Wagen vorüber, hielt dann plötzlich aber doch an.

Ein Mann beugte sich über den Beifahrersitz hinüber, öffnete einladend die Türe und rief mir zu, nachdem ich eilig herbei gelaufen kam: *„Ich fahre nach Ansbach, bis dorthin kann ich Sie mitnehmen." „Da will ich auch hin",* log ich und stieg ein.

„Danke, dass Sie angehalten haben."

Die Limousine fuhr an. Das Autoradio spielte leise. Obwohl es im Wagen warm war, zitterte ich noch am ganzen Körper.

Der freundliche Autofahrer versuchte, mit mir ins Gespräch zu kommen.

Weil ich ja keinen Verdacht erwecken wollte und in Sachen Smalltalk eh völlig ungeschickt war, log ich etwas von einer Tante, die ich in Ansbach besuchen wollte. Und während ich sprach, hatte ich große Mühe, mein Zähneklappern zu vertuschen. Ich schlotterte noch immer vor Kälte.

Langsam verhedderte ich mich mit meinen Antworten in einem Geflecht von Lügen, sodass der nette Mann, welcher das Auto lenkte, bald die Unterhaltung abbrach und keine Fragen mehr stellte.

Ich war froh darüber und lauschte der leichten Unterhaltungs-Musik des Radios.

Das Fahrzeug rollte fast lautlos die Straße hinab talabwärts in den Kessel, in dem die Stadt Ansbach liegt, am gelben Ortsschild vorbei.

„Wo wohnt denn Ihre Tante? Wo kann ich Sie aussteigen lassen?" fragte der Fremde.

„Gleich an der ersten Straßenkreuzung“, antwortete ich, in Ansbach völlig unkundig und nie zuvor dort gewesen. Der Mann hielt sein Auto an, ich bedankte mich und stieg aus.

‚Ein seltsamer Vogel‘, mag der Autolenker bei sich gedacht haben, ‚der Mitten in der Nacht eine Tante besuchen will, die es womöglich gar nicht gibt.‘

Der Wagen bog an der Kreuzung links ab.

Ich stand da und sah mich um, dann lief ich stadteinwärts weiter. Wollte ja am anderen Ortsende wieder hinaus aus der Stadt und auf der Bundesstraße weiter Richtung Süden.

Erst jetzt merkte ich, wie wohltuend die Wärme in dem Fahrzeug war. Während ich einen Schritt schneller ging, öffnete ich den Reißverschluss meiner Aktentasche unter meinem Arm und tastete nach einem eingewickelten Brot.

Die Straßen und die Fenster der Stadt leuchteten hell. Ich aß mein Fettbrot und lief, doch die Kälte hatte mich sehr schnell wieder eingeholt.

Ich lief an einem riesigen, schlossähnlichen Komplex vorbei, an dessen Portal ein Schild mit der Aufschrift ‚Regierung von Mittelfranken‘ stand. Und ich fand bald einen Richtungsweiser, der mir wieder den Weg, zu „meiner“ Bundesstraße zeigte.

Am Ortsende von Ansbach, wo die Straße gerade ihre letzten Laternen passiert, sah ich rechter Hand schräg vor mir ein Polizeifahrzeug im Halbdunkel stehen. Zielstrebig ging ich vorbei.

Die zwei Polizisten im Wagen beobachteten mich.

‚Jetzt ist es aus‘, grübelte ich und setzte unbeirrt meinen Weg fort, ohne den Kopf zur Seite zu drehen. ‚Gleich werden sie aus dem Auto steigen und mir dumme Fragen stellen.‘

Es ist ja auch ungewöhnlich, dass ein Junge zu mitternächtlicher Stunde zu Fuß stadtauswärts in eine Richtung läuft, in der vermutlich kilometerweit kein Haus, geschweige denn ein Dorf zu erwarten ist.

Mir war schon klar, dass das auffällig war.

Jeden Moment erwartete ich das Klicken der Autotüren und, dass die Polizeibeamten auf mich zu treten und mich ansprechen würden.

Doch konnte ich zu meiner Überraschung und meinem Glück unbehelligt den Streifenwagen passieren, etwas verwundert, dass die Polizisten mich einfach vorüberziehen ließen.

Als ich einige Meter vom Polizeifahrzeug entfernt war, hörte ich hinter mir das Anlassen und starten des Motors, drehte mich um und sah, wie der Wagen wendete und zurück stadteinwärts fuhr.

Ich war wieder allein.

Allein mit meiner Kälte und allein mit meiner Bundesstraße. Das Dunkel der Nacht verschluckte mich. Müde und frierend bewegte ich mich vorwärts.

‚Du schaffst es! Du musst es schaffen', hielt ich mir wieder und wieder vor Augen.

Doch meine anfängliche Zuversicht schwand unter dem Einfluss der eisigen Kälte und der mich mehr und mehr überkommenden Müdigkeit. Schleppenden Schrittes tappte ich durch die Finsternis der Nacht, vorbei an den schemenhaften Rändern der Waldung.

Vor mir in der Ferne tauchten die spärlichen Lichter eines Gehöfts auf. ‚Da werde ich fragen, ob ich übernachten darf', dachte ich bei mir.

Ich lief und lief auf die Lichter zu. Es dauerte lange, bis ich den Bauernhof erreichte und als ich ihn endlich erreicht hatte, fand ich doch nicht den Mut, anzuklopfen, denn es fiel mir keine plausible Erklärung ein, was ich den Leuten hätte erzählen können.

Der warme Lichtschein, der heimelig aus den Fenstern drang, gedämpft durch die zugezogenen Vorhänge, lockte mich an und versprach ein Stück Geborgenheit, Schutz vor der Kälte und vielleicht ein kuscheliges Bett.

Aber die Wärme und Behaglichkeit galt nicht mir. Ich war ein Fremder, ein Landstreicher.

Man würde mich fortjagen. Oder die Polizei rufen, weil ich die Leute in ihrer Behaglichkeit bedrohen und ich ihnen Angst machen würde, als Fremder, der nachts an der Türe klingelt.

Zögernd wanderte ich also weiter und sah mich noch einmal um, nach den erleuchteten Fenstern, hinter denen trauliche Geborgenheit zu wohnen schien.

Wie ein obskurer Schatten strolchte ich vorwärts, an abgeernteten Feldern vorüber, auf denen kalt und weiß dicker Raureif funkelte.

Auf den Äckern waren große Holzstangen zu wigwamartigen Gestellen zusammengebündelt aufgestellt. Sie boten zwar keinerlei wirkungsvollen Schutz gegen den Frost, dennoch wollte ich mich für einige Augenblicke darunterlegen und ausruhen.

‚Nur ein paar Minuten', überlegte ich. ‚Von der Straße dürfen sie dich nicht sehen. Ein Stückchen laufe ich noch, dann werd' ich mich hinlegen. Nur für einen Moment.'

Trotzdem pilgerte ich weiter, obwohl sich meine Gedanken nur um eines drehten: schlafen, nichts als schlafen.

Wie viele Stunden ich schon marschiert war, wie viele Kilometer?

Ich wusste es nicht. Ich wusste nur noch eines, ich wollte schlafen. Dennoch legte ich mich nicht nieder. Vielleicht eine innere Stimme, die mich davon abhielt, mich hinzulegen und mich möglicherweise vor dem sicheren Erfrierungstod bewahrt hat. Müde schleppte ich mich voran.

Ich war abgehauen, weil sie meine Familie kaputtgemacht haben, und ich war abgehauen, weil sie meinen Gerechtigkeitssinn, meine Menschenwürde, meine Persönlichkeit und meine Seele mit Füssen getreten haben. Vor allem aber, weil sie mir nun meine letzte Schwester auch noch weggenommen haben.

Weit weg wollte ich. Weg vom Heim und weg von den gefühllosen Erziehermenschen.

Menschen? Nein! Eher Monster!

Doch jetzt, müde und frierend, sehnte ich mich nach einer warmen Stube und nach einem Bett.

Mein Bett im Heim stand leer.

Wenn das Orfan außer liebloser Gefühlskälte auch sonst nichts zu bieten hatte, weder Nestwärme und Geborgenheit, noch Liebe oder Vertrauen und guten Willen, so gab es zumindest dort für mich ein eigenes Bett, welches jetzt leer stand und das mich augenblicklich vor den grimmigen Minusgraden dieser Winternacht hätte schützen können.

Ein entsetzliches Gefühl von Kälte und Einsamkeit überkam mich.

Immerzu lief ich am äußersten Rand der Fahrbahn weiter. Einzelne Lichter tauchten am nachtschwarzen Horizont auf. Die Straße führte direkt darauf zu.

‚Ein Dorf', freute ich mich verhalten. ‚Dort werd' ich nach einer Übernachtungsmöglichkeit fragen.

Aber was soll ich bloß erzählen? Geld habe ich ja auch keins. Mir wird dann schon noch was einfallen.'

Im Ort angekommen, sank mein Mut wiederum und ich suchte in Seitenwegen und Gässchen nach Fenstern, aus denen noch ein Lichtschein herausdrang. Dann stand ich unschlüssig davor, ängstlich und mutlos und genierte mich schließlich erneut, irgendwo anzuklopfen.

Sicher würden mir die Leute nur Misstrauen entgegenbringen, oder den Hofhund auf mich hetzen.

Also entschloss ich mich doch wieder, frierend weiterzugehen. Die Turmuhr der Dorfkirche schlug mir die Uhrzeit: eine Stunde nach Mitternacht.

Müde taumelnd wanderte ich wieder zum Dorf hinaus, an kahlen Äckern vorüber und durch dunkle, unheimliche Wälder hindurch.

Schwarzgeteert wie die Straße waren der Wald und die Nacht. Nach einer Weile schritt ich erneut auf den kargen Lichterschein einer kleinen Ansiedlung zu, die einige Kilometer vor mir im Dunkel der Nacht zuerst schwach, dann allmählich immer deutlicher zu erkennen war.

Diesmal würde ich es wagen.

Die Straße wand sich in einem Bogen durch das Dorf. Rechts der Fahrbahn lag eine Wirtschaft, deren Fenster noch hell erleuchtet waren und deren Eingangstüre weit offen war. Ich stieg die drei Steinstufen empor und trat in den Flur.

Niemand begegnete mir. Ich ging an der Türe zur Gaststube vorbei, aus der dumpfes Gemurmel drang. Am Ende des Gangs wies ein kleines Schild zu den Toiletten.

Ich folgte dem Pfeil, öffnete die Aborttüre und klappte den Deckel des WCs herunter. Ich verriegelte die Türe von innen und setzte mich auf die Kloschüssel. Das Örtchen war schön warm und meine Zehen bitzelten in den Schuhen.

Behutsam öffnete ich den Reißverschluss meiner schmalen Kollegmappe und holte mein letztes Schmalzbrot hervor. Ich biss von dem kalten Brot und tastete nach einer bequemen Sitzposition, während ich mich zurücklehnte.

Im Eck der kleinen Kabine verlief ein Heizungsrohr, welches meinen Rücken angenehm wärmte. Meine Füße stemmte ich gegen die vordere Holzwand und saß so in einer einigermaßen bequemen Schräglage. Unterdessen ich mich aufwärmte und mein Brot aß, fühlte ich mich fast wieder richtig wohl.

Mit dem angebissenen Fettbrot in der Hand, nickte ich ein.

Laute Geräusche weckten mich plötzlich aus meinen Träumen. Im ersten Augenblick meines Erwachens glaubte ich mich im Orfan, während der Morgenstunden, wo wir ja auch jeweils sehr geräuschvoll geweckt wurden.

Als ich jedoch die Augen aufschlug, erinnerte ich mich sofort meiner augenblicklichen Situation. Jemand rüttelte von außen an meiner Klotüre und bewegte den Türgriff mehrmals heftig nach unten. Eine laute Stimme rief: *„Willi! Bist du da drin?"*

Geistesgegenwärtig hielt ich mir eine Hand vor den Mund und murmelte ein undeutliches *„ja ja"*.

Zu meiner Überraschung war der Krachmacher vor der Türe damit offenbar zufrieden und verschwand wieder.

‚Hier kann ich nicht bleiben', beschloss ich.

Vor meiner Kabine war wieder alles ruhig. Leise drehte ich die Verriegelung in der Toilettentüre auf, klemmte mir meine schwarze Tasche unter dem Arm fest und lugte hinaus.

Im Flur war alles ruhig.

Angestrengt horchte ich in die Stille und huschte dann vorsichtig an der Gaststube vorbei. Diesmal drang seltsame Geräuschlosigkeit durch die Tür.

‚Eigenartig, diese Ruhe', dachte ich noch und steuerte auf den Ausgang zu.

In diesem Moment hörte ich hinter mir das Öffnen einer Tür und eine laute Stimme, die mich forsch ansprach: *„He! Sie! Was machen Sie da?"*

Ich drehte mich um.

In der nun offenstehenden Türe des Gastraumes hatte sich ein älterer, rundlicher Mann mit einer ledernen, braunen Halbschürze um den Bauch, aufgebaut. Neben ihm einige weitere Männer, deren Gesichter ich im Halbdunkel allesamt nicht erkennen konnte.

„Entschuldigen Sie bitte, ich war nur eben mal schnell auf der Toilette", sprach ich und verließ hastig das Haus, ohne eine Reaktion des Gastwirtes abzuwarten.

Als ich die Eingangsstufen hinunterstieg, riefen mir die Männer noch unflätige Bemerkungen hinterher. Eilig entfernte ich mich weg von dem Wirtshaus.

Ich sah mich nicht mehr um und ging schnurstracks auf der Bundesstraße zum Ortsende hinaus.

Sofort kroch mir die Kälte wieder von oben in den Kragen und hatte mich im Nu vollkommen eingehüllt. Und während ich lief, trauerte ich meiner schönen warmen Toilette nach.

Völlige Dunkelheit umgab mich.

Nach einer Weile hörte ich plötzlich das leise Summen eines Motors, welches allmählich immer lauter wurde. Es klang wie das Motorengeräusch eines Autos, jedoch blieb die Straße vor mir und hinter mir völlig dunkel.

Sonst war es immer zuerst der Lichterschein, der sich lange vor dem Motorengeräusch eines heranfahrenden Autos ankündigte.

Aber jetzt?

Keine Scheinwerfer, die sich näherten. Das Brummen des Motors verstummte mit einem Male. Ich blieb stehen und lauschte in die Dunkelheit.

Nichts war zu sehen.

Vorsichtig ging ich weiter, während ich mich ängstlich in alle Richtungen umsah. Der dunkle, schwarze Wald reichte an diesem Teilstück links und rechts besonders dicht an die Fahrbahn heran. Die Baumkronen hingen – so viel konnte ich gerade noch erkennen – so dicht über die Straße, dass sie sich in der Mitte berührten.

Wieder blieb ich stehen. Es war unheimlich! Absolut nichts war zu hören. Doch irgendetwas stimmte hier nicht.

Beklommen tasteten meine Sinne nach allen Seiten. Es herrschte Grabesstille. Nur sehr langsam ging ich weiter, angestrengt den nächtlichen Geräuschen des Waldes lauschend.

Jedes auch noch so leise Rascheln registrierte ich mit allergrößter Anspannung.

Ich hatte Angst!

Die Straße vor mir verschwand in einem schwarzen Loch. Über mir, zwischen den Baumwipfeln, konnte ich den tiefschwarzen Himmel erahnen.

Zaghaft tastete ich mich voran. Sah mich laufend um. Doch da war nichts.

Ich wollte schneller gehen, aber meine Schritte waren wie gelähmt. Meine Angst steigerte sich ins Unermessliche, als plötzlich ein paar Meter vor mir zwei dunkle Gestalten aus dem Nichts auftauchten. Ich erschrak zutiefst und blieb wie erstarrt stehen.

Ein eisiger Schauer lief mir über den Rücken.

‚Das ist ein Alptraum! Nein, das darf nicht wahr sein. Du träumst‘, schoss es mir durch den Kopf.

Ehe ich richtig kapierte, was los war, blendete mich das grelle Licht einer Taschenlampe, zwei kräftige Arme packten mich mit geübtem Griff und hielten mich fest. Meine Tasche flog zu Boden.

„Mitkommen, Polizei", hörte ich einen der Männer in lautem Befehlston sagen und mein entsetzlicher Schreck wich allmählich einem Gefühl aufkommender Erleichterung.

Die Männer führten mich zu einem Wagen, der seitlich der Straße völlig im Dunkeln abgestellt war. Restlos erleichtert war ich aber erst, als einer der beiden Männer das Standlicht des Fahrzeugs einschaltete und ich an Hand der Uniformen und der weißen Aufschrift auf der Fronthaube des dunkelgrünen Volkswagens sicher sein konnte, dass dies tatsächlich die Polizei war.

Im Scheinwerferlicht wurde ich wie ein Schwerverbrecher abgetastet, während der andere Polizist meine Kollegmappe holte und deren Inhalt durchsuchte.

„Die Beschreibung trifft zu", sprach der Eine, der nach meiner Schätzung mindestens drei Zentner wiegen musste.

„Junger Mann, circa einundzwanzig Jahre alt, circa einen Meter und achtzig groß, schlank, mit dunklen, kurzgeschorenen Haaren", las der zweite Polizist aus einem kleinen Notizbuch vor.

‚Einundzwanzig Jahre, das ehrt mich aber', dachte ich noch, denn da war ich gerade mal Fünfzehn.

„Steigen Sie ein", forderte der dicke Polizist mich auf, öffnete die rechte Tür seines Dienstfahrzeugs und klappte die Rückenlehne des Beifahrersitzes nach vorne, damit ich in den

Fond des Wagens steigen konnte. Der schlanke, jüngere Polizist setzte sich ans Steuer, während der Dreizentnermann auf dem Beifahrersitz Platz nahm. Unter seinem wuchtigen Rücken gab die ächzende Lehne derart nach, dass der Raum auf der Rücksitzbank für mich immer enger wurde und meine Knie von seinem Gewicht regelrecht eingequetscht wurden.

Die Scheinwerfer der grünen Minna tasteten sich durch das Dunkel der Nacht, den Weg, den ich gekommen war, zurück zum ‚Goldenen Hirschen'.

In der Gastwirtschaft herrschte helle Aufregung.

„Ja, das ist der Kerl", rief der dicke Mann mit der Lederschürze um den Bauch, als die zwei Polizisten mit mir in ihrer Mitte in die Schankstube eintraten.

„Ja, das stimmt", erhärtete einer der herumstehenden Männer die Aussage des Gastwirtes und nickte heftig mit dem Kopf.

„Das kann ich auch bestätigen", nickte ein Weiterer zustimmend mit dem Kopf.

Mitten in das empörende Gemurmel fuhr der Wirt fort: *„Wissen's Herr Wachtmeister, das war so. Pünktlich zur Sperrstund' wollt' ich meine Wirtschaft abschließen. Bei den Toiletten hab' ich gemerkt, dass da noch wer drin war. Dann hab ich den Willi sein' Namen gerufen, weil ich glaubt hab' der Willi, ich meine der Herr Kunze, is da drinnen. Aber die Stimme, die mir durch die Klotür geantwortet hat, war nicht vom Willi. Das* *hab' ich gleich gmerkt. Und wie ich zurück bin in die Wirtsstube, war der Willi noch da ghockt."*

„Ja, das stimmt", unterbrach der Mann neben dem Wirt dessen Schilderung ein zweites Mal in gleichem Wortlaut und nickte wiederum ein paarmal heftig mit seinem Kopf.

Der Mann mit der Schürze erzählte aufgeregt weiter: *„Wie wir dann so dastanden und überlegten, was wir tun sollten, der Willi und ich, kam der Fremde, ich meine dieser Kerl da, aus dem Abort und ging schnurstracks zur Tür da hinaus."*

„Ja, das stimmt", bestätigte der neben dem Wirt erneut mit heftigem Kopfnicken.

Mit ausgestrecktem Arm deutete der Wirt dann fahrig auf mich und rief: *„Der hier wollte sich in meiner Wirtschaft einschließen lassen und mich dann ausrauben!"*

„Ja, das stimmt, das glaube ich auch", stotterte der Mann hervor, welcher der Willi sein musste und nickte wieder mehrmals.

Die Luft im Gastraum stank nach Bierausdünstung und Raucherqualm.

„Das ist doch alles überhaupt nicht wahr", entgegnete ich halblaut, wurde aber sofort durch die lauten Stimmen der aufgeregten Leute im Gastraum unterbrochen.

Dem dicken Landpolizisten gelang es schließlich, für Ruhe zu sorgen und an mich ein paar gezielte Fragen zu richten.

„Ja, es ist schon richtig, dass ich vorhin hier auf der Toilette war. Aber nur, um mich aufzuwärmen“, murmelte ich bedrückt.

„Du Lump! Aufwärmen nennt man das heute!" plärrte der Wirt mich an. *„Euch Halbstarke müsste man einsperren und erst einmal das Arbeiten beibringen, bevor ihr nachts herumlungert",* fuhr er barsch fort.

„Ja, das stimmt“, bejahte der Mann neben dem Gastwirt kopfnickend.

"Ruhe bitte!" ermahnte der dicke Schutzmann und wandte sich an mich. *„Sie geben also zu, heute Nacht hier auf der Toilette gewesen zu sein?"*

"Ja schon", nickte ich und fügte eilig hinzu: *„aber ich wollte mich wirklich nur aufwärmen",* wusste freilich auch sofort, dass die mir sowieso nicht glauben würden. Wieso sollten sie mir auch glauben?

Mittlerweile war es mir auch völlig egal, was sie glaubten und was sie nicht glaubten.

„Ich bin aus dem Waisenhaus abgehauen und seit gestern Abend auf den Beinen", erklärte ich kleinlaut.

Mit einem Male herrschte betroffenes Stillschweigen im Saal. Die aggressive Stimmung, die bislang feindlich gegen mich gerichtet war, schlug um, und verwandelte sich unvermittelt in Freundlichkeit.

„Warum hast du das denn nicht gleich gesagt?" fragte der Wirt auf einmal teilnahmsvoll. *„Du hättest doch bei mir übernachten können."*

‚Jetzt ist es zu spät', dachte ich. ‚Woher hätte ich wissen können, dass der Wirt mir ein Quartier gewährt hätte. Vielleicht hätte er ja auch nicht, wenn ich bei ihm angeklopft und ihn um einen Schlafplatz angebettelt hätte, ohne einen Pfennig Geld in der Tasche.'

Die Polizisten tippten zum Gruß mit den Fingerspitzen der rechten Hand an ihre Mützen, und nahmen mich, den vermeintlichen Einbrecher mit. Im Hinausgehen klopfte mir der Gastwirt kameradschaftlich meine Schulter und ich senkte wie entschuldigend den Kopf.

Ich zuckte die Achseln und folgte den Vollzugsbeamten zum Wagen. Und wie schon zuvor, nahm ich wieder im Fond des dunkelgrünen VW-Käfers Platz und wie zuvor zerquetschte mir der Koloss in Uniform schier die Beine, als der sich in den Beifahrersitz sinken ließ.

Der Polizeiwagen fuhr jetzt in die Richtung, in die ich eigentlich weitermarschieren wollte. Doch hier war meine Wanderschaft beendet.

Ich wagte es kaum, mich auf dem Rücksitz zu bewegen. Jede Straßenunebenheit veranlasste den Beifahrersitz unter dem Gewicht des Dicken nachzufedern und noch mehr auf meine geschundenen Schienbeine zu drücken. Ich hätte am liebsten vor lauter Qual aufschreien mögen. Da ich es aber vom Heim her eh gewohnt war, selbst in ungünstigsten Situationen meine Schmerzgefühle nicht zu äußern, tat ich es auch diesmal nicht.

Schließlich war ich ja festgenommen worden, von der Polizei, was für mich gleichbedeutend war, wie Heimkind zu sein und daher keine Rechte zu besitzen.

Der Streifenwagen fuhr auf der Landstraße durch den Forst, an einsamen Gehöften vorbei, zwischen den Häusern eines netten, kleinen Dorfes hindurch, und blieb letztendlich in Feuchtwangen vor der Polizeiinspektion in der Ringstraße stehen.

Als ich endlich aus dem engen Käferrücksitz aussteigen durfte, rieb ich meine schmerzenden Kniescheiben.

Die Polizisten führten mich ins Haus.

Das grellweiß-kalte Neonlicht in der Amtsstube erschreckte meine Augen. Die wachhabenden Männer waren aber sehr freundlich und zeigten großes Verständnis für meine Lage.

Sie teilten mit mir ihre Pausenbrote und führten mich – nachdem ich ihr Vesper gierig und hungrig verschlungen hatte – in den hinteren Teil des Gebäudes, zu den Zellen.

‚Aha', grübelte ich, ‚hinter der Zellentüre hört also das Verständnis auf. Sie täuschen dir zwar Einfühlungsvermögen für deine dämliche Situation vor, trauen dir indessen dennoch nicht über den Weg.'

Meine Zelle war ein großer, hellerleuchteter, kahler Raum, welcher vom restlichen Teil des Zimmers nur durch ein riesiges Eisengitter abgetrennt war. Somit konnte jede Handlung von mir als Gefangener von den diensthabenden Beamten jederzeit beobachtet werden.

Die ebenfalls aus massiven Eisenstäben bestehende, Tür innerhalb der Vergitterung schloss sich mit einem stählernen Klicken und verdeutlichte damit schallend das Ende meiner Flucht.

Die flache Pritsche an der Wand war hart, doch die Zelle war warm. Ich faltete die graue Decke, welche am Fußende lag, auseinander, legte mich so wie ich war, auf die Liegestatt und kuschelte mich in mich selbst zusammen.

‚Morgen werden sie dich zurückbringen ins Heim, und der ganze Scheiß geht weiter wie bisher. Oder du haust noch mal ab, dann verschlimmerst du deine Lage und sie stecken dich in eine andere Erziehungsanstalt. Auf deine Karteikarte drücken sie einfach den Stempel SCHWER ERZIEHBAR und rechtfertigen so ihre Handlungsweise.

Du hast einfach keine Chance, keine Rechte – bist eben nur ein Heimkind, ein hoffnungsloser Außenseiter.

Während ich so über meine augenblickliche Lebenslage nachdachte, war ich eingeschlafen. Die Müdigkeit war stärker, als meine nutzlosen Gedanken.

Das durch die Gitterstäbe des Fensters hereinfallende Tageslicht und die rege Betriebsamkeit in der Polizeiwache weckten mich aus meinem unruhigen, viel zu kurzen Schlaf.

In der Dienststelle war Schichtwechsel. Trübselig setzte ich mich auf die Bettkante und ordnete meine Gedanken. Das Fenstergitter warf karoförmige Schatten auf den Boden direkt vor meine Füße. Draußen erwachte der Tag und mit ihm das Leben auf den Straßen.

Ich stand auf und reckte meinen entmutigten Körper. Meine misslungene Flucht deprimierte mich und die Vorstellung, ins Orfan zurück zu müssen, stieß mich bitter auf.

Ein Polizist sperrte meine Zellentür auf, nachdem er mich freundlich begrüßt hatte. Dann schob er ein Tablett herein: *„Ein Frühstück aus unserer Krankenhausküche der Herr. Wie war die Nacht?"*

„Geht schon", brummte ich zurück.

„Ein besseres Quartier konnten wir leider nicht auftreiben", scherzte der Uniformierte augenzwinkernd, *„ich hoffe, Sie waren trotzdem zufrieden und beehren uns hoffentlich nie wieder."*

Sodann ließ er das Gitter erneut zuschnappen.

Die Kollegen der Sonntagsschicht waren ebenso freundlich und nett wie die von der Nacht. Sie schafften es, mich mit ihren Witzeleien etwas aufzumuntern.

Schließlich wurde ich abgeholt. Vom Direktor des Heimes persönlich, dem *Indianerhäuptling* – wie Nolan ihn nannte. Die Zelle öffnete sich und ich war wieder ‚völlig frei'.

***

Im Orfan verlief alles wieder wie vorher.

Zu meiner Verwunderung wurden mir für meinen Ausbruch keine großmächtigen Vorhaltungen gemacht. Das war sonderbar, denn bereits für viel kleinere Delikte wurde man zur Rede gestellt, mit Moralpredigten und Strafen überhäuft und in die Besinnungszelle gesperrt.

Ich fasste dieses Nichtbeachtet werden meiner Tat als unmissverständliche Warnung auf, die mir sagen will: ‚Versuch's noch einmal, Junge, dann kommst du fort.'

Klar, wusste ich, dass meine Flucht dilettantisch und kopflos war. Es war ja eher eine impulsive Reaktion auf mehrere zusammen treffende Ereignisse, die in meinem emotionsgeladenen Hirn keinen Raum für eine nüchterne Vorbereitung und zielgerichtete Planung einer Flucht zuließen.

Kaum jemand von meinen Kumpels hatte bemerkt, dass ich abgehauen war. Meine Flucht dauerte nur eine Nacht und spielte sich von Samstag auf Sonntag ab. Und am Montag ging ich wieder arbeiten, als ob überhaupt nichts gewesen wäre.

Nur im Orfan wurde ich manches Mal auf gezwickt: *„Nicht Jeder, der hier abhaut, schafft es von Nürnberg bis Feuchtwangen."*

Ja, das stimmte allerdings! Spanien ist halt doch ganz schön weit weg.

Viele nette Kerle kannte ich, Kameraden, die aus dem Heim ausgerissen waren und über deren Schicksal man nie mehr etwas erfahren hatte.

Ob sie geschnappt wurden? Man wusste es nicht. Sicher wurden sie alle wieder eingefangen und zur Verwahrung in eine der berühmt-berüchtigten Erziehungsanstalten Voccawind, zu den Torfnasen ins Moor, oder sonst wohin verbracht.

Es lebe eben die Pädagogik!

***

Für das Wochenende nach meiner nächtlichen Wanderschaft bekam ich Ausgangssperre.

Ein Wochenende ohne Ausgang ist hart.

Du hängst im Heim herum und langweilst dich. Deine Kumpels gehen alle fort und du bist ganz allein. Der Erzieher hat nichts zu tun und lässt sich – zum Glück – kaum blicken. Wenn er sich aber doch blicken lässt, gibt's meistens Zoff. Du verkriechst dich in dein Zimmer, setzt dich auf dein Bett und spielst auf der Gitarre eines Kumpans die *Streets of London* oder *Where have all the flowers gone.*

Der Aufseher hört im Flur die Rhythmen deines Plektrums, bricht lautstark in die Bude herein und scheucht dich mit den Worten auf: *„Wenn es dir langweilig ist, dann gehst du jetzt sofort runter und kehrst den Hof! Und wenn du damit fertig bist, meldest du dich wieder bei mir!*

Also los, verschwinde!"

Angeödet erhebst du dich, stellst die Gitarre ins Eck und bewegst dich gerade so schnell aus dem Zimmer, dass der Erzieher dir nicht in den Arsch tritt. Missmutig kehrst du in sehr gemäßigtem Tempo den Hof und denkst nicht im entferntesten daran, dich danach bei ihm wieder zu melden, nur, um freiwillig weitere Sonderaufgaben entgegenzunehmen.

Der Hof ist groß, also wirst du halt nicht fertig. Und jeder kann hier eh machen, was er will, habe ich gelernt, man darf sich nur nicht dabei erwischen lassen.

Auch dieses Wochenende ging vorüber und was blieb, war die Vorfreude auf das nächste – ohne Ausgangssperre.

Und zwischendurch blieb mir als Trost ja immer noch das bisschen Blau vom Schrottplatzhimmel. Wenn auch nur für wenige Minuten. Denn oftmals sortierte ich auch jene Abfälle entsprechend auseinander, welche von meinen Lehrlingskollegen achtlos hingeworfen wurden, manchmal mitten auf den Weg, ohne dass die sich um eine ordentliche Trennung bemühten.

Nur damit sie sich in der gewonnenen Zeit heimlich eine ins Gesicht stecken können.

Ich fand das einfach unfair gegenüber dem Alten vom Schrottplatz. Und wollte ihm den Schrott nicht einfach so vor die Füße werfen.

***

Leider, wie eben das Leben im Orfan so spielte, bekam ich an dem Wochenende danach ebenfalls Ausgangssperre.

So eine Scheiße!

Es war am Freitag, als Herr Täschner während des Abendessens durch die Tischreihen ging und die Haarlänge der Kerle kontrollierte.

Uns heranwachsenden Orfanburschen war eine eigene, freie Entscheidung beispielsweise auch hinsichtlich unserer Haarpracht strikt unterbunden. Ein Nacheifern der Jugendbewegungen auf der ganzen Welt wurde im Orfan – auch wenn es sich nur um ein paar harmlose Zentimeter Haarlänge gehandelt hat – unter Strafe gestellt.

Eine individuelle Lebensform war nicht zugelassen.

Freitags Abend wurden also nicht nur die Schränke kontrolliert, sondern auch – und hiervon hing unter anderem das

Schicksal des bevorstehenden Wochenendes ab – die Köpfe der Zöglinge.

Jedes noch so kleine Löckchen, welches sich hinter dem Ohr auch nur andeutungsweise zu kräuseln wagte, wurde zum Fallstrick und bedrohte die Freiheit des kommenden Wochenendes.

Natürlich tastete man sich in der gerade beginnenden ‚Beatles-Ära' an die Grenzen des Erlaubten heran und war froh um jeden Zentimeter Haarlänge, um den man den Erzieher bescheißen konnte.

Vor dem Abendessen wurde das ja trotz alledem noch sehr kurze Haar mit dem nassen Kamm glattgekämmt, um einen Friseurbesuch vorzutäuschen. Der Hemdkragen wurde etwas niedergeschoben und der Hals während der Kontrolle in die Höhe gereckt.

Manchmal kam man damit durch, doch spätestens eine Woche später war man dann sowieso fällig. Die Erzieher sorgten schon dafür, dass es nicht zu Übertreibungen hinsichtlich der Haarlänge kam.

Vorgeschrieben war der Fasson-Schnitt und kein Millimeter mehr.

Dafür stand dem Orfan in der Nähe ein linientreuer Friseur zur Verfügung, bei dem sich die Kinder gegen Gutschein einen – den Vorschriften mehr als entsprechenden – Haarschnitt abholen konnten.

Diese ‚Rasur' zeichnete die Heimkinder allerdings auch vom Rest der freien Welt deutlich ab. Als Jugendlicher war man daher nicht sonderlich erpicht auf diese Haarfrisur ‚gegen Krankenschein', wie sie verächtlich bezeichnet wurde und ging lieber zu einem Friseur seiner Wahl, den man allerdings von seinem kläglichen Taschengeld selbst bezahlen musste.

Diesmal hat es mich erwischt. Ausgangssperre! So stand mir also ein weiteres, ausgehfreies Wochenende bevor. Aber dieses Wochenende ging ebenso vorbei, wie auch manch andere Erlebnisse vorübergingen.

Erträgliches und Unangenehmes wechselten sich im Orfan täglich, ja oft fast stündlich ab.

Es war ein ständiges Auf und Nieder.

***

Und dann wurde mir plötzlich ein Besuch bei meinen Schwestern genehmigt und ich durfte nach Maria-Rosenberg in den Pfälzer Wald fahren.

Wow, was für eine noble Geste. Meine allererste Reise ganz allein.

Wo die Pfalz lag, wusste ich nicht wirklich. Ich war mir aber ziemlich sicher, dass es sich hierbei um die von Nürnberg aus nahe gelegene Oberpfalz handeln müsse.

Also klemmte ich meine Schultasche mit etwas Vesperbrot, Seife und frischer Unterwäsche darin unter den Arm, tippelte mit der vom Jugendamt großzügiger Weise spendierten Bahnfahrkarte am sehr frühen Morgen zum Hauptbahnhof und stieg in jenen Zug ein, für den meine Reise eben Gültigkeit hatte.

Die Pfalz ist ja nicht weit, dachte ich so bei mir und biss von meiner Stulle, als der Zug anrollte.

Aus Nürnberg raus und durch Fürth hindurch las ich dann irgendwann das Schild Bahnhof Kitzingen. Zischend und schnaubend fuhr der Zug daraufhin durch malerische Landschaften hindurch. Immer wieder mal an kleinen Bahnhöfen laut quietschend anhaltend, dann an einem breiten Fluss entlang, in den Würzburger Hauptbahnhof ein.

Ahnte da immer noch nichts, denn ich war ja noch nie außerhalb von Nürnberg allein, geschweige denn mit der Bahn unterwegs gewesen. Hatte auch überhaupt keine Ahnung in welcher Richtung eigentlich die Pfalz liegen würde. Wusste nur, dass es nicht so weit sein konnte.

Hinter Aschaffenburg erklärte mir der Schaffner, der meine Fahrkarte kontrolliert hatte, dass ich in Frankfurt am Main umsteigen müsse. In den Zug Richtung Mannheim. Erst da kamen in mir leise Zweifel auf.

Mannheim in der Oberpfalz hatte ich noch nie gehört. Von Amberg hörte ich mal was durch die Erzählung eines Kumpels, weil dessen Vater im dortigen Zuchthaus eine Zeitlang logieren durfte.

Aber Mannheim in der Oberpfalz klang irgendwie komisch. Hatte der Zug sich verfahren? Ich sah auf meine Fahrkarte, aber da stand nur als Ziel der Bahnhof von Waldfischbach und nix von der Oberpfalz!

Wer weiß, wo ich heut noch ankommen werde, dachte ich, nachdem ich umgestiegen war.

Doch nach fast achtstündiger Zugfahrt sah ich, dass ich jedenfalls nicht in der Oberpfalz ankommen würde. Stattdessen landete ich in der Südwestpfalz von Rheinland-Pfalz, und zwar in Kaiserslautern.

Da musste ich in die sogenannte Lautertalbahn umsteigen, welche mich auf einem einspurigen Nebengleis entlang eines munteren Bächleins schließlich zum Bahnhof Waldfischbach brachte.

Ich fragte mich durch, stand bald vor der mächtigen Klosteranlage ‚Maria Rosenberg' im Ortsteil Burgalben und durfte nach Jahren nunmehr mal wieder meine Schwestern in den Arm nehmen, wo uns allesamt die Tränen kamen.

Bald registrierte ich als Besucher jener katholischen Klostergemäuer, dass die Jugendfürsorgerinnen im Ordensgewand für die Verwahrung von Kindern anstatt Herzenswärme und Geborgenheit, vor allem großen Wert auf Moral und Sittlichkeit im Sinne des seinerzeitigen katholischen Fürsorge- und Anstaltswesens gelegt wurde.

Jedenfalls wurden auch hier die Möglichkeiten, jungen Menschen einen Schutzort oder gar Geborgenheit zu bieten und ihre Seelen zu retten, nicht wahrgenommen. Dabei sind meine Geschwister allesamt sensible und sehr einfühlsame Menschlein.

Die kindheitsbezogenen Zucht- und Ordnungsvorstellungen im Kloster ließen aber – von ganz wenigen Ausnahmen abgesehen – eine christliche Nächstenliebe völlig vermissen.

Unsere gemeinsamen Tage im Kloster vergingen viel zu schnell. Warum mussten wir uns schon wieder trennen?

Für eine viel zu lange Zeit!

***

Wie schon gesagt, im Orfan reichte das Taschengeld nie. Noch dazu jetzt nicht, wo ich mich mehr und mehr als Jugendlicher mit dem Orfan-Haarschnitt furchtbar schämte und deshalb lieber auf eigene Kosten zu einem Friseur meiner Wahl ging.

Und wie gerne hätte ich aber meiner Mutter oder meinem Bruder Jürgen mal eine Überraschung gemacht.

Eine kleine Freude wenigstens! Aber womit?

Dann fiel mir auf, dass sich in jedem Neuwagen ab Fabrik standardmäßig eine Werkzeugrolle befand. In meinem Lehrbetrieb wurde jener Werkzeugsatz aber regelmäßig aus dem Fahrzeug entfernt und dem jeweiligen Neuwagenkunden separat als Extrazubehör verkauft. So stapelten sich im Lager die von der Firma entwendeten Werkzeugsätze.

Ich empfand diese Geschäftspraktik schlichtweg als Diebstahl.

Und um meinem großen Bruder Jürgen zum Weihnachtsfest auch mal was Schönes schenken zu können, habe ich in einem günstigen Moment aus dem Materiallager im Keller eine dieser Werkzeugtaschen nun meinerseits geklaut, beziehungsweise – so wie mein Arbeitgeber – lediglich an mich genommen.

Denn ich fühlte mich dabei nur bedingt als Dieb, da ich das Diebesgut ja nur dem wahren Dieb weggenommen hatte.

Innerlich aufgewühlt hatte ich während eines wintertrüben und kalten Spätnachmittags alsdann das edle Weihnachtsgeschenk mit meinem Schrottwägelchen und laut pochendem Herzen zu der Altmetallhalde gebracht. Mich dabei zunächst nach allen Seiten lauernd versichert, dass ich wirklich alleine war und dann meine Beute gut unter den Karosserieteilen versteckt. Irgendwann wollte ich das Werkzeug dann unauffällig mit nach Hause nehmen.

Und da ja auch wieder vor den Augen der Erzieher und der Mitbewohner gut verstecken.

Wie würde ich mich auf das Gesicht meines Bruders freuen, wenn ich ihm zu Weihnachten dieses kostbare Geschenk überreichen konnte.

Nochmal blickte ich mich vorsichtig um, aber von dem alten Eisenhannes war immer noch nichts zu sehen.

Auch keine Fußspuren von ihm im frischen Schnee. Nur seine flügellahme Krähe, die wie immer eine sichere Fluchtdistanz einhielt, huschte in jeweils kurzen Halbbögen hochflatternd davon und duckte sich unter einen verbeulten Kotflügel.

Um sicher zu gehen, dass der Schrottplatzschrat mich mit meiner Beute wirklich nicht beobachten konnte, lief ich im schwindenden Licht des Tages behutsam zwischen den vor sich hin rostenden Autoresten umher.

Heftiger Schneefall setzte ein und schluckte zum Glück meine Fußspuren. Der Alte war nirgends zu sehen.

Hinter den Garagen fand ich zwischen den Bergen von Altmetall eine windschiefe kleine Einraumhütte, im Zwielicht der sinkenden Sonne von tanzenden Schneeflocken mystisch in Szene gesetzt. Ich sah mich suchend um und lauschte der Ruhe über dem Brachland.

Der Alte war nirgends zu sehen.

Die Tür der Hütte war angelehnt, ich klopfte an und drückte sie dann bedächtig auf. Sie quietschte laut und ich hielt inne, sah mich nochmal nach allen Richtungen um, indessen mich dumpfer Mief aus dem Inneren heraus scharf anhauchte. Eine niedere Decke, das spärliche Mobiliar von dichten Spinnweben überzogen, ein Spirituskocher, auf dem eine offene Konserven-Dose Ravioli stand. Daneben eine alte Radkappe mit Messer und Gabel darin, sein Teller wohl.

Darüber an der Wand ein Rasierspiegel, fast blind.

Dann nur noch ein ärmliches Bett mit einer schmuddeligen Wolldecke, gleichgültig zurückgeworfen. Davor ein dreibeiniger Schemel, auf dem eine schmutzige Waschschüssel stand.

Sicher war diese Behausung nicht nur von ihm, sondern auch von vielen kleinen Tierchen bewohnt und ich stellte mir etwas amüsiert vor, wie der Alte und seine Krähe nachts gemeinsam dem Knacken der Holzkäfer im Gebälk lauschen würden.

Im Hinausgehen sah ich dann noch etwas, was mich eiskalt erschaudern ließ!

In der Ecke direkt hinter der Türe an die dunkle Holzwand gelehnt, stand ein Gewehr mit einem rostigen Lauf, flüchtig mit einer Decke verhüllt.

Also doch ein eiskaltes Monster dieser Typ? Ich zog den Nacken ein und ging rasch wieder hinaus.

Was für Mensch hier auf diesem gottverlassenen Erdenwinkel? Ein trostloses Leben, in zerbrochenen Träumen dahin geschrumpft. Hier in dieser zutiefst traurigen Einöde zwischen Blech, Stahl und Chrom. Inmitten verbeulter und verrosteter Autos, mit Motor- oder Unfallschäden zusammengekarrt, deren Geister längst ausgelöscht waren.

Ausgedient wie der Alte selbst? War er ein abscheuliches Monster? Perfekt hier untergetaucht? Was hatte er mit dieser Knarre vor?

Der Alte war nirgends zu sehen. Was, wenn er mich hier erwischt? Schießt er mich dann tot?

***

Offensichtlich durch einen Luftzug, der das Fenster aufdrückte fiel eines Tages im Erzieherzimmer eine Topfpflanze vom Fenstersims herunter auf den Fußboden. Herr Täschner hatte Dienst, war aber gerade nicht in seinem Zimmer. Der Blumentopf war zersprungen, von der Dieffenbachie waren ein paar Blätter abgeknickt und Erdkrümel bedeckten den Boden.

Wütend entdeckte der Erzieher – als er das Zimmer betrat – die Bescherung und verdächtigte, nicht etwa den Wind, sondern jemanden von uns aus der Lehrlingsabteilung.

Wutentbrannt ordnete er außerplanmäßige Schrank-Kontrollen an.

Die Schränke entsprachen in puncto Ordnung natürlich nicht den so unvorhersehbar aufgetretenen Anforderungen. Reihenweise räumte der Täschner unsere Spinde aus. Auch mein Spind war darunter.

„In deinem Schrank siehts ja aus, wie im Rucksack von Luis Trenker!“ blökte mich der Täschner lauthals an und türmte mit ruckartigen Bewegungen mein ganzes Hab und Gut auf dem Boden zu einem einzigen Haufen auf.

Ich wischte meinen Schrank sauber und begann, Stück für Stück zusammenzulegen und wieder einzuräumen. Als ich fast fertig war, bemerkte ich den Verlust meines Rasierapparates.

Mein nagelneuer, elektrischer und allererster Rasier-Apparat, eingebettet in einem edlen, schwarzgepolsterten Etui, in dem sich, wenn man es aufklappte, ein kleiner Spiegel befand.

Den Rasierer hatte ich erst vor ein paar Monaten von meiner Schwester Wally zum Geburtstag geschenkt bekommen.

Rasieren musste ich mich zwar noch nicht, dennoch war ich sehr stolz auf dieses Geschenk gewesen. Wertvoll und schwer fühlte sich die schwarze Schatulle in meinen Händen an. Ich erfreute mich an dem edlen Anblick und fing nach und nach an, die schüchternen Ansätze meines Kinnflaumes zu Barbieren.

Es war einfach schön, einen eigenen elektrischen Rasierapparat zu besitzen. Dieses tolle Geschenk von meiner Schwester Wally.

Aber nun war er weg!

Während ich mit dem Einräumen meines Spinds beschäftigt war, hatte der Dieb hinter meinem Rücken in einem unbemerkten Augenblick die schwarze Box an sich genommen.

Mein erster Rasierapparat war geklaut worden. Ich war zutiefst enttäuscht und sehr sehr traurig darüber.

Sofort ging ich zum Erzieher, um den Diebstahl anzuzeigen.

„Da musst du auf dein Zeug eben besser aufpassen", entgegnete mir die blöde Flachpfeiffe von einem Erzieher vorwurfsvoll und setzte noch eins drauf: *„Wenn du deine Sachen so offen herumliegen lässt, musst du eben damit rechnen, dass etwas verloren geht, du Schlampsau!"*

Mir stiegen vor ohnmächtiger Wut die Tränen in die Augen. Am liebsten hätte ich ihm auf der Stelle eine rein gehauen und seine Gurgel für immer zu gedrückt, wusste aber, dass dies für mich zu einem fürchterlichen Erdrutsch führen würde. ‚Du fieser Drecksack', dachte ich, ‚wegen deinem Scheiß Blumentopf machst du so einen Aufstand und wegen dir wurde nun mein Rasierapparat geklaut. Das wirst du mir noch mal büßen, du bescheuerte Arschgeige!'

Meine Wut stieg ins Unermessliche, doch wie immer ließ ich mir nichts anmerken. Ich würde sowieso nur den Kürzeren ziehen. War ich doch schon mehrmals Zeuge davon, wie sich die Erzieher – nicht selten zu Zweien – als Zuchtmeister betätigten, wenn einer der Zöglinge glaubte, gegen den vorherrschenden Befehlston rebellieren zu müssen.

Widerstandslos zog ich es vor, den Zorn in meinem Bauch und die Hassgefühle nicht zu äußern, weil ich nur allzu gut begriffen hatte, dass sich meine Situation dadurch nur verschlimmern würde.

Wieder mal schluckte ich die unverdaulichen Brocken meines Hasses und meiner Wut, die in meinem Innern die Grundlage zu seelischen Krankheiten bildeten, hinunter.

Doch wohin mit meinem Koller? Ich ging auf mein Zimmer. ‚Hier bleib' ich nicht länger', heulte ich in mich hinein, während ich mich auszog und ins Bett legte. Ich hasste diesen hässlichen Gnom von einem Erzieher, ich hasste alle Erzieher und ich hasste dieses Scheiß Heim.

Mein Körper bebte vor Wut und der aufgestaute lähmende Groll, dem ich willenlos ausgeliefert war, ließ mich in dieser Nacht lange keinen Schlaf finden.

***

Und dann trat der allerschlimmste Fall ein, den ich mir nur vorstellen konnte. Eines Morgens ließ der Prokurist des Autohauses sämtliche Lehrbuben zusammenrufen.

Für eine Gegenüberstellung auf dem Schrottplatz!

Das Herz rutschte mir in die Hose. Jetzt war alles aus! Mit zittrigen Knien und flauem Magen lief ich hinter den anderen Lehrlingen her.

Der stets streng dreinblickende, knorrige Prokurist empfing uns am Rande der Autohalde. Als ich die Werkzeugrolle in seiner Hand sah, erfasste ich natürlich sofort die Brisanz der Situation und mir wurde auf einmal kotzübel. Sachte holte ich tief Luft und ließ mir nichts anmerken, hatte mich das Heimmilieu doch längst zum Meister im Verstecken von Gefühlen herangezogen.

Ich versuchte also, meinen Gesichtsausdruck dem der anderen Lehrbuben anzupassen.

Ahnungslos und unschuldig.

In meinem Inneren aber sah es völlig anders aus. Herrschte Chaos. Aber wie!

Ein Sturm tobte sich bis zum Orkan aus.

Gewiss hatte der Alte vom Schrottplatz mich doch dabei beobachtet, wie ich was versteckt hatte. Dabei war ich mir so sicher, dass er grad nicht da war.

Oder er hatte das Werkzeug einfach so entdeckt? Natürlich kannte er ja jeden Winkel seines Reviers ganz genau, das war schließlich seine Heimat. Deshalb wusste er sicherlich sofort, wenn sich irgendwo irgendwas verändert hatte.

Komisch aber, dass er meinen Batteriesitzplatz in der Ecke nie weggeräumt hat. Aber natürlich hatte er nun der Firmenleitung seinen Fund mitteilen müssen, weil er mit Diebstahl ganz sicher nicht in Verbindung gebracht werden wollte.

Alles würde er verlieren, der alte Herr. Sein Dasein hier, seine Elendshütte und das bisschen was ihm von seinem traurigen Leben noch blieb.

Ungeheure Angst stieg in mir hoch.

Dann kam der alte Mann über das gefrorene Stoppelgras neben den aufgestapelten Autoteilen langsam zu uns herüber geschlurft und nach ihm in gebührlichem Abstand seine hinterher humpelnde Krähe, die dann aber sofort unter ihren Reifenstapel huschte.

Nun nahm ich das erste Mal das Gesicht des Alten nicht nur als Schatten wahr, sah jetzt auch seinen Blick, der unter buschigen Augenbrauen traurig ins Leere starrte. Sein braungebranntes, faltiges Gesicht war stark verunstaltet und glich der Runzelhaut des ältesten Nashorns der Welt.

Aufgrund einer langen Narbe, die sein Antlitz in zwei Hälften teilte, wirkte seine Miene starr, wodurch er sehr einsam aussah, zugleich aber irgendwie auch ruppig und trotz seines müden Gangs unglaublich zäh.

Und ich wusste, dass jetzt alles aus war! Die eigene Lehrfirma zu bestehlen ist natürlich kein Kavaliersdelikt. Logisch! Auch wenn es für mich ja nur Diebstahl von Diebesgut war.

Aber klar würden die hier das anders sehen. Sowieso!

Und ein Heimkind klaut halt nun mal!

Nun schnappte jeden Moment die Falle zu. Mein Herz klopfte bis zum Hals. Auf ein Wunder brauchte ich jetzt auch nicht mehr zu hoffen.

Scheiß Werkzeug! Und Scheiß Firma!

Der Prokurist sah den alten Mann mit eindringlichen Augen über den Rand seiner Brille auffordernd an. Beide bildeten eine Front gegenüber uns fünf in blauen Mänteln steckenden Lehrlingen.

Stirnrunzelnd und gebeugt stand der alte Mann da und kratzte sich mit seiner ölverschmierten Hand wie in Zeitlupe am Kinn. Mit der anderen schob er seine Schirmmütze etwas nach oben. Seine Hände waren rissig.

Und ich glaube, sie zitterten ein Wenig.

Ohne ein Wort sah er jedem von uns Buben nacheinander einzeln ins Gesicht. Jeweils nur für einen kurzen Augenblick.

Dann trafen seine Augen die meinen.

***

***

„Kinder sind Gäste, die nach dem Weg fragen“

Maria Montessori

***

Kapitel 2

Wie ein verurteilter Häftling wurde ich im Orfan nun ganz oben unterm Dach in die Sträflingsabteilung eingesperrt.

Bis auf die Unterwäsche nahm man mir jegliche Kleidungs-Stücke und sämtliche privaten Habseligkeiten zur getrennten Verwahrung ab und kleidete mich in einen markant gestreiften Drillichanzug und dazu Pantoffel. Wegen des zweifarbigen Streifenmusters dieser Klamotten wurde diese ganz besondere Gruppe neben der offiziellen Bezeichnung ‚Sonderabteilung' im heimeigenen Volksmund kurz und bündig nur „Blauweiß" genannt.

Mein Quartier dort unterschied sich durch nichts von einem echten Gefängnis.

Die Fenster waren verschlossen und die Griffe innen entfernt. Es herrschte allgemein eine äußerst rüde Artikulation vor. Auf ‚Blauweiß' teilte ich meine Gruppenzelle mit sechs weiteren verknackten Jugendlichen, wobei ich selbst einer der jüngsten in dieser Meute gewesen sein dürfte.

Nachdem man mich dort einlieferte, war in meinem Schlafraum immer noch ein weiteres Bett frei. In meiner ersten Nacht lag ich auf meiner Pritsche und weinte.

Es war ein lautloses Weinen, welches niemanden störte.

Das Mondlicht schien matt zwischen den Gitterstäben hindurch.

Mit fünfzehn Jahren eingesperrt wie ein Schwerverbrecher? Warum tun die beim Jugendamt so etwas?

Deprimiert blinzelte ich in die verschwommene Dunkelheit, während mir die Tränen übers Gesicht liefen. Mitten in meine Gedankenwirbel hinein hörte ich im Hof das Herannahen eines Autos. Für einen Augenblick war der Raum vom Licht der Scheinwerfer hell erleuchtet.

Schatten huschten über die Zimmerdecke und verschwanden wieder im Dunkeln. Mein Bettnachbar sprang plötzlich hoch und lief zum Fenster.

„Die Bullen“, rief er halblaut und weckte die anderen auf. *„... sie bringen einen Neuen“,* fuhr der am Fenster stehende fort und befahl auf einmal: *„Kommt, den lassen wir nicht rein! Los, aufstehen, raus aus den Betten!“*

Bereitwillig standen einige auf. Ich aber stellte mich schlafend und blieb liegen. In der Dunkelheit konnte man meine Tränen nicht sehen. Verstohlen wischte ich mir mit dem Ärmel die Augen trocken.

Leise hoben meine Stubengenossen eines der eisernen Stockbettgestelle von ihrem Platz und bauten es vor der Zimmertüre so auf, dass es unmöglich war, diese von außen zu öffnen.

Tatsächlich! Wenig später waren auf dem Flur vor dem Schlafraum laute Schritte zu hören. Kurz darauf das Rasseln eines Schlüsselbundes und ein zweimaliges Klicken im Türschloss.

Jemand rüttelte von außen am Griff, doch die Türe gab keinen Breit nach, weil die Burschen sich mit dem schweren Bettgestell von drinnen dagegenstemmten.

Ein Rumpeln und Stoßen begann von außen gegen die Türe, ein heftiges Gegendrücken von innen. Das schwere, verspreizte Bettgestell hielt Stand.

Lautes Fluchen setzte ein, vermischt mit Strafandrohungen und Beschimpfungen übelster Art: *„Ihr dreckigen, verlausten Schweine! Macht sofort die Türe frei, sonst könnt' ihr morgen was erleben. Ich mach' euch Feuer unterm Hintern, bis euch das Arschwasser kocht!"*

Die abgebrühten Kerle in meinem Zimmer aber blieben unbeeindruckt und ließen sich durch nichts einschüchtern. Die Türe blieb zu, der Neuankömmling musste auf dem Flur oder vielleicht im Dienstzimmer des Erziehers übernachten, jedenfalls kam er nicht rein.

Und natürlich folgte am Morgen danach die gerechte Strafaktion. Der ganze Haufen wurde zum Appell heraus gepfiffen:

„Wer von euch hat den Eingang verbarrikadiert!?"

Niemand meldete sich. Die Erzieher waren vorsorglich zu zweit angetreten.

„Na schön, wenn ihr es so haben wollt – Sippenhaftung! Jeder holt sich einen Stuhl und alle in einer Reihe aufstellen, aber plötzlich!" brüllte einer der Erzieher. Der mit den Glupschaugen.

Sodann wurde uns lautstark erklärt, wie wir die Stühle hochzunehmen hatten und zwar mit jeder Hand eines der vordersten Stuhlbeine am untersten Ende.

Auf Kommando ging's dann los.

Zehn Kniebeugen, die Stühle vor sich mit ausgestreckten Armen hochhaltend und etappenweise: *„Ab, eins, zwo, drei, und hoch, eins, zwo, drei und ab, eins zwo drei und hoch...!"*

Noch einmal bekam der Schuldige Gelegenheit, sich zu melden. Doch keine Reaktion. Also verschärftes Exerzieren. Eine beliebte Schikane.

„Und jetzt ohne Stühle in die Hocke!" brüllte der Erzieher, welcher das Kommando übernommen hatte *„und in Kackstellung zwanzig Mal um die Tischtennisplatte herum hüpfen bis Ihr kotzt!"* schrie er laut.

„Immer schön in der Hocke bleiben und zum Vordermann aufrücken, bis Ihr ihm am Arsch klebt.!" wurden wir missmutig angefeuert.

„Seht ihr," sagte der Sofortrichter nicht ohne Stolz in der Stimme, nachdem wir Burschen nach verbüßter Strafaktion allesamt kraftlos auf den Boden sanken *„...das hat mir den Namen ‚Frosch' eingebracht."*

Was der Schinderhannes jedoch nicht wusste, dass ihm dieser Name nicht nur wegen seiner unliebsamen Hüpfaktionen verpasst worden war, sondern vielmehr wegen seiner großen, runden, hervorstehenden Augen, die ihm den Gesichtsausdruck einer Unke verliehen.

***

Nach meiner verbüßten Haftstrafe wurde ich einen Stock tiefer in die sogenannte Aufnahmeabteilung entlassen und versuchte es von dort aus bei einer Neonleuchtröhrenfabrik zunächst als Hilfsarbeiter.

Aber der Job war hart und die Kollegen grausam. Sie schikanierten mich, wo immer sich eine Gelegenheit ergab.

Da war der boshafte Schweißer, der eine kleine Eisenplatte mit der Sackkarre durch die Lagerhalle transportierte und, nachdem er sich im Rampenlicht eines ausreichend großen Kollegenpublikums wähnte, mich zu sich herbeirief: *„Hey du asozialer Halbdackel vom Waisenhaus! Komm' her und hilf mir mal abladen!"*

Ahnungslos und folgsam beugte ich mich unter dem hämischen Blick des tyrannischen Kollegen nach der Platte. Zu spät spürte ich während des Zupackens die abstrahlende Hitze des frisch geschweißten Materials.

Doch schon klebte die Haut meiner beiden Hände an dem heißen Metall. Laut schrie ich auf und hörte noch im Schmerztaumel das höhnische Gelächter der schadenfroh umher Stehenden, ehe ich mit dem Kopf hart auf den Betonboden aufschlug.

In der Notfallambulanz behandelte man mir grad die Beule auf der Stirn, als ich wieder zu mir kam. Ich heulte vor Qualen und Wut und hielt mir die dick verbundenen Hände vors Gesicht: *„Ihr Verlausten Halunken, was hab' ich euch denn getan? Ich bring euch um!"*

Danach fand ich Arbeit in einer Fellgerberei.

Die acht Kilometer Fußweg zum Betrieb hin und zurück machten mir nicht mal was aus. Doch die Arbeitsmethoden schienen unverändert aus dem Mittelalter übernommen worden zu sein.

Schutzkleidung bekam ich nicht. Und bald schon hatte ich kein einziges brauchbares Kleidungsstück mehr, welches nicht von Gerbsäure durchdrängt und verfärbt war. Gerbsäure an den Händen und in den Haaren, in und an den Schuhen und am ganzen Körper.

Und wofür?

Mein Taschengeld reichte nicht einmal für Arbeitskleidung, geschweige denn für neue Klamotten.

Also schmiss ich den Kram hin.

Das Jugendamt reagierte prompt und ich wurde zunächst wieder in die Gefängnisabteilung von Blauweiß verfrachtet. Ein paar Tage später erfolgte von dort aus der Transport mehrerer Jugendlicher mit dem Zug übers Land. In einem kleinen Ort in der Nähe von Ansbach, namens Sachsen, stiegen wir aus.

Ich sah mich am Bahnhof sehr aufmerksam um. Ein kleiner Holzbau fungierte als Stationsgebäude. Von der Anhöhe der Gleise aus konnte ich in der Ferne einen kleinen Ort erkennen. Auf einem Nebengleis standen ausgemusterte Dampflokomotiven, aus deren Kohlentendern Birken herauswuchsen.

An die andere Seite des Bahndamms grenzte unmittelbar ein Wald heran. Ich prägte mir alles gut ein.

Zu Fuß ging es dann weiter und wir erreichten bald die Ortschaft, die ich eben von der Anhöhe aus schon gesehen hatte: Lichtenau.

Wenige Minuten später standen wir plötzlich vor einer riesigen Burganlage. Eine trutzige Festung mit hoch empor ragenden Kasematten und einem – wie es von hier aus schien – umlaufenden Burggraben. Neben dem massiven Eingangstor prangte ein Schild mit dem bayerischem weißblauen Rautenmuster und der Inschrift: *Landesjugendhof Lichtenau.*

Als das schwere Holztor hinter mir laut vernehmbar ins Schloss fiel, zuckte ich erschrocken zusammen. Aber nicht das geräuschvolle Schließen des Portals war es, was mich bis ins Mark erschaudern ließ.

Vielmehr stieg in mir mit einem Schlag entsetzliche Beklommenheit auf, aus dieser monströsen Festung wohl nie mehr lebend raus zu kommen.

Der überwältigende Anblick der massigen Trutzburg und der schwere Riegel, der das Burgtor verrammelte, wirkten auf mich so übermächtig und unumstößlich, dass ich glaubte, den Rest meines Lebens wie ein in einem Kerker eingemauerter Schwerverbrecher hier verbringen zu müssen.

Nach dem Empfang und der Einweisung steckte man uns Neuankömmlinge in den innenliegenden, hermetisch abgeriegelten Bau der geschlossenen Abteilung. Das eigentliche Lehrlingsheim, in welchem es, wie ich später erfahren sollte, Hauseigene Werkstätten gab, lag außerhalb des Burggrabens.

Die Nebengebäude beherbergten eine Schlosserei, Schreinerei, Schneiderwerkstatt und eine Schuhmacherei.

Alles Auftragsarbeiten. Wie im Knast.

Doch zu allererst wurde ich gezwungen, mich ein zu gewöhnen. Und zwar in der geschlossenen Sonderabteilung – eine Maßnahme, der man sich in der seinerzeit angewandten und in deren Augen offenbar bewährten Heim-Pädagogik obligatorisch und gerne bediente.

Ein kräftiger, rothaariger Erzieher musterte die Neuen mit durchdringendem Blick.

„Vor dem musst du dich in Acht nehmen“, wurde ich sofort gewarnt, *„das ist ein wilder Hund.“*

Aber ich wollte es gar nicht so weit kommen lassen.

Wir Neuen spürten die unerbittliche Strenge der Erzieher bald am eigenen Leib. Das Essen war genießbar, aber immer gerade so knapp, dass ich ständigen Hunger verspürte.

Die Mahlzeiten mussten in der Küche, welche sich in einem Anbau befand, von zwei Essenholern herbeigeschafft werden.

Einmal glitt den beiden Burschen, die zum Essen holen eingeteilt waren, auf der Treppe das schwer beladene Tablett aus den Händen. Kartoffeln und Gemüse purzelten zwischen den Porzellanscherben die Stufen hinunter. Daraufhin strafte der Rothaarige – wie der grobschlächtige Erzieher von allen nur genannt wurde – die gesamte Gruppe der jugendlichen Hungerleider, indem er brüllte: *„Ja, dann wird das Abendessen heute halt mal durch stramme Haltung ersetzt!“*

Vorfälle wie dieser Art steigerten natürlich die Wut von uns Heimbewohnern und das Bedürfnis, sich – wenn's denn sein muss, auch illegal – zu beschaffen, was der Hunger forderte.

Auch wenn ich nicht nur von meiner Wesensart her, sondern auch aus Vorsicht im Großen und Ganzen ein Einzelgänger war, so verbündete ich mich ausnahmsweise mal mit meinen Zimmergenossen und gemeinsam hegten wir zu viert Pläne aus, wie wir an was Essbares herankommen konnten.

Unauffällig orteten wir die vorhandenen Gegebenheiten und eventuelle Möglichkeiten. Tagsüber schien es undenkbar, also blieb nur die Nacht.

Aber da wurden gewöhnlich alle Türen verschlossen und die Schlafräume lagen im ersten Stock. Dennoch wollten wir alles versuchen.

Wir teilten uns die nächtlichen Diebstahlstouren und zogen immer zu zweien los. So stiegen ein Kumpane und ich gegen Mitternacht durch das kleine Klofenster neben dem Türmchen, welches direkt an den langen Bau mit den Schlafräumen anschloss, hinaus und kletterten barfüßig, damit wir einen besseren Kontakt zur Hauswand finden konnten, die breiten Mauerfugen hinab in den Innenhof.

Die Festungsgemäuer schluckten die Schatten von uns Nachtwandlern, die wir nun zur Burgmauer hinüber huschten. Dort angelangt, stiegen wir über die Brüstung und tasteten uns auf dem Sims, der hoch über dem Burggraben lag, entlang bis hin zum Küchenfenster.

Ich hatte mich natürlich am Tag zuvor zum Essenholen vorgedrängt und in einem unbemerkten Augenblick den Fenstergriff aufgedreht. Wir hofften nun, dass keiner vom Küchenpersonal bemerkt hatte, dass das Fenster nur angelehnt und nicht verschlossen war.

Doch wir hatten Glück und konnten ungehindert in die Küche gelangen. Wir stahlen uns dort, was unsere ungesättigten Mägen forderten.

Nachdem wir ja keine Taschen und nur unsere Nachthemden hatten, zogen wir diese aus, knoteten sie zu großen Stoffbehältern zusammen, die wir anschließend mit den geklauten

Vorräten füllten und banden uns diese mit den langen Ärmeln der Gewänder um unsere Körper.

Nackt stiegen wir sodann zurück auf die Brüstung. Mit dem Rücken und den seitlich ausgestreckten Händen suchten wir engen Kontakt zur Wand.

Die vorne am Körper baumelnden Stoffsäcke erschwerten nun die Balance. Der Mauersims war nicht breit und nach vorne leicht abgeschrägt, wir kannten auch die tatsächliche Tiefe des Burggrabens, doch die unbarmherzige Schwärze der Nacht ließ unter unseren, bei jedem Schritt vorsichtig seitwärts vorantastenden Füssen einen furchterregenden Abgrund erahnen.

Unangenehme Gedanken der Angst, abzurutschen, vermischten sich mit der Angst, erwischt zu werden. Wobei wir uns aber nicht vorstellen konnten, was wohl schlimmer wäre.

Unbemerkt und ohne Zwischenfälle gelangten wir zurück in unseren Schlafraum.

Doch nicht immer hatten wir Glück, etwas gegen unseren Hunger aufzutreiben. Manchmal war das Küchenfenster wieder verschlossen worden, oder manches Mal war die Speisekammer so ordentlich leergeräumt, dass es eben nichts zu beißen gab. Ärgerlich und enttäuscht machten wir uns dann auf den Rückweg.

Oft bei erhöhter Gefahr, wenn es des Nachts mal regnete und auf dem schrägen Mauersims dann kaum noch ein Halt zu finden war.

Es mussten also weitere Möglichkeiten der zusätzlichen Essensbeschaffung ausgekundschaftet werden.

Sämtliche Zöglinge der geschlossenen Sonderabteilung hatten sich jeden Tag zum Arbeitseinsatz im Gemüsegarten einzufinden, welcher direkt unten im Burggraben angelegt war. Das war Gesetz!

In kleinen Kolonnen marschierten wir also allmorgendlich dorthin und wurden vom zuständigen Gärtner zur Fronarbeit eingeteilt.

Kniend oder gebückt verrichteten wir, was man uns auferlegte. In unbemerkten Momenten schob ich mir jeweils ein paar Grasbüschel unter die schmerzenden Kniescheiben, um meinen Gelenken dadurch hin und wieder Linderung zu verschaffen.

Aufmerksam suchten ich mit meinen Zimmergefährten nach Möglichkeiten, Essen hamstern zu können. Doch war es unter der strengen Aufsicht der Erzieher unmöglich, sich unbemerkt an den Ernteerträgen zu bedienen.

Aber meine Gedanken kreisten sich in erster Linie ja eh immer nur darum, wie ich aus dieser blöden Anstalt möglichst bald wieder verschwinden könne und so suchte ich auch während meines Arbeitseinsatzes ständig nach Erfolg versprechenden Lösungen.

Vom Gemüsegarten aus entdeckte ich kleine Maueröffnungen im unteren Teil des Burggrabens, die nicht vergittert waren, und – wie ich vermutete – offenbar als Luftschächte für den inneren Teil der Burganlage dienen müssten. Für meine Fluchtgedanken taugten diese Mauerschächte sicher nicht, da sie ja lediglich im umlaufenden Burggraben endeten, wohl aber könnten sie möglicherweise für eine Essensbeschaffung nützlich sein. Im Vorbeigehen kniete ich mal nieder, und tat, als ob ich meinen Schuh binden müsse, um herauszufinden, in welche Richtung diese Öffnungen ihren Verlauf nehmen würden.

Dennoch konnte ich es nur erahnen, weil die Dunkelheit im Innern nichts preisgeben wollte.

Bei nächster Gelegenheit widmete ich daraufhin den äußeren Mauern des Burginnenhofes ebenfalls größere Aufmerksamkeit und entdeckte in entlegeneren Winkeln tatsächlich ebenfalls unvergitterte Schachtöffnungen der gleichen Größe wie im Burggraben. Ich ging daher von der Vermutung aus, dass diese wohl zusammenführen müssten. Die Schachtdurchmesser könnten gerade so ausreichend sein, dass ich mit ausgestreckten Armen flach darin liegen könnte.

Ich teilte meinen Kumpels die gewonnenen Erkenntnisse mit und schon kurz darauf probierten wir es – wiederum zu Zweien – aus. Angespannt und erwartungsvoll stiegen wir nächtens den schon bekannten Weg durchs Klofenster und die Ritzen des Turms hinunter.

Auf jedes Geräusch lauernd, blieben wir immer wieder stehen und schlichen schließlich quer über den Hof, der in jener Nacht ausgerechnet von hellem Mondschein erleuchtet wurde, so dass unsere Körper lange, skurrile Schatten auf das alte Kopfsteinpflaster warfen.

Verfluchter Mond!

Ich wagte es als erster. Ich ging in die Knie, streckte die Hände weit nach vorne und sogleich den Kopf in die Maueröffnung.

Ein kalter Luftzug kam mir entgegen, der meine Theorie bestätigte. Mit Ellbogen und Knien versuchte ich mühsam, mich vorwärts zu schieben. Dann nahm der enge Gang plötzlich ein leichtes Gefälle nach unten, wodurch mein Körper auf dem sandigen Untergrund ein klein wenig vorwärts rutschte.

Absolute Dunkelheit und Totenstille umgab mich und ich fühlte mich wie in einer Gruft. Mein Körper begann allmählich, klamm zu werden.

Irgendwo über mir spürte ich im Vorwärtsrobben den leisen Luftzug eines mündenden Schachts, aber ich entschied mich für den Weg, der nach unten führte. Mit den Händen voraus ertastete ich so manch krabbelndes Kleingetier, dessen modrige Wohnstätte ich nun wohl außerordentlich durch einander brachte. Wegen der enorm eingeschränkten Bewegungsfreiheit kam ich kaum vorwärts. Nur zentimeterweise vielleicht.

Wie weit war ich denn schon? Wo endet dieser verfluchte Schacht? Lohnt sich eigentlich dieser blöde Aufwand? Ich begann laut vor mich hin zu schimpfen.

Mit Kopf und Rücken scheuerte ich an der Schachtoberdecke entlang, Sand rieselte mir ins Gesicht und ich konnte mir nicht einmal die ekligen Spinnenweben aus meinen Haaren streifen. Außerdem hatte ich während des Kriechens jedes Zeitgefühl verloren.

Doch auf einmal glaubte ich, im Gesicht eine Zunahme des Luftstroms zu verspüren. War es nur meine Hoffnung? Ich kroch so hastig weiter, wie die gemauerte Enge um mich herum dies zuließ.

Doch ja! Der Zug wurde tatsächlich stärker und die Luft angenehmer. Vorne erkannte ich auch dank des hellen Mondlichts draußen einen winzig kleinen Lichtpunkt, der ganz allmählich grösser und wahrnehmbarer wurde.

„Gott sei Dank! Verfluchte Scheiße!“ stieß ich kurzatmig hervor. Dann erreichte ich tatsächlich das Ende des Schachts, ließ mich kopfüber heraus auf den nahen Boden fallen und blieb erst mal eine Zeitlang so liegen.

Kurz darauf hörte ich Schürfgeräusche aus dem Innern des Gemäuers, und wenig später schob sich mein Zimmergenosse allmählich ebenfalls ins Freie.

„So ein Gammel!“ waren dessen erste Worte, während der sich ebenso bäuchlings aus dem Mauerloch fallen ließ und danach seinem zuvor noch eingezwängten Brustkorb eine kleine Durchschnaufpause gönnte.

Nachdem wir beide uns wieder etwas erholt hatten, orientierten wir uns erst mal mit großer Vorsicht und gelangten auch schnell in den heimeigenen Obst- und Gemüsegarten. Da gruben wir Mohrrüben aus, pflückten Tomaten und ernteten, was wir als genießbar wähnten.

Mit vollem Bauch und einigen Vorräten in den vor uns ausgestreckten Händen gings dann wieder zurück, durch den engen, muffigen Schacht der jahrhundertealten Burgmauern in den Innenhof und die Turmritzen hinauf zum Abortfenster.

Erst nachdem die Anspannung nachgelassen hatte, spürten wir die Schmerzen unserer zerkratzten Hände und aufgeschürften Kniescheiben. Und im fahlen Licht der Toilettenbeleuchtung sahen wir, wie sich Blut und Dreck auf unserer Haut vermischten.

***

Meine Pläne, so schnell wie möglich aus zu büchsen, ließen sich während meines gut gesicherten Aufenthaltes in der geschlossenen Sonderabteilung im Augenblick nicht realisieren.

Dafür nutzte ich aber die erstbeste Gelegenheit, die sich bot, nachdem ich der Schuhmacherei als Lehrling zugeteilt worden war. Und ausgerechnet die Frau meines Meisters war es, die mir dazu verhalf. Tut mir leid, dass ich sie enttäuschen musste.

Eines Tages drückte sie mir vertrauensselig eine weiß emaillierte Blechkanne in die Hand und schickte mich zum Milchholen. Das kam mir gerade recht.

Kaum durchs Burgtor hindurch, stellte ich die Milchkanne ans Eck und huschte davon.

Den Weg hatte ich mir bei meiner Ankunft gut eingeprägt: hinten bei der Kirche durch die schmale Gasse, dann ab in die Wälder und eine steile Anhöhe hinauf.

Bald sah ich in der Ferne schon die alten Lokomotiven mit den weißen Birken, die aus den Kohlentendern herauswuchsen und den hölzernen Bahnhof. Von da aus lief ich immer in Sichtweite des Bahndamms, aber im Schutze des Waldes, der mir Deckung bot.

Der Bahndamm war mein Wegweiser. Fast wie ein Freund zeigte dieser mir zuverlässig den Weg. Den Weg zurück nach Hause in Mamas Wohnung.

Müde von den Strapazen des fünfzig Kilometer langen Fußmarsches legte ich mich zuhause ins Bett und schlief gerade ein, als zwei Herren des Jugendamtes an der Wohnungstüre anklopften, um ihren Ausreißer zurückzuholen.

Zurück zu dem Holzbahnhof, den Lokomotiven mit ihren birkenbewachsenen Kohlenvorratswagen und zurück zur Zitadelle von Lichtenau, dem Landesjugendhof.

Zum zweiten Mal schloss sich das Hoftor hinter mir mit einem dumpfen Schlag, der mir nun aber noch markerschütternder vorkam, wie das erste Mal und der mir noch lange in den Ohren nachdröhnte.

Der Rothaarige funkelte mich übelwollend an: *„Dir werden wir deine Flausen schon auch noch austreiben. Bis jetzt haben wir hier jeden kleingekriegt!“*

Eine neue Eingewöhnungsphase in der geschlossenen Abteilung und Taschengeldsperre sollten mich zur Vernunft bringen.

Doch ließ ich mich dadurch nicht einschüchtern.

Hier bleib’ ich sowieso nicht, dachte ich bei mir und suchte nach Möglichkeiten, anderweitig meinen Taschengeldverlust wettzumachen.

Als den anderen Heimbewohnern das wöchentliche Handgeld ausbezahlt wurde, bot ich ihnen eine Wette an: *„Für fünfzig Pfennige von jedem von Euch springe ich in den Burggraben!“*

„Du spinnst, du bist doch lebensmüde“ waren die Antworten wie aus einem Munde *„das will ich sehen.“*

Mit kribbeligem Magen kassierte ich meine Geldmünzen ein, stieg auf die Kasematten hinauf und sah von oben auf den Komposthaufen herab, den ich mir wohlweislich als Lande-Platz ausgesucht hatte. Ziemlich klein wirkte der Humushaufen von hier droben. Tags zuvor hatte ich ihn noch zusätzlich mit Laub und Erde angehäuft und präpariert, um mir eine gefahrlose Landung zu garantieren.

Aber jetzt von hier oben ...?

‚Die haben recht, die Anderen, ich spinne, und ich muss tatsächlich lebensmüde sein.‘ Ich spürte, wie Schweißperlen sich auf meiner Stirn breit machten.

‚Scheiße, das konnte gar nicht gutgehen. Worauf hast du dich da bloß eingelassen?

Also zurück?

Nein verdammt! Dann wirst du zum Gespött!

Also los spring endlich! Was hast du schon zu verlieren? Dieses lächerliche bisschen Leben in der Bewahranstalt?

Kein Arsch wird dir nachheulen!‘

Das flaue Gefühl in meinem Magen breitete sich immer mehr aus, die Knie wurden allmählich weich und ich wollte keine weiteren Gedanken mehr zulassen, also beugte ich mich ein wenig vor und stürzte mit einem gellenden Schrei kurz entschlossen in die unheilvolle Tiefe.

Doch der weiche Kompost dämpfte den Aufprall. Ich rollte mich nach der Landung elegant ab, stand auf und klopfte mir in einem Zustand gesteigerten Hochgefühls den Humus aus der Kleidung.

Die Taschengeldauszahlung war eine Hochkonjunktur für die absurdesten Wetten. Ein Junge war dabei, der fraß einen lebenden, fetten Regenwurm, ein anderer stach sich eine Nadel von außen in die Backe, so dass sie bei offenem Mund von innen zu sehen war.

Fast jedes Mittel war recht, sich das Taschengeld durch kuriose oder unmögliche Wetten, welche natürlich außergewöhnlich sein mussten, aufzubessern.

Selbst wenn es dabei nur um Groschen ging.

***

Eines Abends vertraute mir einer von meinen Zimmerbewohnern ein Geheimnis an, das mich daraufhin lange nicht einschlafen ließ.

„Du kennst doch die Sofie von der Küche?“

„Nee, kenn ich nicht“, gab ich desinteressiert zurück.

„Na die Sofie Lang, die als Putzfrau und Aushilfe in der Küche arbeitet, die kennst du doch.“

„Ach du meinst die Frau Lang?“, erwiderte ich immer noch gelangweilt, *„na klar kenn' ich die. Was isn mit der?“*

„Bist du schon mal über die drüber?“ fragte mein Bettnachbar mit einem breiten Grinsen.

„Waaas“ prustete ich, „...wie meinst'n das?“

„Na? Haste ihr auch schon mal deinen Stangenhans ...?“ dabei hob er eine Hand, klemmte seinen Daumen zwischen Zeige-

und Mittelfinger und streckte mir diese Geste feixend entgegen.

„Stell' dich doch nicht so blöd! Haste nu oder haste nich?" Er sah mich mit großen Augen erwartungsvoll an.

„Du spinnst wohl", schnaubte ich zurück und tippte mir zweimal hintereinander ärgerlich an die Stirn, *„.. die, die ist doch mindestens schon fünfunddreißig!"*

„Na und?", antwortete mein Zimmergenosse, *„die alte Kampfschnake kann dir doll was beibringen, so scharf wie die ist. Und die lässt jeden ran. Mir hat sie's neulich jedenfalls ganz schön besorgt. Also, zieh deinen Hodenschutz aus und zeig ihr mal deinen Lattenschreck!"*

„Lass' mich doch in Ruhe mit deinem Scheiß, du Blödi! Ich vergreif mich doch nicht an 'ner alten Frau" beendete ich die dämliche Unterhaltung, drehte mich zur anderen Seite und zog mir die Bettdecke über den Kopf.

Ich mochte meinen Zimmergenossen nicht sonderlich, dennoch ließen die Gedanken an dieses Gespräch mich lange keinen Schlaf finden. Plötzlich ging mir diese Sofie nicht mehr aus dem Kopf, dieses dralle Weib. Immer, wenn ich ihr begegnet war, hatte sie die vorderen Knöpfe ihrer Kittelschürze so verführerisch weit geöffnet, dass man in ihren Ausschnitt sehen konnte.

Verlegen hatte ich jedes Mal zur Seite gesehen, vergaß aber das betörende Wippen unter ihrem Kleid nie.

‚Ich muss versuchen, bei ihr zu landen', dachte ich jetzt nach diesem Gespräch mit meinem Nebenmann. Ich schloss die Augen und stellte mir vor, wie ich dieser Sofie die verwaschene, etwas liederliche Schürze bedächtig weiter aufknöpfte und merkte, dass sie darunter nichts anhatte.

Deutlich sah ich vor meinem geistigen Auge, wie sie sich behaglich und gefügig an mich räkelte, mich zärtlich streichelte und liebkoste. Ich stellte mir das Beben unserer nackten Körper vor, die sich langsam näherkamen, Sofies schlanke Arme, die sich liebevoll um meinen Nacken legten.

Und ich spürte ein wohliges Gefühl in mir aufsteigen.

Meine Wunschgedanken lösten einen Erdrutsch leidenschaftlichen Schauderns aus, welches meinen ganzen Leib erfasste. Ich genoss das feurige Verlangen bei der Berührung ihrer zarten Haut und erfühlte mit meinen Händen sanft die nachgiebigen Rundungen ihres wohlproportionierten Busens, ließ meine Finger langsam und inbrünstig zu ihrer Taille hinab tasten und umschloss voller Begierde ihre schlanke Hüfte. Ich zog sie fester zu mir heran und fühlte das volle Maß ihrer Weiblichkeit.

Irgendwann in den frühen Morgenstunden schlief ich dann schließlich doch ein.

***

Es ergab sich in der Folgezeit jedoch nichts, was meinen erotisierenden Wunschträumen bald hätte Erfüllung versprechen können. Auch, weil es mir an der ausreichenden Portion Mut fehlte, der Sache Nachschub zu verleihen.

Außerdem war ich viel zu feige und ging der Sofie deshalb immer aus dem Weg.

Und so nutzte ich die nächste Möglichkeit zum Abhauen. Denn das Heimweh trieb mich immer wieder nach Hause zu meiner Mama. Wo sollte ich denn sonst auch hin?

Im Schutz der Wälder des Lichtenauer Forsts rannte ich den Bahndamm entlang, meinen Weg, den ich nun schon kannte und erreichte nach vielstündiger Flucht erschöpft die Wohnung meiner Mama, wo die Häscher mich aber schon erwarteten und kehrt wendend zurückbrachten.

Doch der rothaarige wilde Hund kriegte mich nicht klein. Mein Freiheitsdrang war stärker.

Indessen bekam ich durch einen vierzehntägigen Aufenthalt in der geschlossenen Sonderabteilung erneut die Gelegenheit, mich noch besser ein zu gewöhnen und begreifen zu lernen, dass ich mich dem mir auferlegten Schicksal gefälligst beugen müsse.

Quasi nach dem Motto: *‚Jetzt fühl dich doch endlich hier wohl du Arsch!‘*

Gebückt kniete ich dann wieder stundenlang in der Reihe meines Strafbataillons bei der Feldarbeit und jätete mit einem kleinen eisernen Haken hartnäckiges Unkraut aus dem kargen Boden des Burggrabens. Die trockenen, verhärteten Erdkrumen drückten in meine Kniegelenke.

Es war verboten, aufzustehen und sich die Beine zu lockern oder den Rücken zu dehnen. Alles tat mir von der harten Schinderei weh.

Und sämtliche körperlichen Züchtigungen nahm ich äußerlich scheinbar gelassen hin. Hatte ich doch im Kopf die tröstliche Gewissheit, dass ich früher oder später sowieso wieder abhauen würde, um mich doch lieber ganz woanders wohl fühlen zu können. Und die Tatsache, dass selbst diese so allmächtigen Erzieher mir diese Gewissheit nicht nehmen konnten, machte mich mutig und stark und ließ mich alles leichter ertragen.

In diesem Punkt fühlte ich mich mit meinem Wissen diesen Erziehern hier haushoch überlegen.

***

Dann kam der Zeitpunkt, wo ich wieder in der Schuhmacherei arbeiten durfte.

Die Glocke ertönte zur Frühstückspause. Heute war ich an der Reihe, aus der Küche die Brote für die Schuhmacherei zu holen.

Eine Tätigkeit, die mir außerordentlich missfiel, weil dieser Sonderdienst meine Vesperpause zeitlich enorm einschränkte.

Ich ging über den gepflasterten Hof, trat in das Nebengebäude ein, in dem die Wirtschaftsräume untergebracht waren und öffnete die Küchentüre.

Unversehens stand Sofie vor mir. *„Was willst du?“* lächelte sie.

Verwirrt starrte ich sie wortlos an. Am unteren Rand meines Blickwinkels nahm ich wahr, wie die oberen, offenen Knöpfe der Kleiderschürze einen tiefen Einblick in ihren Ausschnitt freigaben. Ohne dass sie es bemerkt hätte, konnte ich meinen Blick jedoch nicht senken und auf ihren Busen fallen lassen, so gerne ich es auch täte.

Was meinte sie damit, was ich will? Sollte dies eine doppeldeutige Anspielung sein? Erahnte sie meine Gedanken?

„Ich, äh, ...“ ich überlegte blitzartig, was ich sagen sollte, war jedoch zu schüchtern, einen Impuls zu starten.

„Was ist los mit dir? Was willst du denn?“ fragte sie erneut und ein Quäntchen Ungeduld war nun deutlich aus ihrer Stimme herauszuhören.

„Ich? Na die Brote will ich, und ...“ Ich schluckte und wusste nicht, wie ich es anstellen sollte.

Sofie drehte sich um und hob von einem Etagenwagen ein Tablett herab, auf dem Brote, ein Teller mit in rechteckigen

Scheiben geschnittener Butter und zwei Marmeladengläser, in denen jeweils ein großer Löffel steckte, auf geschlichtet waren.

Ich nutzte die Gelegenheit und besah mir nun schamlos ihr breites Gesäß.

Schon wandte sie sich mir wieder zu und überreichte mir das Serviertablett. Ihr Lächeln war auf einmal verschwunden und hatte einem prüfenden Gesichtsausdruck Platz gemacht.

„Hat jemand gequatscht?“ wollte sie in einem unfreundlichen Tonfall wissen.

Ich nahm das volle Tablett und tat so überrascht, wie ich nur konnte, spürte aber, wie mir die Röte ins Gesicht schoss. *„Wieso?“* fragte ich unschuldig zurück. *„Wer denn? Nee, warum?“*

„Weil du mich so anstierst. Nun sag schon“, und währenddessen sie sprach, legte sie mir freundschaftlich ihre Hand auf meine Schulter, *„du willst doch was von mir?“*

Ihre Berührung traf mich wie ein elektrischer Schlag. Ich schluckte und sah an ihr vorbei in die Küche.

Wir waren allein.

Statt einer Antwort senkte ich meinen Kopf und blickte nun unverhohlen in ihren Ausschnitt. Ihr Busen, der sich unter dem weißen Stoff ihres Schürzenkleides mit jedem ihrer Atemzüge deutlich hob und senkte, schien viel grösser, als ich ihn aus meinen Träumen zu kennen glaubte.

Und ich fühlte noch immer Sofies Hand auf meiner Schulter, während sie bereitwillig ihren Oberkörper ein wenig weiter nach vorne über das Tablett beugte, so dass ich die Ansätze ihrer verheißungsvollen Brüste noch deutlicher erkennen konnte.

Aufgewühlt hob ich den Blick und nahm den vielversprechenden Ausdruck in ihrem Gesicht wahr.

„Komm' doch morgen Nachmittag noch mal", hauchte sie leise, *„da bin ich drüben im Lehrsaal und bei den Waschräumen. Wann biste denn fertig mit deiner Maloche?"*

„Ich? Äh, morgen ...?" stammelte ich aufgeregt und umklammerte das Tablett noch fester.

„Besuch' mich doch einfach" unterbrach Sofie meine Wortfetzen. *„Ich wart' auf dich. Sagen wir so um fünf?"*

Ich nickte kurz und verließ mit den Broten und der Marmelade hastig die Küche. Ich stolperte über den Hof und wurde von meinen Arbeitskollegen mit mürrischen und anzüglichen Bemerkungen ärgerlich empfangen.

„Hat sich beim Krampfadern-Geschwader in der Küche aufgegeilt und lässt uns dafür verhungern, der blöde Saftarsch", wurde ich wütend angemault.

„Dann hol' dir doch deinen Fraß künftig selber du verpisste Kanaille!" schnauzte ich furchtlos zurück. Sodann fielen die Burschen ungeduldig über die Brotscheiben her, bestrichen diese erst mit Butter, dann mit Marmelade und setzten sich auf

ihre Schemel, um mit ihren leimverkrusteten, schwarzen Händen gierig das Vesper in sich hinein zu stopfen.

Ich selbst hatte keinen Hunger.

Die Glocke ertönte pünktlich. Und ohne Rücksicht darauf, ob alle mit dem Essen fertig waren oder nicht, musste unverzüglich die Arbeit wieder aufgenommen werden.

Bevor die Maschinen wieder angeschaltet wurden, schleckte man sich nur noch schnell die klebrige Marmelade von den schmutzigen Fingern und widmete sich dann wieder den Bergen von Schuhen, die zu besohlen waren.

***

Am nächsten Tag konnte ich kaum das Läuten der Feierabendglocke erwarten, obwohl mir nicht ganz wohl war bei dem Gedanken an meine ominöse Verabredung.

Und als es dann endlich schellte, verkrampfte sich plötzlich mein Magen.

Ich zog meine Arbeitskleidung aus und wusch mir die klebrigen Leimreste und den schmierigen Schleifstaub aus den Pfoten, während ich überlegte, ob ich nun tatsächlich meine Abmachung einhalten sollte.

‚Ich werd' einfach nicht hingehen', beschloss ich.

Dann fielen mir aber wieder meine Träume ein, mal ‘ne richtige Frau zu haben. Nun hatte ich die Gelegenheit und ich wollte kneifen.

Mit beiden Händen bildete ich eine Mulde, ließ diese mit kaltem Wasser volllaufen und wusch mir die Wärme aus meinem Gesicht. Ohne mich abzutrocknen, besah ich mich im Spiegel.

‚Na du Scheißer. Du willst ein Mann sein? Siehst ‘nen Rockzipfel und machst dir sofort die Hosen voll. Sie wird mich auslachen, weil ich mich vielleicht zu blöd anstelle.

Arschloch, dann geh halt nicht hin, wenn du Schiss hast.

Was soll´s, ich probier´s einfach.‘

Ich drückte mir das Handtuch ins Gesicht und verharrte so eine Weile, ehe ich mir mit den Fingern die Haare aus der Stirn strich.

Dann marschierte ich zaghaft los. Bänglich überquerte ich den Burghof, nach allen Seiten sichernd, zog den Türflügel der ehemaligen Stallung auf und betrat den Hausflur, in dem es nach Schmierseife roch und dessen nass gewischter Steinfußboden wie neu glänzte.

Ich schritt den Gang hindurch bis hin zu den Unterrichtsräumen, deren Türen offenstanden. Ich trat in den ersten Raum einen Schritt hinein und sah, dass die Stühle auf den Tischen hochgestellt waren und der Boden noch feucht war.

Dann suchte ich die Toiletten auf der anderen Seite des Korridors auf.

Ich öffnete die Türe und hörte, wie jemand einen quietschenden Wasserhahn bediente, gefolgt von einem Rauschen, welches von einem volllaufenden Blecheimer herrührte. Ich wandte mich zur Seite und sah Sofie vor einem Waschbecken stehen.

Unschlüssig starrte ich sie an. Sie war nicht schön, eher ein wenig schlampig. Ihre Haare hingen ihr ungepflegt ins Gesicht und ihre Gebärden waren weder weiblich, noch verführerisch oder gar betörend. Einzig ihr Dekolleté war es, was mich blind machte.

Ich überlegte noch für einen flüchtigen Moment, ob ich nicht doch lieber umkehren sollte, als sie mich auch schon wahrgenommen hatte. Sie drehte das Wasser zu, wischte sich die feuchten Hände an ihrem Kittel ab und kam ohne Umschweife zur Sache.

„Komm mit da rein", verfügte sie, indem sie mich an der Hand nahm und sich gleichzeitig nach allen Seiten umsah. Ich gehorchte und ließ mich in eine der Toilettenkabinen führen, deren Türen bis zum Boden reichten.

Dann zwängte sie sich an mir vorbei und verriegelte den Zugang.

„Steh' doch nicht so da", flüsterte sie mir ins Ohr, *„da, fass' mal an."* Sie hob meine Hand und legte sie auf ihre Oberweite.

Zugleich öffnete sie selbst die vorderen Knöpfe ihrer Kleiderschürze und schob nun meine Hand unter ihren Büstenhalter. Wie elektrisiert berührte ich ihre Brust, die sich warm und sehr groß anfühlte. Ich griff fester zu und Sofie gab einen gedämpften Seufzer von sich. Mit beiden Händen drückte und massierte ich nun vorsichtig ihre stattlichen Rundungen.

Unterdessen löste sie freimütig ihren Büstenhalter und ließ ihn zu Boden fallen. Dann packte sie meinen Kopf und presste ihn zwischen ihre fülligen Brüste derart hinein, dass mir die Luft wegblieb.

Während ich vergeblich versuchte, die Nase ein wenig frei zu bekommen, umschlang sie mich mit beiden Armen und drückte mich noch fester an sich. Endlich gelang es mir, Atem zu holen und schnell schnaufte ich tief durch, doch sie umschlang mich noch immer und liebkoste mir nun mit feuchten Lippen den Nacken.

Dann löste sie ihre Umklammerung, ließ sich nun langsam auf den Klodeckel sinken und fingerte nun im Sitzen an meiner Hose herum. Ich war sehr erregt, obwohl die Situation für mich alles andere als romantisch war.

Nachdem sie meine Hose geöffnet hatte, sah sie mir meine Erregung deutlich an und schnappte auf einmal unvermittelt kräftig zu, so dass ich hingebungsvoll die Luft anhielt. Immer noch Aufrechtstehend, klammerte ich mich jetzt an ihren Schultern fest.

Nach einer Weile ließ sie mich los und rutschte weiter hinab auf die kalten Kacheln des Bodens, wobei sie ihren Leib fast völlig freigab, indem sie den Stoff ihres Kittels seitlich wegraffte.

Ich kniete mich nun über sie und zog an ihrem Slip, bis sie vollkommen nackt war, mit Ausnahme der Schürze, auf der sie lag und welche nur noch ihre Schultern und Arme bedeckte.

Sofie ergriff mit geübten Händen fest meine jungfräuliche Männlichkeit und schloss dabei genießerisch die Augen. Ich umfasste ihre Taille, die sich nicht schlank und straff anfühlte, wie in meinen Träumen und ich sah ihre großen, molligen Brüste, die seitlich herabhingen. Dies schien nicht der ranke Körper aus meinen schlaflosen Traumbildern, seidig und anschmiegsam weich oder jugendlich. Doch meinen augenblicklich selbstsüchtigen Erwartungen war dies nun absolut gleichgültig.

Sofie zog mich zu sich herab, schloss mich energisch zwischen ihren kompakten Schenkeln ein und ich spürte mit einem Male meine Intensität glückverheißend tief in ihr drin. Sie schnaufte schnell und flach und brachte mich bald außer Atem.

Die Lage, in der wir uns auf dem kühlen Fliesenboden befanden, ließ nicht viel Bewegungsfreiheit zu. Ich stemmte mich mit beiden Beinen gegen die Türe der engen Kabine, um Sofies leidenschaftlichen Gebärden kraftvoll entgegenwirken zu können. Meine linke Schulter spürte das kalte Porzellan der Toilettenschüssel.

Auf dem Gipfel meiner Begierde stieg in mir auf einmal ein wohliges Wonnegefühl hoch, das mir wie die höchste Vollendung von überschäumendem Glück vorkam, dann aber meinen Körper fast schmerzlich erschaudern ließ.

Mein Magen verkrampfte sich, ein Zucken durchfuhr meinen Leib und in meinem Halse würgte es mich fast zum Erbrechen.

„Ich muss sterben!“, rief ich mit erstickender Stimme, *„ich muss sterben.“*

„So'n Quatsch“, fuhr Sofie mich brüsk an, *„da stirbt man doch nicht. Das war doch schön.“*

Und ebenso brüsk stieß sie mich nun auch von sich. Ihr Gesicht war rot von der Anstrengung und ihre zerzausten Haare sahen jetzt noch ungepflegter aus. Ich erhob mich mühsam und benommen, stand nun direkt über ihr und sah auf sie herab. Was hatte ich nur getan mit dieser Frau, die meine Mutter sein könnte und die mit der Frau aus meinen Träumen nicht im Geringsten vergleichbar war.

Plötzlich schämte ich mich. Und plötzlich überkam mich Angst.

Dieser Ort, jeden Moment hätte jemand hereinkommen können. Wenn der Rothaarige mich hier erwischt, der schlägt mich tot. Welch' eine Schande, welch' eine Verfehlung, welch' ein Frevel.

Die stecken mich doch sofort ins Moor!

Schnell zog ich mir die Hose zu und wartete, bis Sofie ebenfalls aufgestanden war, sah ihr noch zu, wie sie sich erhob und ihre Kleidung richtete. Dann schloss ich die Türe auf und verließ grußlos die Toilette.

Auf dem Flur hörte ich noch, wie sie hinter mir abriegelte.

***

Und dann bin ich wieder abgehauen. Und natürlich brachte man mich wieder zurück.

Ein paarmal suchte ich noch Trost bei Sofie, die mir heimlich Brot und Milch aus der Küche zusteckte.

„Du bist mir ein schöner Wildfang“, flötete sie mich an und setzte ärgerlich hinzu: *„warum rennst du bloß immer davon? Du hast's doch jetzt gut bei mir.“*

„Ja, schon“, antwortete ich nur, ohne den Satz zu beenden, weil ich wusste, dass sie mich eh' nicht verstand. Stattdessen sah ich schweigend und sinnierend an ihr vorbei. Sie, die nur herkam zum Essenausteilen, Putzen und um mit den Jungs ihren Spaß zu haben. Dann hatte sie Feierabend und konnte brav nach Hause gehen.

Wohin sie ging, wusste ich nicht. Vielleicht spielte sie zuhause die tugendhafte Ehefrau, oder sie lebte allein?

Aber sie konnte hinausgehen durch dieses verdammte Tor, wann immer sie wollte, war nicht eingemauert in diesem Verlies. Und man schleppte sie auch nicht gegen ihren Willen immer und immer wieder zurück. Immer und immer wieder hierher.

Nein, ich fragte nicht danach, wohin sie nach Feierabend ging. Es war mir egal. Überhaupt redeten wir ohnedies nicht viel. Wir trafen uns und fielen ohne Worte gleich übereinander her. Das war schon schön. Aber jedes Mal, wenn wir es in der Toilette getrieben hatten, schämte ich mich und schwörte mir selbst gegenüber im Weggehen, dass es heute das letzte Mal gewesen sei. Doch es dauerte nicht lange und meine egozentrische Sehnsucht trieb mich wieder in die Arme der Versuchung.

Aber eigentlich wollte ich – so wie die Sofie – gerne auch mal so richtig schön Feierabend machen.

Feierabend von diesen gruseligen Tobsuchtsanfällen und brutalen Prügelattacken dieses Zuchthausdenkprogramms.

Feierabend von diesem permanenten Dauerstress des physischen und psychischen Raubbaus an unseren Seelen. Innerlich einen Stopp einlegen und einfach mal abschalten, Ruhe, Schlaf und Muße finden, ohne Angst mal leben und in freier Luft atmen zu dürfen.

Feierabend, um nur einmal für ein paar Stunden gedanklich loslassen zu können und sich von diesem Scheißleben mit seiner permanenten Unterdrückung zu erholen.

Und vielleicht auch mal Beachtung und Wertschätzung erfahren zu dürfen.

Feierabend an irgendeinem Lieblingsort, wo das Gehirn mal was anderes zum Nachdenken hat und wo ich einfach nur mal Zeit mit mir selbst verbringen dürfte.

Ganz alleine mit mir selbst! Was für ein traumhafter Gedanke.

***

Als ich eines Tages wie üblich in der Schuhmacherwerkstatt an der Schleifmaschine stand, trat mein Meister an mich heran, legte mir freundschaftlich die Hand auf die Schulter und vertraute mir etwas an.

„Am Montag kommst du fort“, sagte er mit einem väterlichen Unterton, der fast ein wenig traurig klang. Ich mochte ihn, aber ich mochte dieses Heim nicht, diese Erzieher und diese dämlichen Schikanen, ich hasste das Jugendamt und dessen Scheiß-Vollstrecker, die mich immer wieder einfingen und erbarmungslos zurückbrachten.

„Wohin?“ fragte ich.

„Das weiß ich auch nicht“, erwiderte der Meister und klopfte mir freundschaftlich auf die Schulter.

Nicht alle waren Charakterschweine.

Er konnte mich offenbar gut leiden, denn ich war wissbegierig, ein tüchtiger, handwerklich geschickter Schusterlehrling, denn die Arbeit an sich und auch mit ihm gefiel mir.

Vielleicht gefiel ihm auch mein unbändiger Freiheitsdrang.

„Ich glaube es heißt Voccawind“, sagte er noch halblaut und wandte sich zum Gehen ab.

Bei dem Namen *Voccawind* schauderte es mich. Dort muss es grausig sein, dachte ich und erinnerte mich an die vielen Gerüchte, die man mir schon über diese geschlossene Erziehungs-Anstalt erzählte.

Von harter Schinderei im Steinbruch und von noch härterem Durchgreifen der Erzieher.

Was sollte ich jetzt tun? Ganz und für immer abhauen und nie mehr nach Hause gehen, sondern total woanders hin, immer auf der Flucht vor dem Jugendamt und seinen herzlosen Häschern? Zur See vielleicht, oder nach Amerika, wo mich keiner kennt?

Bei dem Gedanken, meine Familie möglicherweise nie mehr sehen zu können, wurde ich mit einem Male furchtbar betrübt und ich schluckte meine Wehmut schnell hinunter.

***

Am besagten Montag wurde ich von einem Betreuer des Jugendamtes abgeholt und zum Bahnhof gebracht, den ich danach nie wieder zu Gesicht bekommen sollte.

Wir stiegen in den Zug. Ich schmiss mein kleines Bündel armseliger Habseligkeiten nach oben ins Gepäcknetz und sah zum Fenster hinaus.

Ich sah das verrostete Nebengleis und die darauf abgestellten, alten Loks, die von mannshohem Unkraut umwuchert waren. Ich sah die Birken, die nur noch wenige, buntgefärbte Blätter trugen und wandte meinen Blick am Waldesrand vorbei in die Ferne, wo ich den Kirchturm von Lichtenau entdeckte, der stur erhaben und nichtsahnend über allem hinwegsieht, was unter den Dächern um ihn herum geschieht.

Nichts als kalter Stein, dachte ich – herzlos und ohne Mitgefühl, wie die Burgmauern der Zitadelle und wie die Erzieher darin.

Du kannst damit ein Gefängnis bauen, oder eine Kirche. Den Steinen ist das egal, sie tun ihren Dienst, wozu auch immer sie benutzt werden. Ähnlich den getreu aus jesuitischen Ordens-Regeln des ‚Ignatius von Loyola‘ abgeleiteten Vorschriften, wonach sich die Ordensmitglieder von Gott und den Vorgesetzten leiten lassen sollen, als seien sie ein Leichnam, der alles mit sich machen lässt.

Ebenso bewachen dich die Steine in willenlosem Gehorsam, wenn du zur Haft verurteilt bist, oder sie beschützen dich in einer Kathedrale, wenn du inbrünstig betest.

Sie erinnern dich als Mahnmal an die Opfer des Krieges, oder erheben sich schließlich über deiner Grabstätte.

Es ist völlig egal, sie tun einfach, was von ihnen verlangt wird. Aber vielleicht tat ich ihnen ja Unrecht, den Steinen, die für den zu allem fähigen Menschen immer und für alles herhalten müssen.

Vielleicht haben sie ja sogar eine mitfühlende Seele, eine Aura, oder ist es gar eine Art von Geduld, die langmütig alles Irdische überdauert.

Also doch Erhabenheit, die dem Gemüt und Denken die Schranken des Irdischen und Endlichen nimmt, die Macht des Menschen zu einer unbedeutenden Kleinigkeit schrumpfen lässt.

Ich schloss kurz die Augen ob meiner irrsinnigen Gedanken. Mit einem heftigen Ruckeln setzte sich die Eisenbahn in Bewegung und gewann allmählich mehr und mehr an Geschwindigkeit, indessen der Kirchturm für immer in der Ferne verschwand.

Voccawind, überlegte ich. Ich wusste, dass Voccawind in der Nähe der Grenze zur DDR liegen musste, im Coburger Raum, in der Nähe von Hof oder so. Aber die Bahn fuhr gerade an Würzburg vorbei.

Die Fahrt dauerte sehr lange, zu lange für Voccawind, schätzte ich. Und mein Begleiter durfte mir nicht verraten, wohin die Reise ging.

‚Kein schlechter Kerl', dachte ich, als der Mann seine Brotzeit mit mir teilte.

„Hau mir bloß nicht während der Fahrt ab", bat er mich mit vollem Mund und hob dabei die Augenbrauen.

„Nein nein", versprach ich aufrichtig, *„wenn ich gehe, dann geh' ich von dort."*

„Das hab' ich nicht gehört", sagte mein Gegenüber und biss erneut von der Stulle.

Irgendwann fuhren wir in den Bahnhof von Fulda ein und es kamen noch viele kleinere Bahnhöfe danach.

Wo bringt der einsilbige Kerl mich denn nur hin, grübelte ich. Schon gleich vier Stunden Zugfahrt und wir sind noch immer nicht da. Jedenfalls nicht nach Voccawind, das steht fest. Nichts konnte schlimmer sein als Voccawind.

„Hier müssen wir raus", murmelte mein Begleiter auf einmal, als der Zug an einer kleinen Station anhielt, deren Namen ich noch nie gehört hatte. Wir stiegen aus, verließen den Bahnhof und begaben uns in einen davor wartenden Linienbus.

Brummend fuhr der Bus an.

Die Fahrt führte über hügelige, bewaldete Straßen, durch ein winziges Gebirge hindurch, bis zum Rande eines kleinen Dorfes, namens ‚Rengshausen im Knüllwald', wie das Ortsschild stolz verkündete.

Nach dem Aussteigen trabte ich neben dem Vollzugsbeamten her und sah mich um.

Man hatte mir ja schon alle möglichen Erziehungsanstalten angedroht, die schienen mir wenigstens dem Namen nach geläufig, aber von diesem Knüllwald hier war mir bisher nichts bekannt.

Der Weg führte bergauf. Gleichmäßiger, dichter Regen setzte ein. Ich zog meine Jacke über den Kopf und tastete in gewohnter Manier mit den Augen die Gegend ab. Über Rengshausen hatte ich noch nie etwas gehört.

„So, wir sind da", wurden meine Gedanken unterbrochen, *„da vorn ist dein neues Heim."*

Ich blieb kurz stehen und blickte in die Richtung, die mir gedeutet wurde. Ich sah eine Ansiedlung von verschiedenen Gebäuden. Das Haupthaus, ein dreistöckiger, langgezogener Bau, mit vielen, regelmäßig angeordneten Fenstern, daneben einige ebenerdige Gebäude, deren Funktionen ich von hier aus nicht erkennen konnte.

Vielleicht auch Schreiner-, Schneider- und Schusterwerkstätten wie in Lichtenau, mutmaßte ich im Stillen.

„Das Burschenheim Beiserhaus", ergänzte mein Begleiter mitten in meine Gedanken hinein, wortkarg wie eh und je und forderte mich zum Weitergehen auf: *„Los komm!"*

Nach wenigen Schritten standen wir vor dem rundbögigen, zweiflügeligen Eingang des Hauptgebäudes.

Mein Begleiter klopfte laut an.

Wieder ein massives Holztor, dass gleich hinter mir verriegelt wird, dachte ich und legte den Kopf in den Nacken, um nach oben zu sehen. In der Rundung des Portals waren Worte eingemeißelt, die mir wie eine einzige, gemeine Lüge erschienen und die mir nach alledem, was ich in meiner bisherigen Heimlaufbahn kennengelernt hatte, wie beißender Hohn vorkamen.

Worte, mit sarkastischem Hochmut in Stein gehauen, von Leuten, die nichts kapierten.

Worte, die so hinterhältig und infam verlangten, mich nackt und schutzlos auszuliefern, das allerletzte, was mir noch verblieb, herzugeben. Nicht mehr über mein eigenes Schicksal nachzudenken oder selbst darüber bestimmen zu dürfen und nichts mehr zu fühlen.

Das sollten von nun an, wenn ich diese Pforte betrete, andere für mich übernehmen, die sich zu Herrgöttern erhebend anmaßten, zu wissen, was gut für mich sei.

Ich starrte gebannt auf diese wenigen, aber entsetzlich zynischen Worte aus Stein und meine Gedanken verdüsterten sich, als ich sie langsam und mit aufsteigender Wut las:

GIB MIR, MEIN SOHN, DEIN HERZ.

‚Ihr blutrünstigen Aasgeier, Ihr wollt mein Herz? Da könnt' Ihr ganz schön lange warten. Was versteht Ihr denn von meinem Herzen?

Eher will ich krepieren. Dann bin ich nämlich genauso tot, als wenn ich euch mein Herz anvertrauen würde. Ihr müsstet es mir schon aus dem lebendigen Leibe herausreißen, Ihr herzlosen Klappspaten! Lieber würde ich sterben, als euch mein Leben anzuvertrauen, oder mein Herz!

Habt ihr nicht vielleicht auch 'ne Garderobe, wo ich mein Hirn abgeben kann, bis ihr mich wieder hier rauslasst?

Ja, ich bin ganz sicher! Ihr habt sowas! Klar habt ihr sowas!

Die schwere Türe öffnete sich mit einem hässlichen Quietschen und ich war mir ganz sicher, als ich die Schwelle betrat, dass ich diese steinernen, herzlosen Worte niemals beachten würde.

***

Der Diakon dieser klerikalen Fürsorgeanstalt sah streng über den oberen Rand seiner Hornbrille, als ich in dessen Heimleiterbüro geführt wurde.

Statt mich zu begrüßen, nickte er mir knapp und ernst zu, begann in einer Akte zu blättern, die vor ihm auf dem Schreibtisch lag und fing ohne Umschweife zu lesen an:

„Das Jugendamt hat bei dir eine drohende Gefährdung und Verwahrlosung festgestellt und verfügt, dass durch geeignete, erzieherische Maßnahmen eine Einstellungs- und Verhaltens-

änderung erreicht werden soll, auch wenn dir noch die nötige Einsicht und der Wille zur Besserung fehlt.“

Er sah kurz auf und schielte wieder über seine Brille.

„Wir sind eine Rettungsanstalt für schwer erziehbare und verwahrloste Jugendliche, in dem die bewährten Erziehungsziele Zucht und Ordnung ihre Bedeutung haben ...“

Ich konnte sie nicht mehr hören, diese öden Sprüche und ließ meinen Blick zum Fenster hinaus wandern, stellte mir in Gedanken den Weg vor, auf dem ich hergeführt worden war.

„...ebenso wie die kollektive Durchsetzung allgemeingültiger Normen und die Vermittlung christlicher Werte, die zum Orientierungsmaßstab werden sollen...“ dröhnte es laut durch das Empfangszimmer des Heimleiters.

‚Sie hatten alle Recht‘, dachte ich, ‚dieser Wille zur Besserung fehlte mir. Aber was meinen die eigentlich immer mit Besserung? Soll ich tatsächlich mein Hirn an der Garderobe abgeben und mein Herz dazu, um dann meinen Kadaver diesen blöden Kanaillen in blindem Gehorsam zum Fraß vor zu werfen?‘

„...Der Autorität unserer Heimordnung haben sich alle Jugendlichen unterzuordnen. Arbeitsgewöhnung, handwerkliche Befähigung, sportliche Ertüchtigung, ...“ fuhr der Diakon unbeirrt fort.

Ich aber hing meinen eigenen Gedanken nach und die Phrasen verloren sich im Raum.

‚Wenn ich den Bahnhof wiederfinde, kann ich mich an den Gleisen orientieren.'

„...Allgemeine Bildungsveranstaltungen, Gottesdienste und Andachten dienen der seelisch-geistigen Förderung."

Der Direktor aalte sich im vermeintlichen Wohlklang seiner schalen Worte.

Ich sah kurz an ihm vorbei auf das an der Wand hängende, düstere Schwarz-Weiß-Portrait eines schwarz gekleideten Mannes mit einem schwarzen Rauschebart. Und so viel ich von hier aus unterhalb dessen Bartgesichts in dem Bilderrahmen lesen konnte, war jener Pfaffe wohl der Gründer dieser Rettungsanstalt Beiserhaus.

Dieser Pfarrer Emil Rausch hatte als wohlmeinender Seelsorger offensichtlich ein Herz für gefährdete Kinder aus sozialer Not und verarmten Verhältnissen.

Für mich sollte diese Rettungsanstalt jedenfalls nicht zu einer Fortführung meines seelischen Untergangs werden.

‚Wie heißt dieser gottverdammte Bahnhof', überlegte ich und ärgerte mich, dass ich, obwohl ich mir den Namen unter allen Umständen hatte merken wollen, ihn nun aber doch vergessen hatte.

„...Die Erziehung gilt vorrangig zur Ein- und Unterordnung als Anpassungsleistung an die Gesellschaft. Müßiggang soll und muss daher tunlichst vermieden werden, das ist unser pädagogischer Auftrag, ..."

‚Unterordnung' verstand ich noch. ‚Warum und wer?' Der Bahnhof, wie heißt denn der Bahnhof', grübelte ich angestrengt und lief in Gedanken den Weg dorthin nochmals zurück.

Der beinahe kahlköpfige Heimleiter ging nun kurz im Zimmer auf und ab, ehe er sich wieder hinsetzte.

„...welchen wir zugunsten von den Heranwachsenden, die entwurzelt, verstört, verängstigt, verroht und verschlagen bei uns Zuflucht finden, ausüben."

‚Egal', dachte ich, ‚ich werde ihn wiederfinden, den Bahnhof und dann die Schienen entlanglaufen, bis Fulda...'

Auf einmal war es still um mich herum, was mich abrupt aus meinen Gedanken herausriss.

Der Herr Direktor hatte seine viel- und nichtssagende Begrüßungs-Ansprache beendet, sah mich für einen kurzen Moment noch streng über seinen oberen Brillenrand hinweg an, bevor er aufstand. Dann führte er mich, den Neuankömmling, durchs Haus, an den Schlaf- und Wohnsälen vorbei ins oberste Geschoss, in dem sich wie üblich die geschlossene Abteilung befand.

Mit rasselndem Schlüsselbund wurde die schwere Türe entriegelt und meine obligatorische Eingewöhnungszeit begann – wie nicht anders zu erwarten – in Form eines Gewahrsams.

Hatte ich da soeben irgendetwas falsch verstanden?

Die wenigen Worte, die zu mir durchdrangen, wollten die nicht was von christlichen Werten und seelisch-geistiger Förderung in sicherer und anregender Lernatmospähre ausdrücken?

Ganz sicher nicht!

Eher meinte der Heimleiter wohl genau das Gegenteil, nämlich Misstrauen, Bestrafungen und seelisch-geistige Unterdrückung.

Von eigenen Bedürfnissen ganz zu schweigen. Genauso kannte ich das System.

Und für mich fühlte sich dies alles an, als wäre ich hier schon mal gewesen. Aber es waren immer wieder nur die gleichen und mittlerweile sehr vertrauten Töne, der gleiche Drill, dieselben Drohungen, nur halt jeweils in anderen Gemäuern.

Aber immer von denselben Dumpfbacken, bei denen der Groschen stets nur in einzelnen Pfennigen fällt.

Und wie immer der gleiche Gleichklang. Ein anderes Konzept hatten die gar nicht anzubieten. Kein Wort von einer anregenden Lernatmosphäre in einer interessanten Umgebung. Oder von Lob und geistiger Förderung, anstatt ihren primitiven Prügelstrafen.

Auch nichts von Verständnis und Unterstützung, statt jener fantasie- und herzlosen Einbuchtung in einer Besinnungszelle.

Und so musste ich nach deren fatalen Unterdrückungsmethoden auch hier wieder mal erniedrigend meine Klamotten ausziehen und bekam heimeigene, derbe Einheitskleidung verpasst. Die Halbwüchsigen der geschlossenen Abteilung – hier wie überall nur GA genannt – wurden in der Gärtnerei oder Landwirtschaft beschäftigt, um eben „Müßiggang zu vermeiden", wie sich der werte Herr Direktor unmissverständlich ausgedrückt hatte.

Also so lautete mein morgendlicher Weckruf hier, wie überall: ‚Arbeitseinsatz Landwirtschaft!'

Wie originell!

Unter strenger Beaufsichtigung marschierte ich am nächsen Morgen in der Kolonne wild zusammengewürfelter Jugendlicher zur Feldarbeit auf die umliegenden Äcker.

Jugendliche, die allesamt aufgrund ihrer unterschiedlichsten Schicksale am Rande der Gesellschaft standen. Die sich in nutzlosen Versuchen gegen die fest gefügten, sozialen Ordnungen und Forderungen wehrten. Und die in ihrer Gegen-Wehr nicht selten die Spielregeln und Gesetze missachteten.

Vagabundierende, einfältige, unverbesserliche Raufbolde zumeist, mit ungehobelter, schlagender und kratzender Ruppigkeit charakterlich deformiert.

Die aus verarmten, asozialen Verhältnissen stammten, ohne eine echte Chance, die Fesseln des niederen, sozialen Standes jemals lösen zu können und die vor Nichts und Niemandem Respekt hatten.

Ich wollte mich jedenfalls der mir zugewiesenen Rolle nicht fügen und sondierte gründlich die Gegebenheiten. Ich bemerkte natürlich sehr schnell, dass es in jeder Arbeitsgruppe auch devote Schleimscheißer gab, die den Erziehern bei der Überwachung der Kameraden auf freiem Felde in vorauseilendem Gehorsam zur Hand gehen würden, wann immer es erforderlich werden sollte.

Zu gut nur habe ich in meiner Heimkariere bornierte Kameradensäue kennen gelernt, die für eine Extrazigarette oder für ein paar billige Vergünstigungen nicht nur ihre eigene Mutter, sondern auch noch ihre Seele verraten und verkaufen würden. Armselige Schweine, doch gefährlich! Allerdings wegen ihrer schleimigen Art bei den Heimgefährten und den Erziehern gleichermaßen unbeliebt.

Billige Kopfgeldjäger, die in ihrer Funktion als Fänger lediglich als Mittel zum Zweck benutzt wurden.

Ich übte mich also in Geduld und wartete ab.

Etliche Wagenladungen hatte ich bei den Kartoffelernte-Einsätzen in dieser Zeit aufgeladen, für einen Kanten Brot und für eine Zigarette. Mit müden Knochen saß ich dann abends hinter gesicherten Fenstern, völlig von der Außenwelt abgeschlossen im Gemeinschaftsraum.

Meine Gedanken, die ich niemals mit jemandem teilte, verfolgten stets nur ein Ziel: ‚Menschenskinder, das mach' ich nicht lange.‘

Die übrigen, unfreiwilligen Mitbewohner meiner geschlossenen Abteilung rauchten genüsslich ihre Zigaretten, manche pafften kleine Ringe in die Luft, denen sie schläfrig und gelangweilt nachträumten.

Selten las einer in einem Buch. Andere stänkerten sich gegenseitig an und machten sich übereinander lustig – zumeist über die Unterlegenen – oder sie maßen ihre Kräfte durch Armdrücken oder verbale Angebereien.

Einer blätterte in einem kleinen Taschenkalender.

„Kann ich mal sehen?" bat ich ihn halblaut.

„Von mir aus, da", gewährte der gern meine Bitte und streckte mir das winzige Büchlein entgegen.

Ich besah mir die Seiten nur oberflächlich und fand dann nach einigem hin- und herblättern, was ich suchte: eine Deutschlandkarte im Miniaturformat. Winzig klein zwar, das ganze Land in der Größe von weniger als einer halben Hand etwa abgebildet, aber als grobe Übersicht für meine Zwecke durchaus ausreichend.

„Gibst du mir den Kalender für ein paar Zigaretten?", schlug ich dem Kumpel vor.

„Nein, den brauch' ich selbst", war dessen deutliche Antwort.

„Dann verkauf' mir wenigstens die Landkarte", flüsterte ich leise.

„Willst wohl abhauen, was?" erwiderte der andere viel zu laut und sah mir für einen kurzen Moment prüfend in die Augen.

„Halt's Maul, blöder Sack" zischte ich ihn an und guckte mich erschrocken um.

„Soll mir scheißegal sein, du Dünschissgurgler. Also gut, rück' drei Zigaretten rüber und sie gehört dir", zwinkerte mein Zimmerkamerad, riss die Doppelseite aus dem Bändchen heraus und wartete, bis ich die Zigaretten aus meiner Brusttasche hervorgekramt und mit den Fingern behutsam gerade gerformt hatte und sie ihm dann auf die Bettkante legte, ehe er mir seinerseits die Landkarte aushändigte.

Abends nach dem Umkleiden war es uns Zöglingen der geschlossenen Sonderabteilung nicht erlaubt, die Nacht zusammen mit unseren Klamotten in einem Raum zu verbringen. Tageskleidung und Schuhe wurden aus Sicherheitsgründen in einem Nebenraum weggesperrt, welchen wir nur mit dem Schlafanzug bekleidet wieder verlassen durften.

Aber auch diese Praxis war mir aus meiner bisherigen Heimkarriere längst nur zu gut bekannt. Eine Vorsichtsmaßnahme, welche die Jugendlichen – die hier ‚Zuflucht suchten', wie sich der Heimleiter so gewählt ausgedrückt hatte – an einer möglichen ‚Wegflucht' hindern sollte.

Auch die Art der heimeigenen Einheitsklamotten war so ungewöhnlich und auffällig, dass ein fliehender Zögling von

Weitem unschwer sofort als ein solcher aus dem Beiserhaus zu erkennen war.

Dies wusste ich natürlich alles, aber im Schlafanzug irgendwo gesichtet zu werden, war wohl noch ungewöhnlicher und es erschien mir daher weniger auffällig, tagsüber im groben Drillichanzug abzuhauen. Und dann wie immer rasch den Schutz der Wälder aufzusuchen. Zudem bot das feste Gewebe dieser derben Arbeitskleidung einen zusätzlichen Schutz vor Dornen und Gestrüpp, wenn ich mich mal unversehens ins Unterholz werfen musste.

Eines Tages dann beim Kartoffel klauben, sah ich meine Chance gekommen. Der Erzieher stand am anderen Rand des Ackers in ausreichender Entfernung.

Obwohl ich mich sehr vorsichtig umsah, ahnte wohl mein Nebenmann, mit dem ich die vollen Körbe auf den Wagen kippte, was ich vorhatte.

„Mensch, tu das nicht!“ warnte der mich mit schmalen Lippen und funkelte mich drohend an.

Ich erkannte in ihm sofort einen jener Arschkriecher, die sich vom Wachpersonal als Kopfgeldjäger missbrauchen ließen. Ein kräftiger Kampfhahn, der in seinem jungen Leben sicher schon viel mehr Prügeleien als Hausaufgaben absolviert hat.

„Warum denn nicht du Entenfresse“, wollte ich wissen, *„ich mach' jetzt einen Sprung.“*

„Wenn du jetzt einen Sprung machst, muss ich dir hinter her rennen“, versuchte der andere, mich einzuschüchtern.

„Nimm dein Maul bloß nicht so voll, du Schleimspur, sonst hau' ich dich unter den Wagen drunter!“ zischte ich mein widerwärtiges Gegenüber an und peilte gleichzeitig aus zusammengekniffenen Augen an ihm vorbei nochmal die Lage.

Unvermittelt versetzte ich dem unterwürfigen Aufpasser ohne Vorwarnung mit der gebündelten Energie meiner ganzen Kraft einen blitzschnellen, kräftigen Faustsstoß in die Magengrube und rannte pfeilschnell los, über das freie Feld und auf den Wald zu.

Der Wald war weit weg.

Ich eierte über die Ackerfurchen und wagte nicht, mich umzusehen. Hinter mir nahm ich die aufgeregten Rufe des Kalfaktors wahr: *„Halt! Was hast du vor! Stehenbleiben! Fangt ihn!“*

Und plötzlich glaubte ich auch, hinter mir das Keuchen und Stampfen des devoten Kopfgeldjägers, welcher sich wohl zu schnell wieder aufgerappelt hatte, zu vernehmen.

‚Wenn ich erst einmal im Wald bin, dann habt ihr mich gesehen‘, dachte ich und rannte wie um mein Leben.

Ich drehte kurz den Kopf nach hinten und sah, dass der Fänger hinter mir weitaus langsamer war und noch weit genug weg ist.

‚Bis der den Wald erreicht, bin ich längst verschwunden', war ich mir sicher.

Und so gelang es mir tatsächlich, mich im Unterholz des dichten Waldes unsichtbar zu machen, bis mein Verfolger die Suche aufgab.

Mein Ziel war – wollte es immer wieder auch noch so sinnlos erscheinen – die Wohnung meiner Mama. Ich fand die Bahnstation, deren Namen ich vergessen hatte und orientierte mich wie gewohnt an den Gleisen, immer in Sichtweite zu den Wäldern, in denen ich notfalls Schutz und Deckung finden konnte.

In der späten Abenddämmerung durch die Dörfer zu gehen, wollte ich möglichst vermeiden und machte in sicherer Entfernung jeweils einen großen Bogen um ländliche Ansiedlungen, um als Fremder kein unnötiges Aufsehen zu erregen.

Auf der Lichtung eines dichten Mischwaldes entdeckte ich einen massiven, ordentlich gezimmerten Jägerstand, der eine gute Übersicht bot und den ich mir deshalb als Nachtquartier auserkoren hatte.

Behutsam stieg ich die ächzenden Birkenholzsprossen empor, lugte in alle Richtungen und rollte mich dann, als ich mich in Sicherheit wähnte, auf dem aus runden Stämmchen zusammengefügten Fußboden wie ein Tier zusammen.

Die Nacht war sternenklar und kühl. Die verwunderlichsten Geräusche drangen aus dem nahen Wald zu mir herüber.

Ein gleichmäßiges Rascheln, das sich erst wie Schritte anhörte, dann wieder ein tierhaftes Scharren und das Knacksen von dünnen Zweigen, untermalt von glucksenden, zwitschernden oder knurrenden Urlauten der Tierwelt, die mit zunehmender Nacht leiser und rarer wurden, aber nie gänzlich verstummten.

Besonders die eigenartig röchelnden Stimmäußerungen einer irgendwo in der Nähe nistenden Eule waren die ganze Nacht hindurch deutlich zu vernehmen. Manchmal glaubte ich sogar, ohne dass ich jedoch etwas sehen konnte, ihren unhörbar leisen Flug über meinem Nachtquartier wahr zu nehmen.

Die Lichter des Dorfes in der Ferne erloschen nicht restlos. Ich fröstelte und fühlte mich einsam und fand nicht zuletzt auch wegen der geisterhaft gespenstischen Rufe der Nachteule, nur kurze oberflächliche Schlafphasen, die mir keine rechte Erholung von den Strapazen des Fußmarsches boten.

Im Morgengrauen, als die Müdigkeit mich letztendlich doch soweit übermannt hatte, dass ich einigermaßen fest eingeschlafen war, wurde ich durch seltsame Schnarch-Geräusche geweckt, die mich unsanft aus meinen unruhigen Träumen herausrissen.

Ich verhielt mich absolut still und hob und drehte nur vorsichtig den Kopf, bis ich fast sicher war, dass das eigenartige Grunzen und Schnarren unmittelbar unterhalb meines Verstecks hervorkommen musste. Verstört rieb ich mir die Augen.

Dann sah ich behutsam durch die Ritzen meines Fußbodens hindurch und entdeckte zu meiner Erleichterung zwei Wildschweine, die mit ihren kurzen, dicken Rüsseln in den Erdkrumen herumstocherten.

Die Tiere waren gedrungen und kurzbeinig, und eines der beiden hatte aufwärts gekrümmte, kräftige Eckzähne, die wie gefährliche Krummsäbel aussahen. Noch nie hatte ich Wildschweine aus dieser Nähe beobachten können und glücklicher weise befand ich mich offenbar hier oben außerhalb ihrer Geruchswahrnehmung. Die Paarhufer nahmen mich als ihren Beobachter nicht wahr und verhielten sich daher völlig ungestört.

Jedes der Schweine trug einen zottigen graubraunen Pelz und hatte einen kurzen Stummelschwanz.

Das Tier mit den bedrohlichen Eckzähnen hob hin und wieder seinen gestreckten Kopf und reckte seine Rüsselschnautze in die Höhe. Dabei konnte ich gut die relativ kleinen Augen erkennen, doch der Keiler mit seinem seitlich zusammen gedrückten, kräftigen Rumpf nahm noch immer keine Notiz von mir.

‚Hey, wenn ich jetzt ein Jäger wäre, ging's euch dreckig', sprach ich mit lautloser Stimme, meinte es aber nicht so, sondern fühlte mich nur als Leidensgenosse, als ein Gejagter genau wie diese Viecher.

Ich wartete, bis die Wühlschweine ihre Position aufgaben, von dannen trotteten und anschließend die Luft im wahrsten Sinne des Wortes wieder rein war. Dann tigerte ich wieder los.

Über Fulda suchte ich entlang der Bahnstrecke und mit Hilfe meiner kleinen Deutschlandkarte den Heimweg.

Tagelang war ich unterwegs.

Eine Nacht verbrachte ich in einem Heuschober, eine weitere unbemerkt im hintersten Eck eines Kuhstalls und roch am nächsten Tag auch genauso.

Zuhause angelangt, konnte ich mich gerade zwei Tage lang von den Anstrengungen meines Gewaltmarsches erholen, als es an der Türe meiner Mutter klopfte und die Polizei mich abholte, woraufhin ich dann von einem Jugendamtsmitarbeiter natürlich wieder zurückgebracht wurde.

Die Konsequenz für meine Flucht war natürlich eine Verlängerung meines stupiden Gewahrsams in der geschlossenen Abteilung. Außerdem wurde ich – zu meinem eigenen Schutz, wie man mir glaubhaft machen wollte – nun nicht mehr für Arbeitseinsätze im Freien, sondern nur noch für die Dreckarbeiten in Stall und Kartoffelkeller eingesetzt.

Hier innerhalb des Heimgeländes war die Bewachung der Zöglinge strenger und auch einfacher.

Doch ich gab meine Hoffnungen niemals auf.

Abhauen am Tage war nun nicht mehr möglich. Deshalb bereitete ich mich sehr gründlich auf einen nächtlichen Ausbruchversuch vor.

Mehrere Tage brauchte ich für die Vorbereitungen und für meine präzisen Beobachtungen der Gewohnheiten meiner Aufsichtspersonen.

In den folgenden Nächten besuchte ich mehrmals sehr geräuschvoll die Toilette, benutzte laut und übertrieben lange die Spülung, um zu testen, inwieweit nächtliches Rumoren von den Erziehern oder den Mitbewohnern registriert werden würde. Ich benahm mich absichtlich etwas lauter, schlurfte den Gang entlang, hüstelte und schniefte, aber es wurde offenbar alles dem normalen Nacht-Lärmpegel zugerechnet.

Man ging ja ohnedies auch davon aus, dass in der absolut verschlossenen Abteilung im dritten Stock direkt unter dem Dach keine Fluchtmöglichkeit bestand.

Also hatte ich in dieser Hinsicht doch einen gewissen Spielraum.

Das Dachfenster in der Kleiderkammer war nicht vergittert, dieser Raum für die Kleider jedoch gewöhnlich versperrt.

Als ich wie jeden Abend meine Klamotten in diesem Raum ablegte, drehte ich in einem unbeobachteten Moment den Fenstergriff in die geöffnete Position und lehnte den Flügel dicht an, damit niemand Verdacht schöpfen konnte. Meine schweren genagelten Arbeitsschuhe band ich mit den Schnürsenkeln aneinander und deportierte sie im Fach bei den Klamotten, wo ich sie im Dunkeln sofort würde ertasten können.

In der von mir auserwählten Nacht stand ich dann auf, ging auf den Flur hinaus und lauschte an sämtlichen Türen.

Alles schien zu schlafen.

Ich ging zum Pinkeln und verhielt mich diesmal aber um ein Vielfaches leiser als sonst. Sachte öffnete ich das Fenster der Toilette.

Dichter Nebel lag über der Bewahranstalt.

Die Lampen im Hof waren von hier oben wie hinter einem dichten Schleier nur noch schwach zu erkennen. Ich stieg hinaus auf die Dachschräge und ließ mich – barfuß und nur mit dem Schlafanzug bekleidet – im Hocken vorsichtig bis zum Schneegitter hinab gleiten. Sofort kroch mir die Feuchtigkeit am Hintern hoch.

Das Dach war nass und rutschig und der Nebel kalt.

Mit den nackten Fußsohlen fand ich jedoch gerade noch genügend Halt auf den Ziegeln und tastete mich seitwärts zum Giebelfenster der Kleiderkammer vor, drückte von außen gegen die Scheibe und drückte nochmal, bis das Fenster mit einem leisen Knacken endlich aufging.

Behutsam stieg ich in die Stube und lauschte zunächst, ehe ich mir meine Hose und den Kittel überzog und die zusammengebundenen Schuhe um den Hals hängte. Dann kletterte ich wieder hinaus aufs Dach und zurück, an dem Klofenster wieder vorbei, bis hin zu der Stelle, wo die Dachrinne in einen großen trichterähnlichen Blechkasten mündete, der das Fallrohr verband. Ich hängte mich an die Dachrinne und ließ mich bäuchlings über den Trichterkasten herab rutschen.

Das Blech gnatzte laut. Vorsichtig hielt ich inne und lauschte. Nichts war zu hören! Also weiter!

Dann turnte ich langsam und vorsichtig, mit einer Hand den Blitzableiter umklammernd, das Regenrohr herab. Das Eisen war kalt und rau. Meine Hände rissen auf und bluteten.

Ich biss die Zähne zusammen und hatte Angst. ‚Bloß hier nicht runterfallen', bangte ich. Noch ein Stockwerk über dem Boden. Das Blech der Regenrinne gnatzte nun noch lauter.

Zu laut!

Ehe ich nochmal innehalten wollte, wurde plötzlich ein Fenster aufgerissen und ein Präfekt brüllte in die Stille: *„Was machst du denn da!"*

Ich erschrak fürchterlich und ließ mich die letzten Meter herabfallen. Laut stürzte ich auf das Pflaster. Die Knobelbecher wirbelten mir um den Kopf herum und mein linker Fuß schmerzte stark von dem Aufprall.

Sofort war ich aber wieder auf den Beinen und humpelte los, hinten herum, zwischen den Wirtschaftsgebäuden hindurch, über Stacheldrahtverhau und durch eine sumpfige Wiese. Erst im Wald gönnte ich mir eine Verschnaufpause und spürte auf einmal das Pulsieren der Schmerzen an Händen und Füssen.

Ich verhielt mich absolut ruhig, lief noch ein wenig weiter, kauerte mich schließlich in die Kuhle einer knorrigen Baumwurzel und verharrte dort so bis zum Morgengrauen, ehe ich humpelnd weiterlief. Nach den kühlen, nebelfeuchten Frühstunden war es nun wieder etwas wärmer geworden.

Fast genau den gleichen Weg, den ich schon mal marschiert war, legte ich zurück. Genau auf demselben Jägersteig bezog ich abends wieder mein Nachtquartier. Und ich fand die Bäckerei wieder, bei der ich mir aus den riesigen Körben am Hintereingang zur Backstube heimlich ein paar Semmeln heraussteh-len konnte und unter die Jacke stopfte.

In einem anderen Haus klaute ich ein Stück Speck aus einem offenstehenden Fenster. Wasser trank ich unterwegs aus Dorfbrunnen oder wie ein Tier aus den Bächen und Rinnsalen in Wald und Flur.

Die nächste Nacht verkroch ich mich halbkrank und todmüde in einem Strohhaufen, krümmte mich vor Müdigkeit und Elend wie ein Embryo zusammen. Mein Fuß war dick angeschwollen.

Ein aufgeregtes Quieken und Pfeifen tönte um mich herum, welches ich mir zunächst nicht erklären konnte. Während ich bewegungslos verweilte, um mich meines Versteckes sicher sein zu können, huschten mir plötzlich kleine Mäuse übers Gesicht und über meinen Körper.

Ich konnte sie nicht sehen, die lebhaften kleinen Nager, aber ich konnte sie spüren, so bewegungslos wie ich da lag. Langschwänzige, kurzbeinige, federleichte Tiere, die sich die Nacht offenbar in meinem Heuhaufen und auf meinem Körper mit Verfolgungsrennen vertrieben.

Sie scharrten und nagten, kletterten und sprangen und schienen wohl gerade nachts besonders gesellig und aktiv zu sein.

Und nun ausgerechnet in meinem Schlafquartier.

Noch vor Anbruch der Morgendämmerung stand ich wie gerädert auf und schlich aus meinem Versteck. Ich humpelte die Straße runter und lief den ganzen Tag, einem fragwürdigen Ziel entgegen: nach Hause!

Obzwar mir im Stillen vollkommen klar war, dass sie mich sehr schnell zurückholen würden, so wollte ich dennoch nur eins, mein Zuhause – wie immer dies auch geartet sein mochte.

Die in den Nervenfaserbahnen unterhalb meiner Hirnrinde verlaufenden und von innigsten Wünschen geprägten Informationen vermittelten mir außerdem die leise Hoffnung, dass meine Häscher ihren erfolglosen Jagdeifer nach mir irgendwann aufgeben würden, es sei denn, sie könnten eine Umstrukturierung meiner Gesamtpersönlichkeit erreichen und mich dadurch zu einer pflegeleichten Beute machen.

Doch so lange meine Sinneszentren den steten Tropfen eines Freiheitsdranges verinnerlichten, der den Stein der erzieherischen Haftmethoden höhlt, solange würde ich diesen Kampf mit meiner ganzen Kraft immer wieder aufs Neue aufnehmen müssen.

‚Ich schaff' es!' hämmerte es in meinen Gedanken rhythmisch wie vorwärtstreibende, aufpeitschende Marschmusik. ‚Ich schaff' es, ich schaff' es!

Aber ich schaff's nicht, weil es euer Verdienst ist,' sprach ich mit meinen imaginären Verfolgern und drehte mich dabei um, ,sondern weil Ihr es mit allen euch zur Verfügung stehenden Mitteln um jeden Preis verhindern wollt.

Nur deswegen schaff' ich es. Da habt ihr euch wohl irgendwie verrechnet, wie? Pädagogisch verrechnet!'

Am späten Nachmittag war ich am Ende meiner Kräfte. Meine Füße trugen mich nicht mehr. Wie im Trancezustand bewegte ich mich fort, humpelte und taumelte, fiel hin und lief, nachdem ich mich mühevoll aufgerappelt hatte, mit blutigen Knien torkelnd wie ein Betrunkener weiter.

Am Rande eines dichten Mischwaldes ließ ich mich ins hohe Gras fallen und legte mich flach auf den Rücken.

So war ich von der Straße aus nicht zu sehen. Ich streckte die bleischweren Glieder von mir und döste in das helle Grau des Himmels.

,Gleich schaff' ich's wieder!' Das Ruhen des Körpers tat mir gut. Ich schloss die Augen und blinzelte durch die Wimpern. Hoch droben über den Baumwipfeln von gut und gerne dreißig Meter hohen Rotbuchen verfolgte ich den eleganten Flug eines breitflügeligen Mäusebussards, der stolz und scheinbar schwerelos über mir kreiste. Majestätisch und ohne einen einzigen Schwingenschlag hielt er sich langsam dahinfliegend in der Luft, drehte seine Bahnen wie eine riesige Spirale von oben nach unten und völlig ohne jede Hast.

Einen Augenblick segelte er gerade so tief, dass ich den krummen, kräftigen Schnabel, die großen Augen und die scharfen Krallen des Greifs erkennen konnte.

‚Na du Flugkünstler', sprach ich ihn stumm an ‚dein scharfer Blick hat mich sicher längst in deinem Revier erspäht. Aber keine Angst, ich tue dir nichts. Aber ich tauge auch nicht als Jagdopfer – jedenfalls für dich nicht. In diesem Punkt bin ich ja auch schon vergeben. Weißt du, mein Kadaver gehört längst schon einer buckligen Teufelsbrut.'

Unbeirrt setzte der Raubvogel mit seinem gedrungenen Körper, dem braunschwarzen Gefieder und der etwas helleren Unterseite seinen gewandten Gleitflug fort.

‚Hey, nimm' mich doch mal mit und zeig' mir diese Scheiß-Welt von da oben', sprach ich mit ihm stimmlos weiter. Ich war dem Raubvogel neidisch ob seiner außerordentlichen Flugfähigkeiten.

Vor allem aber seiner grenzenlosen Freiheit.

‚Von da oben wirkt gewiss auch diese Jugendknastbrut klein und unbedeutend, auch ihre idiotischen Einfälle zu ihren dämlich-verschwiemelt-herzlosen Erziehungsmethoden innerhalb vergitterter Bauten mit massigen Holztoren.

Ich komm' dir auch ganz sicher nicht ins Gehege, das kannst du mir glauben.'

Ich schloss die Augen wieder und verschwendete einen träumerischen Moment an die Fantasie, fliegen zu können.

Einfach wegschweben von diesem vertrackten Irrsinn.

Weil ich Hunger hatte, drehte ich mich bäuchlings und kroch auf allen Vieren zwischen den weißlich-grauen Stämmen der Buchengewächse herum, um nach den dreikantigen Früchten der Bucheckern zu suchen. Ich fand auch ein paar Wald-Beeren und nussig schmeckende Eicheln. Dann legte ich mich schließlich wieder ins Gras und genoss mein paradiesisches Mahl.

Nach einer Weile quälte ich mich wieder hoch und setzte meinen ursprünglich eingeschlagenen Weg humpelnd fort.

Gegen Abend kam ich durch ein Dorf.

Unbemerkt konnte ich die Häuser passieren, wohlwissend, dass so ein Dorf Augen hat. Neben einem Heustadel, außerhalb am anderen Dorfrand, sah ich ein Motorrad, welches am Stamm eines alten Lindenbaumes angelehnt war.

Es war eine betagte Maschine, 'ne alte NSU-Fox, mit einem großen, bequemen Gummisattel. Leichtsinnigerweise steckte der Zündschlüssel, weil in so einem Dorf ja keiner den anderen beklaut. Und so nutzte ich die Gelegenheit.

Ich sah mich kurz um und schob dann kurzerhand das Gefährt weg. Noch nie im Leben hatte ich so ein Ding selbst gefahren, aber damals im Orfan hatte der Hausmeister ein Motorrad und so hatte ich öfters schon Gelegenheit, zuzusehen. Ich probierte also herum, drehte den Schlüssel im Zündschloss, drückte Knöpfchen und legte die Benzinsperre um.

Ich schob und rannte, löste den Kupplungshebel und zu meiner Überraschung sprang das Motorrad tatsächlich auch an. Zuerst ruckelte es ein wenig, puffte und schnell schwang ich mich auf den komfortabel gefederten Sattel, drehte sachte am Handgriff und fuhr davon.

Unsicher zunächst und ohne Licht tuckerte ich in die aufkommenden Nebelschwaden der früh hereinbrechenden Abendstunden hinein.

Dann erfüllte mich ein überwältigendes Gefühl, vollkommen kraft- und schwerelos dahinzugleiten, dabei die ermüdeten und geschundenen Knochen zu schonen und dennoch dem Ziel immer näherzukommen.

Der Wind fing sich in meinen Haaren. Allmählich fühlte ich, wie mein Geist, der ebenso wie mein Körper bis zur Erschöpfung geschwächt und dem Aufgeben nahe war, wieder von Kraft und Energie beflügelt wurde. Übermütig fing ich an, kleine Schlangenlinien zu fahren, erst ganz zaghaft, dann immer selbstsicherer und übermütiger.

Unvermittelt musste ich mitten in das gleichmäßige Brummen des Motors hinein hochmütig auflachen, dass ich den Spießgesellen wieder mal entkommen war und dass ich nun erneut meiner kleinen Freiheit entgegen brauste.

Gerade, als es mich im Fahrtwind zu frösteln begann, fing das Fahrzeug mit einem Male zu tuckern an, wurde zusehends langsamer, ruckelte und blieb schließlich stehen.

Ich versuchte noch ein paar Mal vergeblich, neu zu starten, lehnte dann die alte NSU an einen Baum und ging wieder zu Fuß weiter.

Der Nebel lichtete sich und in der klaren Vollmondnacht erkannte ich die Allee wieder, durch die ich schon mal hindurch ging.

Mir war kalt.

Nach der Wegbiegung, die ich in der Ferne im hellen Mondlicht wiederzuerkennen glaubte, müsste doch rechts vor einem Birkenwäldchen der Holzstadel kommen, der mir wieder als Schlafplatz dienlich sein könnte.

Das müsste sie sein, die Straßenkreuzung da vorne. Weiter hinten erkannte ich die bescheidenen Lichter eines Dorfes.

Der Mond schien taghell.

Die himmelhohen Pappeln beidseitig der Straße sahen aus wie geisterhafte Gestalten, die ihre riesigen Leiber pathetisch im leichten Wind hin- und her bewegten, so, als ob sie zu den Klängen eines melancholischen Liedes behäbig tanzen würden.

Ein leises Rauschen klang aus ihren Blättern.

Ich wollte den Weg abkürzen, verließ die Allee, hüpfte die kleine Böschung rechts der Straße hinab und sprang über den parallel verlaufenden Wassergraben. Ich hatte aber die Breite der Furt unterschätzt, war wohl viel zu müde und geschwächt gewesen, jedenfalls rutschte ich mit dem lädierten Fuß von der sumpfigen Böschung auf der anderen Seite ab und landete mit beiden Füssen im eiskalten Wasser.

‚Scheiße!' Ich ärgerte mich über meine Ungeschicklichkeit, war aber wirklich sehr müde und meine Fußsohlen brannten mir unter meinen schleppenden Schritten.

‚Da vorne ist der Heustadel, dann kannst du schlafen. Verflucht nochmal, jetzt hast du auch noch nasse Füße', sprach ich mit mir selbst.

Hinter dem Graben stand eine langgestreckte, niedere Mauer. Und trotz meiner Müdigkeit kostete es mich kaum Mühe, sie zu überwinden.

Ein Frösteln durchfuhr meinen Körper, als ich auf der anderen Seite von der Mauer sprang. Mit einem Male stand ich zwischen einigen dicht aneinandergereihten Holzkreuzen und frisch aufgehäuften Grabhügeln, welche im Licht des Mondes lange Schatten warfen.

Was für eine Nacht? Zwischen Grabsteinen und Grabkreuzen erstrahlten die ‚Ewigen Lichter' kleiner Kerzen unter roten Glashäubchen zum Gedenken der Toten. Die glutroten Lichter flackerten gespenstisch und die Gräber atmeten einen schweren, süßlichen Geruch aus.

Furchtsam sah ich mich um.

Von der Allee winkten die baumhohen, schwarzen Elfen wippend herüber, schwermütig unter dem Wind sich beugend, noch immer melodramatisch zu Tönen tanzend, die ich nicht hören konnte. Langsam humpelte ich weiter, dem bangen Knirschen meiner eigenen Schritte lauschend.

Mir war mehr als unheimlich zumute.

Etwa fünfzig Schritte vor mir stand eine unbeleuchtete Friedhofskapelle, daneben ein kleinerer Bau mit einer zweiflügeligen Türe, die offenstand.

Flackernd brannten in dem Raum dicke, weiße Kerzen neben einem aufgebahrten Sarg.

Ich machte einen weiten Bogen um das winzige Kirchlein und um die Leichenhalle herum.

Plötzlich glaubte ich, im Halbschatten der Kapelle eine große Gestalt zu bemerken, gekleidet mit einem langen, schwarzen Umhang und auf dem Kopf, schiefaufgesetzt einen breitkrempigen Hut.

Eisiges Schaudern lief mir über den Rücken. Täuschte mich mein Verstand schon so, dass ich Gespenster sah? Oder konnte ich in meinem Trancezustand Beklommenheit und Wirklichkeit nicht mehr auseinanderhalten?

Ohne ein zweites Mal hinzusehen, wandte ich mich um, rannte humpelnd quer über den Friedhof davon und wagte es nicht, mich nochmal umzudrehen.

Unvermittelt stolperte ich am Rande einer neu auf geschütteten Grabstätte, verlor den Halt und stürzte mit dem Gesicht mitten in die Anhäufung frischer Blumen und Kränze.

Für einen beklemmenden Moment waren meine Sinne wie betäubt von dem intensiven Duft, den die Pflanzen ausströmten und der mir in diesem gespenstigen Augenblick in vollen Schüben in die Nase fuhr.

Benommen schnellte ich wieder hoch und lief holprig im Dunkeln taumelnd auf das schmiedeeiserne Friedhofstor zu. ‚Hoffentlich ist das Scheißtor nicht abgeschlossen', betete ich vor mich hin.

Als ich näherkam, sah ich aber zu meiner Erleichterung, dass einer der Torflügel einen Spalt offenstand, Schnell huschte ich hindurch und wieselte über die Ackerkrumen auf den Holzstadel zu, den ich schon kannte.

Erst auf dem freien Feld blickte ich mich wieder um. Ich war allein. Niemand war mir gefolgt. Hatte ich geträumt? Oder fing ich auf meinen Wanderschaften, wo ich viel zu viel mit mir selbst sprach, schon zu spinnen an?

Was für eine seltsame Nacht!

Viele Nächte hatte ich schon im Freien verbracht und nie hatte ich wirklich Angst im Dunkeln. Vorsichtig ja, aber ängstlich war ich nie.

Doch diese schwarze Gestalt? – Eine Mystifikation? Immer wieder musste ich an die geheimnisvolle Schattengestalt auf dem Gottesacker denken. In meiner totalen Erschöpfung schlief ich dann endlich doch noch in einer Ecke des hölzernen Stadels im wärmenden Heu ein.

Mehr noch als sonst lauschte ich des Nachts fremden Geräuschen in meiner Umgebung. Ich träumte sehr schlecht. Von riesigen Verfolgern, baumlang wie die Pappeln der Allee. Allesamt Erzieher, Heimleiter und Polizisten, in schwarzen Umhängen und breitkrempigen Hüten auf dem Kopf.

Mit großen federnden Schritten und wie im Tanze schwingend, kamen sie mir immer näher, kreisten mich ein und grapschten nach mir mit ausgestreckten Armen und überlangen Fingernägeln.

Doch waren die Fingernägel dornige Zweige, die über mir das Himmelszelt verdunkelten. Die Gestalten der Lakaien beugten sich allesamt wippend über mich, wollten mir mit ihren Stacheln die Augen auskratzen, das Herz aus der Brust herausreißen. Sie würgten mir den Hals und die Atemluft ab und versuchten, mich mit ihrer Schwärze zu erdrücken, mich meines Lebens zu berauben.

Das leise Rascheln der Blätter formte sich wispernd zu Worten, die ich zunächst nicht verstand, welche dann aber zunehmend deutlicher wurden: „...mein Ssssohn, dein Herz, gibsss mir. Losss, gib mir dein Herz, mein Ssssohn..!“

Da wachte ich auf.

***

Nach tagelanger Wanderschaft kam ich endlich zu Hause an. Schon am nächsten Abend wollte mich die Polizei abholen. Vom Fenster aus sah ich aber das herannahende Polizeifahrzeug, welches kurz darauf vorm Haus anhielt.

‚Bloß schnell weg!'

Ich versteckte mich gerade noch rechtzeitig, als es schon an der Tür klopfte und ein Polizist nach mir fragte, Mama sich aber unwissend stellte. Doch schon am nächsten Morgen sind zwei Herren vom Jugendamt in aller Frühe schon erschienen. Während einer an der Wohnungstüre klingelte, lauerte der andere neben der Haustüre.

Sie brachten mich wieder ins städtische Waisenhaus nach Nürnberg zurück, wo mir unterbreitet wurde, dass mich die streng kirchlich gesinnten Leute von der Menschenrettungsanstalt Beiserhaus mit ihrer seelisch-geistigen Förderung doch nicht mehr weiter erretten wollten.

***

Zwei Dinge gab es, womit man jugendlichen Heimbewohnern zu drohen pflegte, wenn sie nicht parieren wollten. Die grässlichsten Geschichten erzählte man sich von dem ‚Moor', einer deshalb so benannten, gefängnisähnlichen Erziehungsanstalt, weil sie inmitten sumpfiger Moorfelder liegen soll.

Ob Wahrheit oder Legende, was war dran an den vielfältigen Erzählungen über dieses Heim, welches sich zur Vollstreckung von Zuchthausstrafen wohl besser geeignet hätte. Und aus dem es kein Entrinnen gab, weil das Moor dem Unkundigen keine Chance für eine Flucht offenbarte.

Und dann war da noch ‚Voccawind', wo schwer erziehbare Jugendliche wie Strafgefangene im Steinbruch eingesetzt wurden.

Als ‚schwer erziehbar' wurde man bereits eingestuft, wenn man – wie ich – seinem Drang nach Freiheit allzu freien Lauf ließ. Die bloße Nennung der Namen dieser beiden Heime flößten einem schon Furcht ein und oftmals reichte die Androhung aus, den einen oder anderen gefügig und einsichtig im Sinne der geltenden Heimmoral werden zu lassen.

Nicht so jedoch bei mir!

Und so war meine neue Heimat der als stets fürchterlich und abschreckend beschriebene Steinbruch auf dem Zeilberg in Voccawind.

Das war richtig bitter!

Langgestreckte, niedere Wohnbauten standen am Rande eines riesigen, fast kreisrunden Steinbruchkraters, in den ein breiter Weg hinab führte und der am oberen, hinteren Rand zu einer Hälfte etwa von Bäumen eines Mischwaldes umgeben war. Ich sah mich bei meiner Ankunft wie immer genau um und versuchte, mir aus den ersten Eindrücken so viel wie möglich einzuprägen.

Viel Zeit zum Eingewöhnen gönnte man mir als Neuankömmling jedoch nicht.

Nach der gebräuchlichen, lautstarken und inhaltlich mit den üblichen Androhungen gefüllte Ansprache des Heimleiters wurden mir die Arbeitskluft und die klobigen Schaftstiefel überreicht, Bett und Spind, sowie die Sitzordnung für die Essenszuteilung zugewiesen.

Am Ende einer kurzen, fast schlaflosen Nacht dröhnte ein lautes Hupsignal zum Aufstehen.

Ich tat, was alle taten, kroch gehorsam, aber wie in Zeitlupe aus der Koje und lief den anderen hinterher in den Waschraum, wo wir alle kalt duschen mussten. Und dann zu der Kammer, wo nachtsüber die Arbeitskleidung verwahrt wurde. Dort zog ich mir die derben und grob geflickten Anstalts-Klamotten drüber, die den ganzen Tag über juckten und kratzten, dafür aber nicht wärmten.

Nach dem Bettenmachen und einem öden Frühstück, welches nicht einmal annähernde den Hunger stillte, stellte sich der wilde Haufen in Zweierreihen auf, der diensthabende Erzieher prüfte die Vollzähligkeit und mit müden Gliedern stapfte ich frierend in meiner Kolonne den Weg in den Steinbruch hinab. Dort wurden die Arbeitsgruppen in verschiedenen Abschnitten des Steinbruchgeländes eingesetzt.

Mein Abschnitt wurde Abessinien genannt, wie das Kaiserreich in Ostafrika.

Die schweren Stiefel der wilden Horde knirschten auf dem zermahlenen Basaltschotter und waren im Nu von hochwirbelndem, graubraunen Staub völlig bedeckt.

'Was für ein beschissenes Strafbataillon', dachte ich bei mir.

„Warum bist du denn hier?" fragte mich mein Nebenmann, als ob er meine Gedanken lesen konnte.

„Ich?" Ich überlegte. Eigentlich wusste ich es auch nicht so genau. *„Vielleicht, weil ich mich immer dagegen wehre, in diesen Scheiß-Heimen bleiben zu müssen. Du weißt ja, sich gegen das zu wehren, was nach Meinung des Jugendamtes gut für dich sein soll, ist genauso strafbar, als wenn du einen umgebracht hättest. Dann steckst du nämlich in der gleichen Scheiße.*

Und du? Hast du einen umgebracht?" blickte ich meinen Nachbarn nur kurz von der Seite an.

„Umgebracht nicht, aber fast", war seine knappe Antwort mit einem breiten Grinsen.

Mehr wollte ich von ihm gar nicht hören. Vielmehr interessierte ich mich wie immer nur für die neue Umgebung. Soviel ich von hier aus erkennen konnte, gab es wohl nur diesen einen Weg in den Steinbruchkrater und oben einen Wald, der direkt an den Kraterrand des Zeilberges angrenzt. Dazwischen steile Geröllhänge.

Ich konzentrierte mich auf die örtlichen Gegebenheiten und so nahm ich die Zusammenhänge des Erzählers neben mir auch nicht richtig wahr.

Die Geschichte eines zumeist alkoholisierten Vaters, der die Mutter und seine Kinder prügelte, weshalb er selbst immer wieder von zu Hause ausgerissen war und schließlich das Jugendamt ihn ins Heim holte. Wo er nunmehr aber von den Erziehungsknechten weiterhin und noch viel schlimmer geprügelt und schikaniert wurde.

Was machte für ihn nun eigentlich den Unterschied aus?

Ohne hinzuhören kannte ich diese Geschichten, bzw. deren Verlauf ganz genau, auch wenn die auslösenden Umstände sich jeweils unterschieden. Aber darauf kam es gar nicht an. Wir waren allesamt Sträflinge, die für ein verpfuschtes Leben büßen mussten, für das wir nichts konnten.

„Hörst du mir überhaupt zu?“, fragte mich der Nebenmann irritiert.

„Klar!“ log ich, war aber gedanklich schon wieder am oberen Steinbruchrand und stellte mir den Wald vor, der mir zu gegebener Zeit Schutz für meine nächste Flucht bieten sollte.

„Da vorn müssen wir uns nochmal anstellen“, erklärte mein neuer Kamerad. *„Und da drüben gibt's Tee für den Durst. Mit Fleischbeilage“*, grinste er.

„Was denn für eine Fleischbeilage?“ fragte ich zurück.

„Naja, wenn das Gesöff den ganzen Tag über im Freien steht, gesellt sich halt auch so manch durstiges Krabbel- oder Fliegengetier hinein. Aber wenn du nach der harten Maloche weißt, was Durst bedeutet, wird dir das scheißegal sein."

Wieder grinste mein Nebenmann mich an.

„Aber meistens kriegst du eh nix davon ab. Da gibt's dann noch die Spülkästen der Toiletten. Das wirst du bald zu schätzen wissen, wenn du kurz vorm Verdursten bist!"

Ich schüttelte angewidert den Kopf, durfte aber bald am eigenen Leib erfahren, dass mein Nebenmann Recht hatte.

Im Kraterinneren angekommen bekam ich von einem der Bewacher im Steinbruch, einem Ex-Wehrmachtssoldaten aus einer kleinen, gemauerten Materialhütte heraus ein Haueisen und einen kleinen, schweren Hammer.

Dann wurde ich in knappen kurzen Worten angewiesen, Basaltgestein, welches jeweils zuvor aus dem Steinbruch herausgesprengt wurde, in Stücke einer bestimmten Größe zu zerschlagen und auf Loren zu verladen.

Für jede vollgeladene Lore versprach man uns eine Silber-Marke. Mindestens fünfzehn Loren mussten aber am Tag geschafft werden.

Wer sich mehr Silbermarken verdiente, sollte zusätzlich zum normalen Abendessen eine Extrazuteilung Brot und ein Stück Kunsthonig bekommen.

Die armen Steineklopfer waren allesamt – ausgehungert durch die körperliche Schinderei – ganz begierig auf die Zusatzration und ackerten deshalb wie die Pferde. Auch wenn die Steinbrocken meist um etliches schwerer waren, als die Burschen selbst.

Und die zahllosen Fleischwunden, die sie sich zuzogen, konnten nie so richtig verheilen, da diese am nächsten Tag durch die Berührung mit dem scharfkantigen Gestein ja eh wieder aufgerissen und die Finger beim Aufladen in die eisernen Loren gequetscht wurden. Danach bildete sich nach den Wasserblasen eine Hornhaut, der man jeweils mit Sandpapier zu Leibe rückte.

‚Wenn du die Ladung in deinen Loren jeweils so geschickt mit viel Luft dazwischen platzierst, kannst du dir deine Silber-Münzen leichter verdienen', überlegte ich, lud ganz unten die großen Steinbrocken und stützte sie mit kleineren Bruch-Stücken so geschickt ab, dass ziemlich große Hohlräume entstanden, die von außen nicht zu erkennen waren. Die obere Gesteinsschicht dekorierte ich dann dichter, um meine Manipulationen zu verbergen.

Sodann schob ich meine volle Lore vor zu dem Gleis, wo die Wagen anschließend von kleinen Lokomotiven gesammelt zu einer Seilbahn gebracht und die Brocken dann zum Quetschwerk ins Tal transportiert wurden.

Am ersten Abend auf dem Rückweg von der Maloche war ich hundemüde, jeder einzelne Knochen tat mir weh.

Die Hände waren zerschunden und an meinen Handinnenflächen schmerzten dicke, wassergefüllte Blasen. Ich versuchte, diese mit Atemluft zu kühlen, kreuzte die Arme vor meiner Brust und klemmte mir die Hände unter meine Achseln, um die Schmerzen zu lindern. In meiner Unterkunft angekommen stach ich mir mit einem Nagel zunächst die Blasen auf und freute mich auf die redlich ermogelte Zusatzration Brot für meine zwei extra Silbermünzen.

Allerdings kam man mir bald auf die Schliche und der Lokführer beschleunigte von da an kurz den Zug mit den Loren, um diesen dann aber wieder abrupt abzubremsen, so dass mein Steinehäuflein in der Lore kläglich in sich zusammensackte und damit auch meine Wünsche nach einer Scheibe Brot mehr.

***

Die Methoden der Erzieher in Voccawind waren unmenschlicher als alles, was ich in sämtlichen Heimen davor je erlebt hatte. Ich verstand nun bald, warum der Name Voccawind gleichermaßen Furcht und Abschreckung repräsentierte.

Als wir Zöglinge eines Abends abgekämpft und hungrig zum Essen erschienen, lagen auf einem Tisch, der für vier Personen eingedeckt war, nur drei Scheiben Brot.

Der vierte Junge, der dazu kam und bemerkte, dass das Brot für ihn nicht mehr reichte, ging völlig ahnungslos zum Erzieher und bat ganz höflich: *„Könnte ich bitte eine Scheibe Brot haben?“*

„Dir reicht wohl nicht, was auf dem Tisch liegt?“, war die ruppige Antwort.

„Entschuldigen Sie bitte, aber da liegen nur drei Scheiben Brot und wir sind zu viert an dem Tisch“, erwiderte der schmächtige Junge kleinlaut, aber empört.

„Los, verschwinde und quatsch mich nicht so blöde an!“, artikulierte der junge Anstaltsleiter ungeduldig und so laut schreiend, dass ihm die Halsschlagader beängstigend dick anschwoll, wandte sich angeödet ab und ließ den Bittsteller einfach stehen.

Der ging zu seinem Platz zurück und murmelte empört vor sich hin: *„Nicht mal was zu fressen kriegt man hier in diesem Scheiß-Puff.“*

Er hatte seinen Esstisch noch nicht erreicht, da packten ihn zwei kräftige Hände von hinten an den Schultern, zerrten ihn zurück in die Mitte des Raumes und ehe er sich´s versah, donnerten die brutalen Schläge des athletischen Erziehers auf ihn nieder.

Der arme Kerl wusste gar nicht, wie ihm geschah. Die Fausthiebe trafen ihn am Kopf und in der Magengegend. Brutal zusammengeschlagen stürzte er auf den Boden und wimmerte vor Schmerzen.

„Dies nur als Warnung an alle, die meinen, immer das letzte Wort haben zu müssen" brüllte der Muskelberg von einem Erzieher mit bebender Stimme in die Runde.

„Und du komm mir bloß nicht mehr unter die Augen, sonst gibt's so lange was mit der Feuerhake, bis du durch die Ohren atmest!!", schrie der brutale Wursthans den am Boden kauernden Burschen im Hinausgehen noch an und knallte genervt die Türe zu.

Jaulend quälte sich der Verprügelte hoch, hielt sich mit einer Hand den geschundenen Leib, mit der anderen die blutenden Lippen und wankte mit geschwollenem Auge und gesenktem Kopf hungrig auf seine Stube.

‚Und dies alles im Namen des Herrn', dachte ich bei mir. Denn Träger dieser gottlosen Erziehungsanstalt hier im Steinbruch war eine christliche und soziale Einrichtung der Inneren Mission unter der Obhut der Kirche.

Hier sollte der Begriff ‚Nächstenliebe' eigentlich eine wesentliche Rolle spielen.

Aber davon wollte hinter diesen evangelisch-lutherischen Anstaltsmauern für jugendliche Zwangsarbeiter offenbar niemand was wissen.

***

Nach dem Abendessen, welches in völliger Ruhe einzunehmen war, mussten die Steinbruchklamotten in einer Baracke aus gezogen werden, wo sie nachtsüber weggesperrt wurden.

Mit einem dünnen Nachtanzug und leichten Hausschuhen gings dann rüber zu den Schlafbaracken, in denen die Burschen in eiskalten Schlafzimmern ihr Nachtquartier bezogen.

Verlief alles reibungslos, so gab der Erzieher im Aufenthaltsraum noch mal *„Feuer frei"* für eine, oder manchmal nur 'ne halbe Zigarette, welche sofort, wenn das Schlusskommando ertönte, widerspruchslos auszumachen war.

Als ich am nächsten Tag wieder im Steinbruch ankam, und in der massiven Lagerhütte mein Hauwerkzeug abholen wollte, sprach mich dort der Materialwart – von allen nur *Mattwart* genannt – an: *„Du bist doch der, der überall abhaut. Ich glaub' wir werden dich hier auch nicht lange haben."*

„Wieso?" fragte ich unschuldig zurück und sah in die zwinkernden, aber müden Augen des alten Herrn, ein ehemaliger Wehrmachts-Soldat.

Ich bekam keine Antwort, sondern nur eine Anweisung, woraus ich aber erkannte, dass der Mattwart es gut mit mir und meinen zerschundenen Händen meinte: *„Dich brauch ich heute hier im Bunker zum Dynamit abladen."*

„Na, klar", nickte ich und freute mich, dass ich meinen rissigen und geschundenen Pfoten somit einen Tag Ruhe gönnen konnte.

Ich dankte dem Alten im Stillen, ohne es ihm jedoch zu sagen. Ich glaube aber, er verstand auch so.

Während ich auf weitere Anweisungen wartete, legte er in Ruhe das Werkzeug für die anderen Zöglinge auf die Holzplatte. Ich sah mich in der Hütte um. Ein vergilbtes Bild an der Wand zeigte eine Horde zerlumpter Arbeiter hier im Steinbruch.

„Russische Gefangene, Feinde unseres Volkes als Zwangsarbeiter des Dritten Reiches" kommentierte der Mattwart meine Beobachtung.

„Ah und jetzt wir Heimkinder", sprach ich laut, *„auch Feinde unseres Volkes. Da haben wir es ganz schön weit gebracht!"*

Der Exsoldat zog nur für einen kurzen Moment die Schultern hoch.

Und als am Abend schließlich der letzte Steineklopfer sein Werkzeug wieder zurückgebracht und den Vorratsbunker verlassen hatte, knüpfte er scheinbar zusammenhangslos an das begonnene Gespräch an: *„Du spekulierst doch wieder, ich seh' dir das an."*

"Nein", log ich.

„Erzähl' mir doch nichts. Du kannst nicht gefangen sein. Aber gib acht, die Zonengrenze ist nicht weit, Das ist gefährlich!" Und während er sprach, deutete er mit einem Arm in die Richtung, in der sich wohl der Grenzverlauf zur Deutschen Demokratischen Republik befand und fügte halblaut hinzu:

„Aber nicht, wenn ich Dienst habe! Damit das klar ist.“

Ich schüttelte nur den Kopf und wusste, dass ich ihm trauen konnte.

Am nächsten Tag lud ich vernagelte Holzkisten mit der Aufschrift ‚Donnaried‘ und dem Zusatz ‚Vorsicht Sprengstoff‘ von einem Lastwagen und trug sie in den Bunker. In den angebrochenen Kisten dort konnte ich die roten Stangen meiner gefährlichen Fracht erkennen und mich schauderte bei dem Gedanken, was für einen enormen Schaden man hier mit einem Streichholz oder einer weggeworfenen Zigarettenkippe anrichten könnte.

Die Arbeit war nicht ganz so schwer wie in der Felswand und so konnten sich vorübergehend wenigstens meine Schwielen ein wenig erholen.

Der alte Soldat sprach nicht viel, was mir sehr gelegen kam, denn auch ich selbst war kein Freund von überflüssigen Worten. Aber sicherlich verband uns beide etwas, was zu einer stummen Sympathie führte.

***

Sofern die Heimleitung des Arbeitserziehungslagers mit den Leistungen der Burschen zufrieden und zudem noch gnädig stimmt war, wurde sonntags ein gemeinsamer Gang in das nahe gelegene Lichtspielhaus nach Maroldsweisach genehmigt.

Das sollte die Krönung und eine willkommene, aber eher seltene Abwechslung sein.

Allerdings war der Weg durch Maroldsweisach für uns mehr als erniedrigend. Denn immer wenn wir da durchliefen, sahen die ehrenwerten Bürger des Ortes uns – wie offenbar damals auch die russischen Kriegsgefangenen – als Schwerverbrecher und Gesindel an. Rasch holten sie ihre Kinder ins Haus, sperrten die Türen zu und verriegelten die Fensterläden.

‚Hier könnt' ich's wieder packen', dachte ich beim Kinobesuch.

Aber die Zonengrenze zur DDR war sehr nah und eine Flucht musste daher gut vorbereitet sein, um nicht versehentlich von den wachsamen Soldaten der DDR-Volksarmee als vermeintlicher Republik-Flüchtling erschossen zu werden, oder auf eine von den ostdeutschen Grenztruppen vergrabenen Landminen des Todesstreifens zu geraten.

So zog ich es daher vor, die örtlichen Verhältnisse um den Steinbruch und den Orten Zeilberg und Maroldsweisach herum erst noch eine Zeitlang auszukundschaften, um kein unnötiges Risiko einzugehen.

***

Mama schrieb mir einen Brief und der charakterlose Erzieher las diesen vor der Gruppe laut vor. Allerdings auch erst viele Tage später, nachdem der Brief eingetroffen war. Die anderen feixten und spotteten darüber und ich war mir nun ganz sicher: ‚keine Sekunde länger bleib ich hier bei diesen Dreckschweinen. Ich musste weg und zwar so schnell wie möglich.‘

Aber meine Stinkwut im Bauch und mein abgrundtiefer Hass auf diese gottlosen Menschenschinder hier waren schlechte Ratgeber. Das wusste ich, weshalb ich mich nicht von Empörung und überstürzten Gedanken verleiten lassen wollte.

Und so überlegte ich nochmal alle bisher ausgekundschafteten Möglichkeiten.

Die Fahrt ins Tal mit der betagten, aber dennoch tüchtigen Transport-Seilbahn verwarf ich schließlich wieder, weil mir die Beförderung zusammen mit den scharfkantigen Steinen in den Transportbehältern zu gefährlich schien und ich mir zumindest beim Auskippen in dem Quetschwerk aus möglicherweise stattlicher Höhe größere Verletzungen oder gar den Tod zu ziehen konnte. Ich kannte ja die Gegebenheiten dort unten nicht. Zu viele unbekannte Faktoren verwarfen deshalb diese Idee in meinem Kopf wieder recht schnell.

In einer kalten Winternacht kurz vor Weihnachten wagte ich es. Ich zog den Trainingsanzug über das Nachtgewand, stieg barfüßig in die Filzschuhe und ging zur Toilette.

Vorsichtig öffnete ich dort das kleine Fenster. Es hatte geschneit. Nicht viel, aber es war unangenehm kalt.

Kaum war ich durch die winzige Öffnung hindurch gekrochen, da fingen die Hunde des Heimleiters schon wie wild zu bellen an.

Ich spurtete über den glatten, verschneiten Boden. Das metallene Klirren der Eisenketten, an denen die angriffslustigen Hunde durch ihr unbändiges Anschlagen zerrten, verriet mir, dass die Köter angebunden waren.

‚Nur schnell weg vom Heim!'

Wie immer lief ich auf den Wald zu. Die Grenze ist nicht weit, hatte der Alte gesagt und mir annähernd die Richtung gezeigt. Natürlich hatte ich mich darüber hinaus so gut wie es in meiner Situation möglich war, informiert, ohne jedoch Verdacht über meine Absichten zu erwecken.

Aber wo war jetzt die Grenze? Wie stark wird sie hier bewacht? Was, wenn die Grenzpatrouille mich schnappt? Meine Gedanken dienten nur meiner inneren Kontrollabfrage, beunruhigten mich aber nicht wirklich. Ich hatte ja überhaupt nichts zu verlieren, denn schlimmer wie jetzt konnte es ohnedies nicht kommen.

Und die Hölle kannte ich ja schon.

In der Dunkelheit fehlte mir jegliche Orientierung, dennoch lief ich einfach weiter. Schließlich legte ich mich in einem Gebüsch nieder, rollte mich zusammen und döste frierend in mehreren Etappen bis zum Morgengrauen.

Lastautos ratterten irgendwo in der Nähe.

‚Die Laster vom Steinbruch? So nah?‘, überlegte ich und schlich irritiert durchs Dickicht weiter. Als ich auf eine Lichtung hinaustrat, stand ich plötzlich unvermittelt einem grün gekleideten Jägersmann mit umgehängtem Gewehr gegenüber. Beide erschraken wir fürchterlich voreinander.

Reaktionsschnell huschte ich wieder davon und verschwand durchs Unterholz.

Nach einiger Zeit kam ich auf eine steinige Anhöhe, ich lief auf die Lichtung hinaus und traute meinen Augen nicht: drunten im Tal erkannte ich den kleinen Betonbunker der Material-Ausgabe und gegenüber meines augenblicklichen Standpunktes lagen die Gebäude des Heimes!

‚So eine Scheiße!‘ Ich war regelrecht im Kreis gelaufen und stand nun wieder inmitten des Steinbruchgebietes. Wie ich rasch weglaufen will, hörte ich das lange Tuten eines Signales, welches ich gut kannte. ‚Mensch die sprengen‘, dachte ich schreckerfüllt. Ich kannte die Sprengsignale genau und die Warnungen dazu:

NACH DEM ERSTEN HORNSIGNAL
SOFORT IN DECKUNG GEHEN!

‚Na vielleicht dort drüben, in einem anderen Teil des Steinbruchs‘, versuchte ich mich selbst zu beruhigen. Die Steinbruchabschnitte hatten ja verschiedene Namen, wohlklingende Namen wie Montenegro oder Abessinien.

Aber sie sprengten weder in Abessinien, noch in Montenegro. Sondern hier!

Direkt in meiner Nähe!

Ein zweimaliges kurzes Hornsignal war zu hören, worauf auch unmittelbar eine gewaltige Detonation einsetzte. Ich duckte mich hinter einen Felsbrocken und lief dann auf einen bereits freigeschaufelten Korridor zu.

Auf einmal schrie einer von weitem lauthals aus voller Kehle: *„Mensch, du Idot! Bist du völlig verrückt geworden! Lauf weg!“*

Mit einem Schlag wurde mir bewusst, dass ich mich nun mitten im Sprenggebiet befand und rannte in Todesangst.

Die Knie schlugen mir fast bis ans Kinn.

Die Sprengungen wirbelten riesige Staubfontänen auf, Basaltbrocken prasselten direkt hinter mir nieder und scharfkantige Steinsplitter schwirrten durch die Luft.

Panikartig hastete ich vorwärts, stürzte und kroch auf allen Vieren über nachrutschende Geröllhalden.

Unverletzt erreichte ich den Wald und rannte, was das Zeug hielt. Völlig außer Atem sprang ich in eine dichtbewachsene Schonung hinein, wo ich mich stundenlang nicht mehr vom Fleck rührte. Der Schreck saß mir noch tief in den Gliedern und ich nahm sehr angespannt sämtliche Geräusche meiner Umgebung wahr. Nichts deutete jedoch daraufhin, dass ich verfolgt wurde.

Noch wachsamer als sonst lief ich bis zum Eintritt der Dunkelheit weiter, verkroch mich dann in ein Erdloch unter einem hohen Tannenbaum und schlief dort völlig erschöpft fest in.

Nachts wachte ich wieder auf. Irgendetwas war auf einmal so anders. Eine merkwürdige Stille umgab mich.

Vorsichtig und frierend krabbelte ich aus meinem Unterschlupf hervor. Dicke Schneeflocken tanzten vom Himmel herab und tiefverschneit wie in einer Märchenwelt war der Wald mit einem Male. Die schwere Schneedecke ließ selbst das Rauschen der Baumwipfel verstummen.

In der absoluten Stille dieser Winterpracht vernahm ich auf einmal das Knirschen schwerer Schritte im Schnee. Behutsam verschwand ich wieder unter meiner breitästigen Tanne und beobachtete zwischen den Zweigen hindurch zwei bewaffnete Männer in Pelerinen gekleidet, die in sicherer Entfernung von mir ihren Weg vor sich mit einer Taschenlampe ausleuchteten. ‚Bayerische Grenzer auf Patrouille', mutmaßte ich.

Der alte Soldat hatte recht, weit war die Grenze nicht. Und aufpassen solle ich, damit ich mich nicht versehentlich hinüber verirre.

Die Grenzpolizisten verschwanden wieder und ich schlich nach einer Weile vorsichtig peilend durch den vom Schnee erhellten Winterwald. Die weißen Flocken, die vom nachtschwarzen Himmel herunter wirbelten, deckten meine Fußspuren schnell wieder zu.

So lief ich eine ganze Weile durch die Nacht.

Bis ich mitten im Wald auf eine Blockhütte stieß!

‚Vielleicht gibts da was zu essen?' Ich fror, war müde und hatte Hunger. Vorsichtig und nach allen Seiten sichernd, schlich ich auf das Häuschen zu. Der Eingang war von außen durch zwei massive Querbalken und groben Vorhangschlössern mit eisernen Vorrichtungen an deren Ende geschützt und sollte ungebetene Gäste abwehren.

Auch die stabilen Holzläden vor den Fenstern waren fest verschlossen. Ich rüttelte an sämtlichen Zuhaltungen. Zu meiner Verwunderung ließ sich eine Schraube an einem Fensterladenverschluss mit der Hand aufdrehen, sodass der Haken, welcher die beiden Flügel zusammenhielt, sich löste und relativ leicht aufging.

Durch die Scheiben hindurch konnte ich nichts erkennen. Drinnen war es stockdunkel.

Wachsam lauschte ich lange in die Nacht. Dann schlug ich mit dem Ellenbogen das Fensterglas ein, lauschte wieder, ob sich eine Gefahr anbahnte, aber alles blieb weiterhin ruhig. Vorsichtig drehte ich von innen den Fenstergriff auf und drückte gegen den Flügel, der mit einem Ruck aufsprang.

Als ich durch die Öffnung stieg und vorsichtig einen Fuß auf dem Bretterboden aufsetzte, knirschten die Glasscherben unter meinen Sohlen.

Draußen schneite es unaufhörlich weiter.

Flink brachte ich die gelöste Schraube wieder am Haken an und schloss die Läden hinter mir von innen wieder leise aber fest ab.

Drinnen tastete ich im Finstern umher und stolperte gegen die Einrichtungsgegenstände. Die Hütte bestand offensichtlich aus nur einem einzigen Raum.

Auf dem Tisch befühlte ich eine Packung Streichhölzer, die ich sofort öffnete, um in der absoluten Dunkelheit umständlich ein Hölzchen anzuzünden, was mir schließlich auch gelang.

Was ich in dem Blockhaus entdeckte, war für mich das Himmelreich. Zwei Stockbetten mit dicken Federbetten darin, standen in dem Zimmer. Brennholz war in einer Ecke auf gestapelt, daneben ein gefüllter Wasserkanister.

Das erste Streichholz erlosch und rasch zündete ich das nächste an. Im Küchenbüffet fand ich Zwieback, Teebeutel, Zucker und eine Flasche mit klarem Schnaps.

Immer wieder musste ich ein neues Streichholz anzünden und sorgte mich schon, wenn die Zündhölzer alle verbraucht waren, als ich schließlich neben dem gusseisernen Kanonenofen eine alte, schon etwas rostige Petroleumlampe fand, die ich sofort anzündete.

Ich drehte an dem kleinen Rädchen, bis der vom Ruß geschwärzte Glaszylinder einen schwachen Lichtschein von sich gab. Danach entzündete ich etwas Holz im Ofen, kochte mir einen Wasserkessel voll Tee und ließ dann aber das Feuer wieder ausgehen, um nicht durch einen rauchenden Kamin auf mich aufmerksam zu machen.

Ich tat mir von dem Zucker und dem klaren Schnaps reichlich in den Tee hinein, aß von dem Zwieback und fühlte, wie allmählich die Kräfte in meinen Körper zurückkehrten. Ich zog mich ganz aus und hing meine Kleider im Raum so auf, dass sie trocknen würden.

Satt und zufrieden legte ich mich auf eines der Betten, nahm ein Federbett als Unterlage und deckte mich mit dem anderen zu.

Ich fühlte mich so behaglich wie ein Waldwichtel.

‚Und jetzt hundert Jahre schlafen', wünschte ich mir und streckte mich genüsslich aus. Ich kam mir wirklich wie im Himmelreich vor.

Mit zwei Federbetten hatte ich noch nie in meinem Leben geschlafen. Oft noch nicht einmal mit einem. Im Heim gab's nur graue Wolldecken und bei meinen Eltern hat's für Federbetten auch nie gereicht.

Tief und fest schlief ich bis weit in den Vormittag hinein, bis mich ein lautes Rütteln an den Holzläden unsanft aus meinen Träumen riss.

Kräftige Schritte knirschten um das Haus und über den Schnee auf der Holzveranda. Laute Männerstimmen konnte ich nun wahrnehmen: *„Nein, hier ist nichts"*, sagte einer, *„hier ist alles in Ordnung."*

Zu meinem Glück entfernten sich die Schritte wieder weg von der Hütte und ich atmete auf. ‚Hier musste ich schleunigst wieder raus.'

Ich fand einen dicken Pullover, der mir einigermaßen passte, einen alten, speckigen Hut und eine warme Jacke, die mir viel zu groß war.

Behutsam öffnete ich das Fenster und den Laden, zu dem ich eingestiegen war, spähte und lauschte aufmerksam nach allen Seiten, sprang lautlos wie eine Katze aus dem Haus und schlich davon.

Es schneite nicht mehr, aber meine Spuren vom Vorabend waren vom Schnee restlos zugedeckt. Mein Glück, sonst hätten mich die Männer von heute Morgen geschnappt.

Die Wolken am Himmel verflüchtigten sich und die Sonne schickte bündelweise ein paar gleißende Lichtstrahlen durch die Zweige. Der Schnee glitzerte und das helle Licht erfreute für einen Moment mein Herz.

Gut bei Kräften konzentrierte ich mich wieder auf meinen Weg, lief über den weichen Schneeteppich und vergaß dabei bald, auf diesen wunderschönen Tag zu achten.

Unvermittelt hörte der Wald auf und eine breitgerodete Schneise zeigte die Demarkationslinie an. Holzpflocken mit schwarzrotgoldenen Streifen markierten das Ende der Bundesrepublik. Kleine, weiße Schneehäubchen oben drauf, ließen die Grenzpfähle niedlich und harmlos aussehen.

‚Das muss die Grenze sein', vermutete ich und spurtete über das Niemandsland zwischen den beiden deutschen Landen. Ich sprang über einen niederen Drahtverhau und sah nach einer kurzen Weile auf der anderen Seite ebenfalls schwarz-rot-gold-gestreifte Grenzpfähle stehen, die mich völlig irritierten.

‚Wo bin ich jetzt bloß hingeraten?', rätselte ich verwirrt.

Ich machte eine abrupte Kehrtwendung und übersprang den Drahtzaun abermals, nun aber wieder in die entgegen gesetzte Richtung, lief das gerodete Niemandsland zunächst entlang und dann wieder in etwa dorthin, wo ich herkam. Dabei wäre ich beinahe zwei westdeutschen Pelerinen-Soldaten direkt in die Arme gelaufen und wusste mit einem Male, dass mein ursprünglicher Kurs doch der richtige gewesen war.

Blitzschnell schlug ich einen Haken, rannte erneut über den kahlen, verschneiten Grenzstreifen und überwand den Zaun ein weiteres Mal.

„Halt! Stehenbleiben! Zonengrenze!" riefen mir die Männer vom bayerischen Grenzschutz aufgeregt nach.

Ich scherte mich einen Dreck darum und war nun vollends sicher, dass ich auf dem richtigen Wege war.

Ungehindert konnte ich in das Territorium der DDR eindringen und suchte auf der anderen Seite der deutsch-deutschen Grenzlinie im ersten Dorf die erste Kneipe auf, wo der Wirt schließlich die Grenzsoldaten der Nationalen Volksarmee informierte.

Nach einiger Zeit betraten dann zwei grau uniformierte Männer mit jeweils einem über der Schulter hängenden Gewehr den Wirtsraum.

Sie gingen sehr höflich mit mir um und baten mich, von der Lücke im Grenzbereich beziehungsweise ihrem Versagen, den deutsch-deutschen Schutzwall vor westdeutschen Eindringlingen zu schützen, nichts ihren Vorgesetzten zu berichten. Nachdem ich ihnen dies versprochen hatte, nahmen sie meine Personalien auf.

„Ich bin der Arthur und aus dem Westen abgehauen, aus dem Erziehungsheim Maroldsweisach“, begann ich meine Geschichte zu erzählen.

***

***

„Es gibt nur eine Sache die größer ist als die Liebe zur Freiheit:

der Hass auf diejenigen, die sie dir wegnehmen"

Che Guevara

***

Kapitel 3

Doch der Alte vom Schrottplatz verriet mich nicht.

Nun wäre es an mir gewesen, ihn zu verteidigen, mich selbst als Dieb erkennen zu geben, seine Ehre wieder herzustellen, doch seine eindringlichen braunen Augen, mit denen er mich angesehen hatte – ganz kurz nur – gaben mir aber Zuversicht, und sagten mir stumm: *‚Lass nur Junge, is schon gut so‘.*

Ich wusste, dass er mich erkannt hatte. Aber vor dem scharfen Blick des Prokuristen schüttelte er stumm und bedächtig den Kopf. Er drehte sich etwas zur Seite, machte eine abwinkende Handbewegung und schüttelte weiterhin nur den Kopf, der alte Schrat.

„Wie?“, schrie der Prokurist ihn mit verkniffener Mimik empört an. *„Keiner von denen? Was soll das? Schauen Sie doch mal genauer hin!“*

Der Alte aber wandte sich wortlos ab und schüttelte nur stumm den Kopf. Immer und immer wieder.

Mir fiel ein richtig großer Stein von der Seele. ‚Wow‘ das war knapp, atmete ich unmerklich auf, rätselte aber zugleich, wieso der Alte mich nicht verriet.

Was würden die nun mit ihm machen?

„Weiß einer von euch, wie das Werkzeug hierhergekommen ist?“, versuchte der Prokurist mit kratziger Stimme nochmal, unter uns Lehrlingen den Dieb heraus zu finden. Doch schüttelten wir Lehrlinge allesamt gleichsam wortlos unsere Köpfe.

„Dies wird noch ein Nachspiel haben“, drohte er. *„Das verspreche ich euch. Und jetzt alle sofort zurück an die Arbeit!“* rief der Prokurist verärgert, schob uns unwirsch vor sich her durch die Türe bei den Garagen hinaus und verschwand dann mit dem Weihnachtsgeschenk meines Bruders Jürgen in seinem Büro.

***

Weil der Alte vom Schrottplatz mich nicht verraten hatte, konnte ich meine Lehre im Autohaus beenden, ohne noch mehr und noch schlimmere Schikanen in noch unheilvolleren Fürsorgehöllen erleiden zu müssen.

Welch ein Glück für mich und welch eine Gnade.

Ich wurde also nicht – wie mein Bruder Jürgen – mit böswilliger Demütigung wie ein Schwerverbrecher in Zuchthausklamotten gebrandmarkt und in der Sträflingsabteilung weg gesperrt.

Musste nicht wie er unter extremen körperlichen Belastungen oder gar bis zum Kollaps im Orfangarten Kinderzwangsarbeit ableisten. Oder als Strafaktion menschenverachtend bis zur totalen Erschöpfung wie ein Frosch um eine Tischtennisplatte im Kreis herum hüpfen. Einzig mit dem Ziel, die Jugendlichen zu demütigen und deren Willen zu brechen.

Was für eine blödsinnige Schocktherapie!

Zum Glück hatte sich unsere Mama so stark für Jürgen eingesetzt, dass er letztendlich seine Bäckerlehre doch weiter fortführen und jenes Kindergefängnis mit seinen böswilligen Quälereien und Schikanen bald wieder verlassen konnte.

Und anders auch als bei meinem ältesten Bruder Arthur – der als furchtloser Rebell ständig aus sämtlichen Erziehungsanstalten ausgerissen war – sind mir dessen ständige Verfolgungsjagden und gruseligen Heimeinweisungen auf einer wohl nie enden wollenden Flucht erspart geblieben.

Auch dass er zuletzt wie ein Strafgefangener im Steinbruch Voccawind bis zur totalen Erschöpfung und unter ständiger Gefahr für Leib und Leben hat schuften müssen. Weshalb er in seiner Not in die DDR abgehauen ist.

Dies alles ist mir also erspart geblieben, weil der Alte vom Schrottplatz mich nicht verraten hatte. Mann danke Alter eyh!

***

Irgendwann später fragte ich mal einen älteren Kollegen, einzig zu dem ich hier im Betrieb ein wenig Vertrauen hatte, weil ich glaubte, dass er an mich glaubte, was er denn so über den Alten vom Schrottplatz alles so wusste.

„Es ist nicht viel, was man über ihn weiß,“ meinte er, *„nur, dass er als Landser schwer verwundet wurde und nach einigen Irrwegen hier auf unserm Schrottplatz gestrandet war. Hat zunächst angefangen, Abfälle zu sammeln, später auch das Altmetall des Autohauses und der Kraftfahrzeug-Werkstatt zu sortieren. Und natürlich weiter zu verkaufen, was noch gut und brauchbar war. Dann hat er sich eine kleine Hütte hingestellt – naja, ne Bruchbude als Unterschlupf halt.*

Seine Kundschaft besteht meist wohl aus harmlosen Kleinganoven, die – wie er selbst übrigens – offenbar nichts mehr zu verlieren haben und die – wie er – die Fähigkeit besitzen, sich unsichtbar zu machen. Nachtaktiv und äußerst scheu bekommt sie tagsüber kaum einer zu Gesicht.“

Mein rundlicher Kollege, der mit seinem Schnauzer so gutmütig aussah wie das Walross in dem Landschaftszoo am Schmausenbuck, schnäuzte sich laut in sein Taschentuch, ehe er weitersprach.

„Aber der tut keinem was. Und weil der Alte von Anfang an stets ein Auge auf die Autohalde warf, besonders auch auf die Neuwagen, wusste dies der Chef rasch zu schätzen und lässt ihn deshalb dort gewähren.

Völlig zu Recht, wie ich meine. Und es ist dem alten Mann auch bewusst, dass er sich diesen Vorteil nicht verspielen darf. Solange er auf diesem abgeschiedenen Brachland für Ordnung sorgt – und das macht er richtig gut – lässt der Chef ihm seine Ruhe und so kann er sich da frei bewegen. Niemandem interessiert sein Leben, oder sein Vorleben."

Mein Kollege sah durch das Bürofenster den grauen Regenwolken nach.

„Und niemand kennt seinen Namen. Es hatte auch kaum einer hier vom Personal den Mann je richtig zu Gesicht bekommen. Und wer ihm doch mal begegnet, bekommt das Gefühl, als sei bei ihm jedes gesprochene Wort überflüssig."

Mein Kollege machte eine Pause, sah lange zum Fenster hinaus und putzte dabei seine Brille mit dem Taschentuch, in das er sich eben noch geschnäuzt hatte.

„Der Krieg hatte ihn entstellt, und durch den Krieg hatte er alles verloren, erzählt man sich. Offenbar auch seine Stimme. Als könne er all seine schlimmen Erinnerungen durch sein Nichtmehrredenwollen löschen. Dafür hat er nun eine stoische Ruhe und Gelassenheit. Offenbar kann ihn nichts auf dieser Welt mehr erschüttern. Beneidenswert – jedenfalls von außen betrachtet!"

***

Bei mir ging also alles so weiter wie bisher. Im Autohaus und im Orfan.

Mitunter, bei guter Führung, erhielten wir Burschen in der Orfan'schen Lehrlingsabteilung – was zwar nicht oft vorkam – eine Sonderbehandlung in Form eines Freigangs nach dem Abendessen. Selbstverständlich unter Aufsicht des Erziehers.

Und natürlich auch nur dann, wenn sich während des Abendessens keine Zwischenfälle ereigneten.

Bei der sehr niedrig angelegten Toleranzgrenze der Erzieher, die zudem noch von deren jeweiliger Tageslaune abhängig war, genügten schon sehr geringe Anlässe, um den angekündigten Abendspaziergang als Kollektivstrafe abzublasen.

„Vergesst nicht, ihr seid hier schließlich in einer Erziehungsanstalt", wurde uns immer wieder gerne vorgehalten.

‚Wieso eigentlich *Erziehungsanstalt*', überlegte ich, ‚das klang ja etwa so wie Zuchthaus für Kinder.'

Ich war mir keiner Schuld bewusst, hatte ja überhaupt gar nichts verbrochen, wofür man mich in eine Besserungsanstalt hätte stecken müssen. Warum wird uns hier permanent das Gefühl eingeimpft, ein Nichts zu sein? Oder bestenfalls ein jämmerlicher Haufen Dreck?

Als man mich ins Heim einlieferte, war ich gerade mal vier Jahre alt. Und was kann ein Vierjähriger schon für gefährliche Straftaten begangen haben, dass man mir nun vorwarf, ich sei schließlich nicht ohne Grund hier.

Trotz meiner Empörung zeigte ich wie immer keine Regung. Seinem Ärger oder seiner Entrüstung Luft zu machen, hat im Orfan noch Keinem gut getan, war eine meiner einprägsamsten Lebenserfahrungen dieser Scheinwelt.

Zwischendurch klappte es aber doch mal, dass der uns versprochene Abendspaziergang tatsächlich auch durchgeführt wurde. Der Erzieher führte die Meute, die sich allmählich in kleine Grüppchen aufteilte, in die Altstadt, durch den Burggraben und in angrenzende Stadtviertel.

Von der Gefahr, innerhalb einer dieser Grüppchen ungewollt in ein kriminelles Delikt verstrickt zu werden, war ich dabei mehrmals bedroht gewesen.

Die Cliquen zogen sich auseinander, die Abstände wurden immer grösser. Dann wurde auf der Straße geraucht, die Krägen der Jeansjacken hochgeschlagen, mitunter auch mal andere Jugendliche herausfordernd angepöbelt, um die eigenen Kräfte zu messen.

Man fühlte sich halt wie eine Einheit und unheimlich stark.

Doch plötzlich fand ich mich inmitten einer strafbaren Handlung wieder. Wie die Halbstarken standen wir im Kreis herum, rauchten und plauderten, als einer aus dem Haufen mit einem Male anfing, an einem abgestellten Motorrad herum zu hantieren. Ich wollte ihn abhalten, doch Bobby, ein riesenhafter Mischling, warnte mich scharf: *„Hast wohl die Hosen voll? Pass lieber auf, dass keiner kommt!"*

Währenddessen ich Schmiere stand und mich ängstlich umsah, allerdings in der Hoffnung, dass tatsächlich bald einer auftauchen und uns verscheuchen würde, tat sich binnen kurzem wirklich ein Fenster auf. Ein Kerl – vermutlich der Besitzer der Maschine – brüllte herunter: *„He, was macht ihr da? Ihr spinnt wohl! Wenn ihr nicht sofort verschwindet, hole ich die Polizei!"*

Was war ich heilfroh und rannte mit den anderen aufgeschreckt und so schnell ich konnte davon.

Das war ja noch einmal gutgegangen. Hatte ich doch Glück, dass ich nicht innerhalb dieses dämlichen ‚Wir-Gefühls' – durch welches man sich zu leicht von seinen eigenen Gedanken abnabelt und unter Zurückstellung eigener Vorstellungen über Moral und Ethik einem Gruppenzwang unterliegt – in den Sog krimineller Machenschaften gerissen wurde.

Und war es auch nur Glück, dass ich die Mangelerlebnisse meiner Kindheit zumindest äußerlich unbeschadet überstanden hatte, oder hatte ich dies einzig meiner prinzipienlosen Anpassungsfähigkeit zu verdanken?

Jegliches Handeln im Orfan war von einer Zweckmäßigkeit bestimmt – nicht von Gefühlen, Rücksichtnahme, Respekt und auch nicht von Anstand – sondern einzig davon, wie man sich hier ohne größere Blessuren irgendwie und einigermaßen durchmanövriert. Meine Überlebensstrategie, welche sich aus den mich umgebenden Widersprüchlichkeiten und widersinnigen Normen bis zur Perfektion entwickelt hatte, mag zwar für die verknastete Zeit im Heim ein machbarer Weg gewesen sein, ohne größere Blessuren oder sichtbare Schäden durch zu kommen. Für ein Leben danach hatte dies alles jedoch keinerlei Gültigkeit mehr.

Das Milieu der Lieblosigkeit und Ungeborgenheit und die eigenwilligen Erziehungsmethoden ließen es nicht zu, dass wir Kinder unsere natürliche Selbstfindung vollziehen konnten.

Konflikte entstanden zwangsläufig durch die widersprüchlichen Einflüsse seitens des Orfans und durch die fehlenden Grundlagen für eine seelische Gesundheit.

Anstelle von Zielstrebigkeit, Selbstbewusstsein und Tüchtigkeit traten Versagerängste, Gefühlsarmut, eine permanente Angst vor dem Leben und Ichschwäche zutage.

Weil es uns im Orfan nicht möglich war, in Übereieinstimmung mit unseren Gefühlen zu handeln, verleugneten wir unser reales Selbst und wurden das, was man von uns erwartete. Unser Schicksal war eine alles überdeckende Angst.

Eine ungeheure Angst!

Welche neben ständigen Schuldgefühlen die Dämpfung sämtlicher Lebensfunktionen bis hin zu Suizidtendenzen bewirkte.

Angst, welche zu psychosomatische Störungen führte.

Und vor allem Angst vor dem Leben!

Zu seelischen Krüppeln haben sie uns gemacht, zu einer Karikatur dessen, was wir hätten sein können.

Und was ergab die Bilanz dieser brüchigen Lebenswelt, worin unseren Bewachern jeglicher Respekt vor Individualität und Mitmenschlichkeit fehlte?

Auch jegliche Wertschätzung für Kreativität und Fantasie, für Eigeninitiative und selbständiges, unabhängiges und freies Denken?

Eine Kindheit ohne Kindheit eben!

Dafür blieb anstatt einer Kindheit nur eine einzige traurige Leerstelle zurück, mit lebenslangandauernden seelischen Belastungen. Gedemütigt, psychisch geschwächt, ausgehungert und gequält.

Wie ständig unter einer tiefschwarzen Regenwolke durch Schafscheiße robben.

Und ohne jede Chance für das Herz, sich auf die Reise zu machen. Ein Leben mit Verletzlichkeit und Wut, aber ohne Vergangenheit und ohne Zukunft.

So litten wir Orfankinder unter den verschiedensten Symptomen einer Gefühlsmangelkrankheit.

Ich erlebte Burschen, die vor dem Einschlafen unaufhörlich und sehr rasch den Kopf hin und her warfen. Oftmals auch die ganze Nacht hindurch. Dass wir Zimmerkameraden durch das permanente Rascheln des Kopfkissens in unserer Nachtruhe empfindlich gestört wurden, bemerkten die Verursacher selbst nicht. Trotz des heftigen Kopfschaukelns waren sie nicht ansprechbar und schliefen fest.

Andere Kameraden waren infolge ihrer disparaten Entwicklung im Alter von vierzehn, fünfzehn oder mehr Jahren noch Bettnässer und wurden zu ihrem Leidwesen deshalb von den übrigen Heimkindern obendrein auch noch verhöhnt und verspottet. Innerhalb der ja schon gewohnten Randgruppe wurden sie als weitere Randgruppe in einem speziellen Bettbrunzerzimmer ausgegrenzt.

Für einige war das Wort ‚Freizeit' gleichbedeutend mit Saufen.

Bei so manch anderem brach hin und wieder die pure Lust an Grausamkeiten hervor. Ich wurde einmal Zeuge, wie zwei Jungen meiner Gruppe, vielleicht vierzehn oder fünfzehn Jahre alt, auf dem Fensterbrett ihres Schlafraumes einer lebenden Taube mit einem Tischmesser den Bauch aufschlitzten.

Mit weidwundem Blick verblutete das Tier langsam und qualvoll unter dem Gelächter der erbarmungslosen Sadisten. Das Blut tropfte vom Fenstersims hinunter auf die darunterliegende Wiese, versickerte allmählich in der Erde, oder vertrocknete auf den Grashalmen.

Später sezierten die beiden herzlosen Tierquäler den kleinen Kadaver fein säuberlich mit ihrem Essbesteck. Mit dem gleichen Besteck, dass sie nur mit einem Lumpen und danach an ihren Hosen abgewischt hatten, setzten sie sich anschließend zu Tisch und zerteilten und verzehrten ihr Abendbrot.

Ein anderer Junge fing eine Ringelnatter ein und steckte sie in die Hosentasche. Für seine schaulustigen Kameraden holte er das Reptil hervor und zog es mehrmals von der Seite durch seinen geöffneten Mund hindurch. Zwischendurch hielt er das wehrlose Geschöpf mit den Zähnen fest, sodass es links und rechts skurril und wehrlos aus seinen Mundwinkeln herunterbaumelte.

Er peinigte das arme Tier solange, bis es aus dem Maul blutete und schließlich qualvoll verendete.

Die tote Schlange stellte er noch einige Tage belustigend zur Schau, indem er sie immer wieder zwischen die Zähne nahm und die leblosen Enden aus seinen Mundwinkeln heraus baumeln ließ.

Oder der Bobby, der sich gerne todesmutig so knapp vor eine fahrende Straßenbahn warf, um festzustellen, wie kurz deren Bremsweg bis zu ihm hin sein würde. Wie freute er sich, wenn die Bahn nur ganz knapp vor seinem Körper laut bimmelnd und quietschend zum Stehen kam.

Im Heim fuchtelte er gerne – nach einem Ausgang oftmals sturzbetrunken – mit einer Pistole herum, woraufhin ich eines Nachts aus Angst den Schlagbolzen seiner Knarre unschädlich machte, um nicht aus Versehen von ihm erschossen zu werden. Vielleicht war es ja auch nur eine Schreckschusspistole. Wer wusste das schon?

Anfangs ein netter Kerl, gesellte sich der Bobby dann immer öfter zu den Rockern der Stadt. Und als wir uns Jahre später zufällig mal wiedertrafen, hatte er eine offenbar erfolgreiche Karriere als Zuhälter eingeschlagen. Er fuhr einen imposanten Amy-Schlitten, namens *‚Chevrolet Impala‘* und bot mir kostenlose Besuche in seinem Bordell an.

Echt nett von ihm.

„Weißt du Alter“, erzählte er mir da mit Stolz in der Stimme, *„so viel wie mein Vater mit harter Maloche und Nachtschicht früher im Monat verdient hat, muss ich nun monatlich allein für Gerichtskosten ausgeben.“*

‚Wow, was für ein Scheiß‘, dachte ich da, versprach, dass ich mich wieder bei ihm melden würde und suchte mit meinen Kleinwagen rasch das Weite. Und wir trafen uns nie wieder.

Dafür begegnete ich aber etliche Jahre später zufällig meinem langjährigsten Heimkameraden vom Kleinkindalter an, nämlich dem Schbigniew.

In meiner Eigenschaft als rechtlicher Betreuer wollte ich einen meiner Klienten in einem Nürnberger Altenheim besuchen. Und gerade in jenem Moment, als ich dort den Aufenthaltsraum betreten hatte, rief mir unvermittelt eine Stimme lauthals entgegen *„Hallo Alter!“*

Verblüfft sah ich mich im Raum um und entdeckte in einer Ecke des Raumes den Schbigi an einem Tisch sitzend, wo ihm der Speichel in dünnen Bahnen aus dem Munde auf die Tischplatte lief.

Was für ein tragisches Leben, welches hier nun so abgeschlossen werden sollte, wie es begonnen hatte: nämlich in einem Heim. Eine tiefe Traurigkeit überkam mich ob seines Schicksals. Auch ihn hatte ich über die langen Jahre mitsamt meiner eigenen Vergangenheit aus den Augen verloren. Dennoch hatte ich ihn hier sofort erkannt und freute mich, ihn zu sehen.

Ich setzte mich zu ihm, wir tauschten gemachte Erfahrungen aus und während unseres Gesprächs bat er mich, für ihn die Betreuung zu übernehmen. Ich sagte ihm zu. Jedoch war er bei meinem nächsten Besuch in dem Heim seinem tragischen Leben bereits entronnen. Mit geradeмal fünfundfünfzig Jahren, nachdem er mit Einundzwanzig erst aus seinem ersten Heim entlassen worden war. Wie traurig!

Zahlreiche Extrembeispiele von Verhaltensstörungen hatten wir beide damals von Klein auf gemeinsam im Heim kennengelernt und miterlebt, *der Alte und sein Knecht.* Die mannigfaltigen Anzeichen der irreparablen, seelischen Schäden reichten von ‚aggressiv' bis ‚wehleidig'.

***

Schneller als erwartet kam für mich dann doch der Tag meiner Entlassung.

Trotz aller Unbilden hatte ich meine Lehrzeit mit Müh und Not abschließen können und die Kaufmanns-Gehilfenprüfung bestanden, obwohl ich jede Stunde in diesem blöden Job nach wie vor hasste.

Dass ich schon mit achtzehn Jahren meine Heimkarriere vorzeitig beenden konnte, obwohl die Volljährigkeitsgrenze seinerzeit erst bei einundzwanzig Jahren lag, verdankte ich allein dem hartnäckigen Kampfesgeist meines großen Bruders Jürgen.

Dieser überzeugte die Jugendbehörden und ich wurde nicht – wie die übrigen Jugendlichen meiner Altersstufe – bis zur Volljährigkeit beziehungsweise zur Vollendung des einundzwanzigsten Lebensjahres in ein weiteres Wohnheim überstellt.

Jürgen hatte mir eine kleine Bude im Milchgeschäft seines Freundes besorgt, wo ich nach meiner Heimentlassung einziehen konnte.

Die Erzieher wollten diese Lösung bis zuletzt allerdings nicht recht wahrhaben und hielten nach wie vor an meiner Überstellung in das Jugendwohnheim ‚*Rädda Barnen*' fest. Doch Jürgen ließ seine verbalen Muskeln spielen und setzte sich beim Jugendamt durch.

Die Höchststrafe bis zum Alter von einundzwanzig Jahren wurde mir so also erspart.

Noch am Nachmittag vor meiner Entlassung wetterte Herr Täschner mich an: *„Du glaubst wohl, für dich wird eine Extrawurst gebraten! Du marschierst morgen dorthin, wo wir dir sagen!"*

***

Aber ich marschierte nicht dorthin! Dank meines Bruders.

An meinem letzten Abend im Orfan stand ich im Waschraum vor dem Spiegel und besah mir die Person, die mir entgegen glotzte.

Die Hände auf den Rand des Waschbeckens gestützt, starrte ich mein Spiegelbild an.

Was ist das für ein Mensch, da drinnen im Spiegel?

Ich sah nur einen Körper vor mir, in dessen Inneres ich aber keinen Einblick hatte. Was sollte ich mit diesem Körper anfangen? Draußen, im wirklichen Leben?

Welche Fähigkeiten steckten in diesem Körper, über den ich bisher nie selbst bestimmen und auch nie eine eigene Entscheidung treffen durfte?

Den Menschen im Spiegel kannte ich nicht, kannte nicht seine Gedanken und nicht seine Wünsche, sah nur die vage Angst in seinen Augen.

Angst vor dem Leben da draußen!

Laufen lernen, muss dieser Körper als erstes, mit weichen Knien und wackligen Beinen. Die Welt wie ein Kleinkind neu ertasten lernen, muss er.

Dabei wird er sich immer neue Blessuren holen und ratlos nach dem Sinn des Lebens suchen, weil die alten Wunden, die Verletzungen seiner liebeleeren Kindheit noch nicht verheilt sind, vielleicht auch niemals verheilen werden.

Umherirren wird er in einer ihm fremden Welt und häufig anecken. Vielleicht wird auch der Verstand dieses Körpers den Sinn des Lebens nie kapieren, weil die dunklen Wolken der Vergangenheit wie düstere Schatten über seiner verarmten Seele schweben werden, egal, wohin er auch gehen würde.

Zu tief sitzen die Narben im Herzen.

Ich wusste nichts über den Menschen, der mich anstarrte. Ich kannte nur dessen Opportunismus und seinen Kadavergehorsam.

Ich hatte kein Vertrauen zu dem Menschen im Spiegel und erst recht kein Vertrauen zu den Menschen außerhalb des Spiegels und außerhalb des Zaunes, welcher das Orfan umschloss.

Vertrauen brachte ich wirklich nur einer einzigen Tatsache meines künftig freien Daseins entgegen, nämlich dem Freitod, der kein Feind für mich war und vor dem ich mich nicht fürchtete, weil er mir Befreiung versprach.

Mitten in meine Gedankenwirbel hinein vernahm ich das Summen eines Nachtfalters, der stupide gegen das Fensterglas ankämpfte und flatternd versuchte, ins Freie zu gelangen. Ich ging zum Fenster, gleichzeitig verschwand der junge Mann im Spiegel.

Eine Zeitlang beobachtete ich den verzweifelten Kampf des Nachtfalters, der hinter der Scheibe gefangen war und sich nach der Freiheit draußen sehnte.

Schließlich öffnete ich das Fenster und entließ das Insekt ins Freie.

Ungestüm flatterte der graubraune Falter hinaus in den sommerlichen Abendhimmel. Ich konnte förmlich die Freude des kleinen Kerls und dessen instinktiven Lebenshunger mitfühlen. Kerzengerade und zielstrebig flog er kraftvoll fort.

Nachdenklich sah ich ihm nach.

Doch die Freude des Winzlings über die neu gewonnene Freiheit währte nicht lange. Eine Rauchschwalbe kreuzte seinen Weg, riss ihren kurzen, abgeplatteten Schnabel weit auf und schnappte zu.

Traurig stand ich noch lange am Badfenster.

Von unten drang der Lärm meiner Kameraden herauf, die im Hof Fußball spielten.

***

Am nächsten Morgen trat ich ein allerletztes Mal in den Orfan'schen Hof hinaus, stellte mein halbleeres Köfferchen auf dem Asphaltboden ab und sah hoch zu den Fenstern der Gruppe Vier, im Bau der Kinderabteilung, wo alles begann.

Viele Erinnerungen schossen mir durch den Kopf. Langsam drehte ich mich rechterhand zur Seite und schaute zur nächsten Station meiner unliebsamen Kinderzeit hinauf, der Schulbubenabteilung, Gruppe Fünf genannt, ganz oben unterm Dach.

Wieder lief ein Film von Erinnerungen an meinem geistigen Auge vorbei. Direkt rechts neben den Glasbausteinen des Treppenhauses, das vergitterte Fenster der Besinnungszelle.

Zuletzt blieb mein Blick auf der Balkonreihe der Lehrlingsabteilung hängen und abermals tauchten Bilder aus einem Leben auf, das für mich mit einem Male zu Ende war.

Und ich kannte kein anderes.

Denn auch wenn es ein verhasstes Leben war, so war es doch ‚meine' Welt, in der ich gelernt hatte, mich zu bewegen und den darin gestellten Erfordernissen anzupassen. Hier kannte ich mich aus. In diesem Leben, mit seinen verheerenden sozialen Erlebnissen und tiefen seelischen Verletzungen, die ohne Umwege schnurgerade zu Deformationen und Missbildungen des Charakters führen, fand ich mich zurecht.

Die Welt da draußen aber war mir fremd und flößte mir plötzlich Unbehagen ein.

Seit ich denken konnte, sehnte ich mir diesen einen Tag, diese Stunde meiner Entlassung herbei.

Um diesen einzigen, wirklichen Wunsch drehten sich all meine Gedanken während des letzten Jahrzehnts und noch länger. Aber nun stand ich da und fürchtete die bevorstehende Verantwortung des freien Lebens.

An jenem Tag meiner Entlassung spürte ich, dass ich das Orfan schließlich auch als vertrauten Ort der Geborgenheit erlebt hatte.

Das letzte Mal stieg ich die Stufen zum Abstellkeller hinab und holte mein Fahrrad hervor. Wie gewöhnlich prüfte ich die Luft der Reifen. Doch heute fehlte kein Ventil und auch der Sattel war noch dran. Mein Rad war startklar für meine endgültige Abreise.

Nichts hielt mich mehr zurück.

Ich trug mein Gefährt die schmale Stiege empor und schnallte mein Köfferchen, vollgepackt mit den düsteren Schatten der Vergangenheit, am Gepäckträger fest. Vorschriftsmäßig schob ich sodann, weil Radfahren im Hof ja verboten war, das Fahrrad zum Hof hinaus auf die Straße.

Ohne mich noch einmal umzudrehen, stieg ich auf den Sattel und trat in die Pedale, weg von diesem Ort voller Irrtümer und Gewalt, wo ich nie willkommen war.

***

***

„Du weißt nie, wie stark du bist, bis Starksein deine einzige Wahl ist“

Bob Marley

***

Nachwort

Viele Jahre nach meiner Heimentlassung stieß ich in der Tageszeitung zufällig auf die Todesanzeige von jenem, von allen Zöglingen im Heim am meisten gehassten Erzieher.

Sein letzter Satz lautete darin: *„Sollte ich Menschen ein Unrecht zugefügt haben, bitte ich um Entschuldigung“.*

Und sein Berufskollege, der immer, bevor er auf uns einschlug, vorsorglich seine Armbanduhr abnahm und in seiner Jackentasche in Sicherheit brachte, ließ sich in seiner Sterbe-Anzeige als ‚Freidenker‘ bezeichnen.

Den Alten vom Schrottplatz hatte ich in meiner inneren Zerrissenheit und auf der ständigen Suche, irgendwie zu mir selbst zu finden, bald gänzlich vergessen.

Obwohl dieser fremde Mann für mich seine Ehre geopfert hatte, um die meine zu retten, er somit seine eigene Unfähigkeit als Zeuge zugegeben und seine Bleibe in dem Brachland hinterm Autohaus riskiert hatte, er deshalb als unglaubwürdig und Schrottpenner beschimpft wurde.

Ja, lange Zeit hatte ich ihn vergessen. Obschon er mich, den Dieb, damals nicht verriet, dafür er selbst als unredlich dastand, hatte das Autohaus ihn weiter gewähren lassen und ihn nicht vom Schrottplatz verjagt.

Und mich hatte man nicht aus der Firma geworfen.

Auch nicht aus dem Orfan raus zum Torfstechen ins *‚Moor‘*, oder zur harten Schinderei in den Steinbruch von *‚Voccawind‘* gejagt. Das brutale Schicksal meiner Brüder Jürgen und Arthur ist mir somit erspart geblieben.

Danke Alter!

****

Ganz lieben Dank vor allem aber an dich liebe Mama, die du unermüdlich für uns gekämpft, aber gegen eine überhebliche Übermacht und die Willkür herzloser Bürokraten leider stets verloren hattest.

Großen Respekt, wie du diese lebenslänglich schwere Last auf deinen Schultern und all das furchtbare Leid durch die behördlich erzwungene Trennung unserer Familie so still ertragen hast.

Keiner wusste, wie viel Kraft du jeden Tag brauchtest, um aufzustehen.

Danke Mama, dass du dennoch nie aufgegeben hast, obwohl sie dir nie eine Chance gaben.

*****